Jiří Hájíček

Vignetten mit Segelschiff

JIŘÍ HÁJÍČEK

Vignetten mit Segelschiff

Roman

Aus dem Tschechischen von Kristina Kallert

Karl **Rauch**

OKTOBER 2018

Marie sah sich im Spiegel. Die Lider brannten ihr im Licht der kleinen elektrischen Birne über dem Waschbecken. Bläuliche Lippen, ein bleiches, müdes Gesicht, Ringe unter den Augen. Ihre Stirn war nicht sauber. Ein düsterer Himmel aus abgelebter Zeit über Český Krumlov. Die Pest.

Langsam zog sie sich aus, mit trägen Bewegungen, allein im Rigipskern ihrer Plattenbauwohnung. Das geschminkte Gesicht im Spiegel erinnerte sie an eine Maske aus der alten *Commedia dell'arte*. An eine der Figuren an der Wand des Maskensaales im Krumlover Schloss. Sie lachte laut los. Mit einem Wattebausch tupfte sie in die Maske der Colombina hinein.

Die Müdigkeit konzentrierte sich im Kopf, in den Schläfen, der Durst scheuerte beim Schlucken in der Kehle. Auch ihre Zunge war bläulich.

Da zerschrillte der scharfe Ton des Telefons ihre Nerven. Das Klingeln kam aus der Gesäßtasche ihrer Hose, vibrierte durchs Rückgrat Wirbel für Wirbel nach oben. Sie griff nach dem flachen Gerät, das ihr sofort entglitt und ins Waschbecken fiel. Die vergilbte Keramik war trocken.

»Hier Wachtmeister Soukal, Polizei der Tschechischen Republik. Sie sind Marie Solecká?«

»Ja«, sagte sie mit kratziger Stimme ins Telefon.

»Sie sind die Halterin des schwarzen Subaru mit amtlichem Kennzeichen 5A4 6132?«

»Hm, das ist mein Auto. Ist was passiert?«

»Das wollten wir Sie fragen. Haben Sie das Auto gefahren?«

»Heut oder wie? Nee.«

»Wir müssten mit Ihnen sprechen. Wo sind Sie jetzt?«

»In der Wohnung meiner Schwester.«

»Aber wo?«

»In Krumlov …«

»Sehr gut. Sagen Sie mir die Adresse, ich schicke einen Kollegen aus Krumlov vorbei; der holt Sie ab.«

»Aber warum?«

Sie saß auf den Stufen vor dem Eingang zum Plattenbau. Sie merkte, dass sie die Kleider unter dem Übergangsmantel in der Eile falsch herum und nachlässig übergestreift hatte. Ein T-Shirt und einen Pullover, sie strich sie unter der Jacke glatt, und während sie sich noch hin und her drehte, bremste am Randstein ein Polizeiauto. Sie schob das Handy zurück in die Tasche, sie hatte niemanden erreichen können, der Vater und die Mutter hatten ihre Telefone offensichtlich ausgeschaltet. In ihren Schläfen pulste es, der kühle, scharfe Herbstwind tat ihr gut. Sie stand auf, im Kopf einen leichten Schwindel. Sie fühlte den erfahrenen Blick eines älteren Polizisten auf sich. Er öffnete den hinteren Wagenschlag.

»Ich fahr nirgends mit hin.«

»Sind Sie die Halterin des Wagens?«

»Aber ich habe ihn nicht gefahren. Sagen Sie mir vielleicht, was los ist?«

»Ich muss Sie um einen Alkoholtest bitten«, sagte der Polizist.

»Ich hab Rotwein getrunken. Ist das verboten?«

»Würden Sie jetzt bitte den Test machen?«

»Ist was mit meiner Schwester? Sie geht nicht ans Telefon.«

Der Polizist war geduldig, wieder fühlte sie seinen Blick. Winkte ab und nahm das Messgerät, blies mit aller Kraft in das Mundstück. Schließlich stieg sie ein, und als das Polizeiauto anfuhr, wurde ihr auf dem Rücksitz leicht unwohl. Sie fuhren die Anhöhe von Plešivec hinab. Hinter dem Seitenfenster blitzte dunkel die Nacht. Auf der Wache dauerte es nur ein paar Minuten.

»47 Jahre, geschieden, ständiger Wohnsitz Praha 6 – Dejvice«, diktierte hinterm Tisch ein älterer Mann in Uniform, der ihren Personalausweis in der Hand hielt. Ein zweiter Polizist hämmerte auf die Tastatur des Computers.

»Beruf.«

»Ich unterrichte an der Universität. Sagen Sie mir bitte endlich, was los ist?«

Der Polizist antwortete nicht, er hatte das Telefon am Ohr und schrieb in seinen Notizblock. Als das Gespräch zu Ende war, blickte er auf seine Notizen und fragte dann: »Kennen Sie Ladislav Kořenský? Wohnhaft Markvartice 15?«

»Das ist mein Schwager.«

»Er behauptet, er hätte Ihr Auto gefahren.«

»Ja, ich habe es meiner Schwester geliehen. Ihr Auto ist kaputt.«

»Ihr Auto, Frau Solecká, steht verlassen mitten auf einer Wiese hinter Přídonice. Und außerdem liegt uns von dort die Meldung einer schweren Körperverletzung vor. Unsere Streife aus Kaplice ist vor Ort.«

»Was ist denn passiert? Meine Eltern wohnen in Přídonice.«

»Ihr Schwager hat keine Autoschlüssel und weiß angeblich auch nicht, wo sie sind«, sagte der Polizist mit den ergrauten Schläfen. »Der Alkoholtest bei ihm war negativ«, fügte er noch hinzu und blickte wieder auf seinen Block.

»Was man von Ihnen nicht behaupten kann«, sagte der zweite Polizist mit einem Blick auf Marie. »1,8 Promille.«

Sie zuckte die Achseln.

»Sie haben gefeiert?«

»Ja, Abschied von Krumlov.«

»Abschied von Krumlov«, wiederholte der ältere Polizist müde und lächelte eher für sich.

»Worum geht's denn jetzt eigentlich. Ich würd' gern nach Přídonice.«

»Ich fahre Sie hin, Frau Solecká.«

Der Polizist hatte noch immer den gleichen geduldigen Ausdruck und sprach leise.

»Ich hab einen zweiten Schlüssel dabei«, sagte Marie und kramte verwirrt in ihrer Handtasche.

*

Der schwarze SUV war bis zu den Fenstern verdreckt, steckte mitten in der Wiese, auf der sich das gelbliche Gras schon gelegt hatte, vornübergekippt, seine Schnauze hatte sich in eine Senke gebohrt. Die Scheinwerfer des Polizeiautos warfen zwei helle Lichtkegel auf ihn. Der dunkle Himmel schien tief, Marie zitterte vor Kälte. Sie begriff gar nichts. Dann sah sie den Schwager, der ein Stück weiter stand, mit zwei Polizisten in Uniform. Láďa, ein Kerl wie ein Baum, sein kahler Kopf trug einen Kranz heller Haare. Beide Grüppchen lösten sich vom Fleck und bewegten sich aufeinander zu. Die Kaplicer Streife und der Krumlover Polizist mit Marie im Schlepptau. Ihre Absätze sanken tief in die Erde. Das welke Gras kühlte, strich über ihre Knöchel. Der Schwager und sie hielten Blickkontakt. Sie versuchte, in seinem Gesicht zu lesen. Er schüttelte unmerklich den Kopf, als wollte er ihr etwas andeuten. Die Kaplicer Polizisten waren zu zweit und sehr ärgerlich. Ein schmächtiger und ein stämmiger. Laurel und Hardy, dachte Marie. Der Untersetzte mit der Schildmütze gestikulierte heftig, während er mit seinem Krumlover Kollegen sprach.

»Wir rücken schließlich nicht wegen jeder Rempelei im Wirtshaus an.«

»Und was ist mit der Körperverletzung?«, fragte der Polizist, der Marie hergebracht hatte.

»Das haben sie alles zurückgenommen. Aus dem Kerl, der da angerufen hat, bringt man nichts Vernünftiges raus. Der ist abgefüllt bis zum Rand. Der Wirt behauptet, dass nichts passiert sei. Und das Dorf schweigt, die haben sich alle in ihre Häuser verkrochen. Keiner, der von irgendwas weiß. Wir fahren.«

»Aber ich bin informiert worden, dass die Rettung jemanden nach Krumlov ins Krankenhaus geschafft hat.«

»Den Schwiegervater«, meldete Láďa sich erstmals zu Wort.

»Den Vater? Was ist mit ihm?«, fragte Marie hastig.

»Der Schwiegervater hat's mit dem Herzen«, sagte Ladislav. Er hatte sich zu den Polizisten gewandt, schaute Marie nicht an. »Er hatte einen Anfall.«

»Was zum Himmel habt ihr denn hier veranstaltet?«, fragte der Krumlover Polizist und starrte auf das Auto inmitten der Wiese.

Ladislav schwieg. Maries Blick hing an ihm fest.

»Ich kann nicht mal Bußgeld kassieren, wenn eigentlich nichts passiert ist«, fauchte der Polizist aus Kaplice. Der Schmächtige nickte und verschaffte sich Luft mit einem derben Fluch.

»Ich wollte ihn bloß mal im Gelände fahren, wollte ihn richtig austesten«, sagte Ladislav ruhig und sah zum Wagen hinüber.

Der Krumlover Polizist zog Lichtkreise mit seiner Taschenlampe und folgte den Zickzackspuren der Reifen, wilde Kurven, hineingewühlt ins ungemähte Gras einer kleinen Wiese hinterm Dorf.

»Und wo haben Sie die Schlüssel?«

»Die sind mir wahrscheinlich unterwegs rausgefallen. Ich hatte leichte Panik und bin ins Dorf zurück einen Traktor holen, damit er mich rauszieht.«

»Reden Sie keinen Unsinn, und sehen Sie zu, dass Sie das Ding da rausbugsieren«, unterbrach ihn der Kaplicer. »Mit der Karre könnten Sie dort unten in Boletice zwischen den Panzern rumkurven.«

Marie reichte dem Schwager die Schlüssel. Sein Kahlkopf glänzte in die Nacht.

»Und jetzt können Sie mich mal so langsam«, herrschte der Kaplicer Polizist Láďa von Neuem an. »Ihr Ausritt wird sie noch teuer zu stehen kommen, darauf können Sie Gift nehmen. Und das Auto, dass das bloß hier verschwindet! Das hat hier nichts zu suchen.«

Marie und ihr Schwager waren für einen kurzen Moment allein, die drei Polizisten besprachen sich. Marie hörte nicht genau, was sie sagten, sah sie nur heftig gestikulieren.

»Der Vater ist wieder im Krankenhaus?«

Ladislav nickte.

»Und was soll das da?« Marie deutete mit dem Kopf zu ihrem Wagen hinüber.

»Das kann ich dir jetzt nicht erklären«, flüsterte der Schwager, kaum dass er die Lippen bewegte. Unauffällig sah er sich nach den Polizisten um. »Dem Auto ist nichts passiert, und die Schlüssel finden wir ja vielleicht.«

»Und was ist mit der Mutter? Und wo ist Veronika?«

»Die Mutter hat ein Beruhigungsmittel genommen, ich hoffe, sie schläft. Verča ist bei ihr.«

»Und was haben die Ärzte zum Vater gesagt?«

»Sie haben seinen Blutdruck gemessen und ihn gleich mitgenommen. Er hatte etwa zweihundert zu hundertfünfzig.«

Sie sahen sich um. Die Kaplicer Polizisten zogen ab, doch der Krumlover kam auf sie zu.

»Du siehst vielleicht aus«, konnte Ladislav gerade noch sagen. »Willst du nicht mitkommen? Ich mach dir Kaffee.«

Marie schüttelte den Kopf.

»Ich fahre zurück nach Krumlov. Soll ich Sie mitnehmen?«, rief der Wachtmeister im Herankommen.

»Das wäre nett, danke.«

Sie stiegen in das beleuchtete Polizeiauto. Der Wachtmeister beobachtete hinter dem Steuer hervor noch eine Weile, wie der schwarze Subaru im Rückwärtsgang langsam aus der seichten Vertiefung kroch und über die Wiese zur Straße hinrollte.

»Ich versteh das alles kein bisschen«, sagte er und schaute zu Marie. »Sie schon, oder?«

»Ich auch nicht.«

Langsam fuhren sie über das Gras zu der schmalen Asphaltstraße, in den Spuren des großen SUV, und bogen dann in die andere Richtung ab.

»Aber ich stecke selbst bis über den Kopf in Schwierigkeiten, wissen Sie?«, sagte der Wachtmeister zu Marie. »Zum Glück werden das die Kaplicer protokollieren und abschließen.«

Während der viertelstündigen Rückfahrt sprachen sie nicht mehr. Vor der Kreuzung in der Stadt sagte Marie, dass sie im Zentrum aussteigen würde.

»Ich fahr sie hoch in die Siedlung«, bot ihr der Polizist mit besorgtem Blick an.

»Nein, danke, ich muss frische Luft schnappen.«

»Jetzt? Und allein? Na ja, wie Sie meinen …«

Manche Tage sind grausam lang. Sie wachsen weiter in die Nacht und den nächsten Morgen. Marie stieg aus. Es war Viertel nach drei in der Früh. Sie tauchte in das Gewirr der altertümlichen Gässchen, ihre Absätze knickten auf dem Pflaster unter den Füßen weg. Dann erreichte sie das niedrige Haus an der Ecke. Ich muss den Schlüssel zurückgeben. Halblaut sagte sie es vor sich hin. Ringsum Stille, die Fenster des Hauses dunkel. Sie nahm den Schlüssel von dem Ring mit den übrigen Schlüsseln. Schon streckte sie die Hand zum Briefkasten, als ihr Blick zur Tür ging. Sie warf den Schlüssel nicht durch den Schlitz, ließ die Hand sinken. Zögerte eine Weile, steckte den Schlüssel ins Schloss. Er passte. Sie konnte ihn drehen, konnte ohne Probleme aufschließen. Sie trat in die Dunkelheit, schloss die Tür hinter sich und wartete einen Augenblick ab. Lauschte, versuchte, sich im Dunkeln zu orientieren. Dann rief sie. Beim ersten Mal versagte ihr die Stimme, beim zweiten Mal war es schon deutlicher. »Ist hier jemand?« Der Ruf hallte von den leeren Wänden zurück. Sie tastete sich mit den Händen voran und erreichte vorsichtig die beiden Stufen auf der linken Seite. Stieg hoch und stieß mit dem Fuß gegen leere Flaschen. Das Klirren ließ sie vor Schreck mitten im Schritt erstarren. Sie leuchtete mit dem Handy. Das Sofa war an die Wand gerückt, vor ihm rollten zwei Flaschen. Sie atmete laut auf und drückte die Klinke der schmalen Tür. Sie war nur angelehnt. Trübes

Waschbeckenweiß im Halbdunkel. Sie trank direkt aus dem Wasserhahn und lange, zog sich rückwärts aus diesem Minikabuff zurück und sank auf die Couch an der Wand.

Nichts als leere Bücherregale und eine verlassene, verstaubte Couch. Mehr war von der Saison in Krumlov nicht geblieben. Alles weg. Nur das Verkaufspult im ersten Raum war noch da. Filip steht nicht mehr hinter ihm, wird nie mehr hinter ihm stehen. Überhaupt, sie haben alles schon fortgeschafft. Fort sind Henry James, Walt Whitman und Jane Austen. Hermann Melville, Graham Greene und Flannery O'Connor. Von den Büchern waren nur die leeren Regale geblieben. Ein paar Spinnweben. An den Wänden, da wo die Bilder fehlten, nur verblichene Rechtecke. Hier hatten die passepartierten Porträts von Edgar Allan Poe und Virginia Woolf gehangen. Mit einem Male legte sich die ganze Müdigkeit der durchwachten Nacht auf Marie. Mit letzter Kraft schälte sie sich aus dem Übergangsmantel. Die Schwäche zog sie auf das Polster hinunter. Sie streifte die verdreckten Schuhe ab, rollte sich auf die Seite und deckte den Mantel über sich. Eine Dozentin der Literatur auf abgewetztem Diwan, auf dem Fußboden eine angetrocknete Kolatsche aus zerschmolzenem Wachs mit schwarzem Docht in der Mitte. Sie brummte vor Müdigkeit, schloss die Augen. Aus dem Polster spürte sie schwach den Duft von Damenparfüm. Das Bewusstsein verhedderte sich in Träumen. Der Schlaf kam schnell.

Als sie sich die Augen rieb und auf die Armbanduhr sah, war es zehn. Die Kälte hatte sie aufgeweckt und das entfernte Klingeln des Telefons. Das fremde Parfüm roch sie immer noch, vielleicht hatte es sich an ihre Schläfe geheftet, die linke Wange. Taumelnd ging sie zur offenen Tür. Unter der Kleidung das unangenehme Jucken getrockneten Schweißes. Der Gaumen ausgedörrt, der schale Nachgeschmack von Wein. Sie fischte das Handy aus der Tasche. Ein entgangener Anruf der Schwester. Sie sehnte sich nach einer Dusche, aber hinter der Tür befand sich nur ein kleines

Waschbecken. Sie hängte den Mantel um und setzte sich auf die Couch.

Eine so unrühmliche Abreise aus Krumlov ... Mit Kopfweh und flauem Magen. Die Erinnerungen an den vergangenen Abend und die Nacht waren bedrängend deutlich.

Alles hatte damit begonnen, dass sie diese SMS geschickt hatte. Sie hatte sie eingetippt und dann noch Stunden im Ordner *Entwürfe* gelassen. Sie hatte an ihn gedacht, auch an Katka, an ihren ganzen Krumlover Sommer. Erst am Nachmittag hatte sie die Nachricht dann losgeschickt.

Meinst du nicht, dass unsere Geschichte irgendwie zu Ende erzählt werden müsste. Dass wir uns wenigstens normal Adieu und Mach's gut sagen sollten? Heut Abend bin ich in der Stadt.

Eine halbe Stunde später kam Antwort.

Ich räum den Laden aus. Bin bis in die Nacht da.

Sie hatte die Bar unter dem Vorwand, dass sie den Schlüssel zurückgeben müsse, früher verlassen. Hatte Abschied genommen von ihren Krumlover Sommerfreundinnen, der Friseuse Petra und der Verkäuferin aus der Bäckerei unterm Schloss. Eine Flasche Rotwein hatte sie ungeöffnet für sich gerettet und sich auf den Weg zu Filip gemacht. Wie geht's Shakespeare? Und wie seinem Sohn? Diese Fragen wiederholte sie auf dem Weg durch die Innenstadt. Stilvoller Abschied, wenn schon nicht mehr. So, wie sie sich vor einem halben Jahr kennengelernt hatten.

Die Fenster im Erdgeschoss waren dunkel. Klar, der Strom war abgeschaltet. Die Bücher weggebracht. Sie drückte die Nase ans Glas. Der Durchgang über dem Treppchen wurde von einem flackernden Licht beleuchtet, vermutlich von einer Kerze. Nur ein paar Schritte noch bis zur Tür. Sie griff nach dem Schlüsselbund in der Tasche. Nur passte der Schlüssel nicht ganz ins Schloss. Sie konnte nicht aufsperren. Klopfte. Klopfte lauter. Hämmerte. Hämmerte stärker. Neben dem Fenster rücklings an der Mauer lehnend, umklammerte sie das Telefon. Sie bräuchte bloß unter dem Namen *FILIP* mit der Fingerkuppe kurz das grüne Hörerchen auf dem Display zu berühren. Er war da. War drinnen eingeschlossen. Sie schob das Mobiltelefon in die Gesäßtasche. Dann drückte sie Stirn und Nase gegen das Glas, und in dem Moment sah sie die langen weißen Beine, das Flackerlicht fiel in den vorderen Raum, bloße Füße stiegen das Treppchen herab, das Mädchen kam direkt auf sie zu, langes blondes Haar und ein Herrenhemd, an dem nur zwei Knöpfe geschlossen waren. Kam direkt zum Fenster. Marie war nicht in der Lage, sich zu rühren. Jetzt erkannte sie schon deutlicher das feine Muster von Filips Hemd und die Augen des Mädchens. Ihre Blicke begegneten sich. Das Mädchen mit der Kerze quiekte vor Schreck, machte kehrt und rannte zurück, das Hemd blähte sich und entblößte vor Marie für den Bruchteil einer Sekunde ein Stück weißen, nackten Pos. Und endlich riss sie sich vom Fenster los. Es war eine der Führerinnen aus dem Schloss.

Die Flasche in der Hand machte Marie sich schleunigst davon. Das Schloss war schon seit einigen Wochen zu. Mitten auf der Gasse blieb sie stehen. Die Geschäfte waren dunkel, die Fensterläden vorgeklappt. In die Bar zurück wollte sie nicht. Sie ging durchs Zentrum und dann die Straße hoch in die Siedlung.

Die Flasche öffnete sie erst in der Plattenbauwohnung. Sie suchte gar nicht nach einem Glas, trank direkt aus der Flasche. Doch noch bevor sie sich ganz betrinken konnte, klingelte das Telefon. Die Polizei.

*

Der Vater war blass. Doch seine Augen registrierten mit größter Wachsamkeit, lasen in den Gesichtern. Auf je einer Seite des weißen verstellbaren Krankenhausbettes saß eine der Töchter. Veronika, eine frische Fünfzigerin mit hellblond gesträhntem Haar und leicht gebeugtem Rücken. Hinter ihr stand Ladislav, ihr Ehemann. Er füllte fast das gesamte Krankenzimmer. Marie strich dem Vater die Bettdecke glatt, er griff ihre Hand. Überrascht sah sie ihn an. Und ihre Hand ruhte kurz in der seinen, er drückte sie. Dann lächelte er müde, hatte die Augen halb geschlossen. Veronika und Marie tauschten einen Blick.

»Du musst ausruhen, Vater«, sagte Veronika. »Wir kommen morgen wieder und bringen die Mutter mit.«

Er nickte und ließ die Augen geschlossen.

»Wie geht's denn dem Hanzal?«, fragte er wie aus dem Schlaf.

»Ganz gut«, sagte Veronika. »Die haben ihn dann nach Hause gebracht. Statt seiner hat die Ambulanz dich eingeladen. Aber denk jetzt nicht an den Hanzal. Du musst schlafen.«

Die drei gingen hinaus auf den Gang. Marie versuchte, den Krankenhausgeruch wegzuatmen. In letzter Zeit hatte sie ihn so oft gerochen und hatte sich dennoch nicht an ihn gewöhnt. Er irritierte sie. Bedrängte sie. Diese Mischung aus Chemikalien, geahntem Schmerz und vagen Aussichten. Hoffnung nur in Spurenmengen. Sie musste sich auf die Bank an der Wand setzen.

»Was hast du denn gestern angestellt?«, fragte Veronika und setzte sich neben sie. »Du bist ja ganz grün.«

»Ich? Was habt ihr angestellt? Láďa und der Vater?«

Maries Schwager sah sich auf dem Gang um und setzte sich an die andere Seite.

»Dein Auto ist in Ordnung, das hast du gesehen …«

»Verdammt noch mal, ich frag nicht nach dem Auto!«

Er blickte zu Veronika und dämpfte die Stimme.

»Gestern war er im Wirtshaus und hat sich mit dem Hanzal gerauft.«

»Was, der Vater?«

»Der Wirt hat mich angerufen, ich soll ihn einsammeln. Ihm wäre nicht gut. Ich hab das Auto vor dem Wirtshaus gelassen, geh rein und seh, wie der Vater den alten Hanzal an der Gurgel hat. Ich hab sie getrennt, und der Hanzal ist rausgerannt. Ich hab dann den Wirt gefragt, was eigentlich los ist, und auf einmal höre ich draußen den Motor ...«

»Der Vater hat mit deinem Auto den Hanzal angefahren«, fiel Veronika ihrem Mann ins Wort.

Marie schluckte trocken. Patienten in Pantoffeln schlurften über den Gang, dazwischen huschte Klinikpersonal in Weiß. Das fensterlose Dämmerlicht verlieh den Gestalten in den Krankenhausmorgenmänteln etwas Gespenstisches. Ruckend schob sich die bleiche Schar unter dem niedrigen Plafond voran. Bilder aus einer zweitklassigen Horrorstory, wie Veronika sie so gerne las oder im Fernsehen schaute. Marie versuchte, mehr aus dem Gesicht der Schwester herauszulesen, da richtete der Schwager sich wieder an sie.

»Hanzal ist über die Wiese nach Hause gerannt, und Vater hat ihn mit dem Auto gejagt, der Arme hat Haken geschlagen, auszuweichen versucht ... Ich hab gesehen, wie der Vater ihn mit dem rechten Kotflügel umgelegt hat. Als ich sie eingeholt hab, lag der Hanzal noch auf der Erde, und der Vater hat ihm mit den Fäusten ordentlich die Visage poliert.«

»Aber warum denn, um Gottes willen?«

»Die hassen sich wie die Pest«, sagte Veronika.

»Na, das wissen wir schließlich, das tun sie schon fünfzig Jahre.«

»Dann kam der junge Hanzal daher, hat Alarm geschlagen, hat die Bullen gerufen«, fügte Láďa hinzu.

»Aber der alte Hanzal ist doch auch krank«, sagte Marie. Sie sah erst zum Schwager, dann zur Schwester auf der anderen Seite.

»Allerdings, das ist er«, stimmte Veronika zu. »Hat grad eine Dickdarm-Operation hinter sich.«

Vor dem Krankenhaus fühlte Marie sich leichter, der scharfe Wind strich kühl über ihre Stirn.

»Können wir das Auto echt noch behalten?«, fragte der Schwager.

»Ja klar. Ich hab schon die Fahrkarte für den Bus.«

»Dann also danke«, sagte Veronika. »Wir bringen dich zum Bahnhof. Hier hast du Wasser. Willst du eine Aspirin?«

»Warum?«

»Gegen den Kater.«

*

Die Landschaft hinter dem Fenster floh nach hinten. Obstbäume und fallende Blätter, gilbende Wiesen entlang der Straße. Marie ließ den Weg gleichgültig an sich vorüberfliegen. Wenn sie die Augen schloss, sah sie diese wütenden Spuren im Gras, die von den Reifen zerpflügten Schlehen. Der Bus schaukelte sanft, und Marie verspürte ein leichtes Unwohlsein. Vielleicht auch von diesem nicht zu vertreibenden Bild – ein alter, todkranker Mann jagt einen anderen alten, todkranken Mann, ihre Häuser stehen schon hundert Jahre nur ein paar Meter voneinander entfernt. Sie traktieren sich mit den Fäusten, prügeln sich im kühlen Herbstgras. Der Herzkranke mit dem Krebspatienten. Ein altererbter Familienhass. Marie nahm einen Schluck aus der kleinen Plastikflasche, die ihr die Schwester vor dem Krumlover Krankenhaus in die Hand gedrückt hatte, lehnte den Kopf zurück und hoffte, das schwerfällige Geschaukel dieser monotonen Fahrt würde sie einschläfern.

Vergeblich. Eine so unrühmliche Abfahrt aus Český Krumlov. Voll Zorn auf sich selbst. Sie hatte bekommen, was sie verdiente. Über zwei Stunden wird diese qualvolle Reise dauern, und es gibt kein Entrinnen, in kein enges Gässchen. Alle Busplätze ausverkauft. Neben Marie saß ein Mann im Anzug, auf dem Schoß ein Notebook, die Finger huschten ohne Pause über die schwarze Tastatur. Marie spielte ratlos mit ihrem Handy, der kleine flache Bildschirm glänzte dunkel. Eine reglose schwarze Oberfläche. Die Hostess bot vom Gang aus Kaffee im Becher und Zeitungen an, Marie schloss lieber die Augen, das blonde Haar des Mädchens war von ähnlicher Schattierung, in etwa genauso lang. Fast die gleiche Haartracht wie kurz vor Morgengrauen im Dämmerlicht der ausgeräumten Buchhandlung. Eine Hostess und eine Führerin aus dem Krumlover Schloss. Beide um die fünfundzwanzig. Marie ließ die Augen geschlossen. Überall hübsche Mädels um fünfundzwanzig. Wo kommen die, verflucht noch mal, nur alle her. Das ist ein wahrer Frontalangriff. Sie versuchte, dieses unangenehme Gefühl von Ungerechtigkeit und Bedrohung zu analysieren. Und kam zu dem Schluss, sie selbst sei lächerlich.

Bis zur Haltestelle in Písek konnte sie sich beherrschen. Dann griff sie doch nach dem Handy, scrollte sich durch die Fotos vom Sommer. Die Madonnenbilder. Der Altar von Vyšší Brod. Die Kopie des gotischen Tafelbildes. Der Ausflug mit Filip nach Zlatá Koruna.

Der Bus fuhr an. Sie schloss ihre kleine private Kunstgalerie. Nichts als Bilder, zu löschen durch kurzes Tippen der Fingerspitze. Eigentlich gar nichts. Genau wie die Ausflüge, zu denen es nicht gekommen war. Große Pläne. Mit der Bahn nach Wien. Kunsthistorisches Museum. Mit dem Flugzeug nach Lissabon zur Madonnenausstellung aus den Vatikanischen Sammlungen. Alles in Luft verpufft. Alles nur Sommergeschwätz.

Schließlich schrieb sie die SMS doch. Zögerte, las sie auf dem Display immer wieder von Neuem durch und schickte sie erst kurz vor Příbram ab.

Bist du zufrieden? Hast du dir unseren Abschied so vorgestellt?

Das Handy in der Tasche meldete sich erst auf der Autobahnabfahrt. Mit einem Seufzer fischte sie es hervor.

LENKA. Hi Mami, bist du immer noch bei der Tante in Krumlov? Ich würde morgen vorbeischauen.

Marie fühlte, wie ihr leichter zumute wurde.

> *Bin auf dem Weg nach Prag. Am Montag fängt das Semester an. Der Opa ist wieder im Krankenhaus. Geh mal nach ihm schauen. Lass uns am Abend telefonieren.*

Auf der Knížecí stieg sie aus. Von Filip keine Nachricht. Auch nicht, als sie von Smíchov aus Dejvice erreicht hatte. Den ganzen Abend nicht. Und auch nicht am nächsten Tag.

JANUAR 2018

Am Morgen in der Küche schaltete sie den Wasserkocher an und machte sich Tee. Es war immer noch neu für sie, in dieser großen Dejvicer Wohnung allein zu sein. Obwohl sich im letzten halben Jahr hier eigentlich fast schon alles verändert hatte. Die Wände rochen noch immer frisch geweißelt, denn sie hatte die alte Welt rasch beerdigen wollen. Das ganze vergangene Leben. Überstreuen mit hellem Kalk. Das ehemalige Arbeitszimmer ihres Mannes war nun Gästezimmer mit einem frischen grasgrünen Vorhang. Zwei schmale Betten und eine Kommode, ein kleiner Teppich auf dem Parkett. Und Bücher sind hier jetzt viel mehr, jetzt schon in zwei Zimmern. Neue Regale nach Maß, im Wohnzimmer ein Regal über Eck, wie Marie es sich immer gewünscht hatte. Dazu eine Stehlampe und ein moderner, bequemer Sessel mit hoher Lehne. Ein Leseeck. Im Herbst hatte sie im Auto drei Kisten Bücher aus ihrem Elternhaus auf dem Land hierhergebracht. Kollege Koutský hatte ihr die schwere Literatur nach oben getragen.

Sie versuchte etwas zu sich zu nehmen, öffnete eine Packung Schokoplätzchen. Der Tee duftete, und Marie sah die Kleider durch, die sie auf Bügeln an die halb offene Tür gehängt hatte. Sie zog sich an, als hätte sie Vorlesung. Schwarz-Weiß war ihre bevorzugte Kombination, und sie liebte Kostüme oder Röcke. Auch Dunkelblau mochte sie. Das ist schlicht und wirkt dennoch festlich. Und im Flur dann den Flauschmantel überziehen. Sie ging noch einmal ins Wohnzimmer zurück, schon in hohen Stiefeln, und beugte sich aus dem Fenster. Blickte aus dem zweiten Stock des alten Mietshauses auf die Kugelkronen der Bäumchen unter sich. Der Frost schnitt in die Wangen, im Nebeldunst der Straßen sank er aufs Pflaster. Rasch schlug sie das Fenster zu.

Das Kreisgericht für Prag 6 ist in Vršovice. In der Metro dachte sie darüber nach, und als sie vor dem massiven Gitterzaun des Gerichtsareals stand, meldete sich in der Tasche das Telefon. Sie streifte den rechten Handschuh ab und las die Nachricht.

LUBOŠ
Bitte sag der Anwältin, dass ich in 15 Minuten da bin.

Selbst auf die eigene Hochzeit pünktlich zu kommen, hatte er damals nicht hingekriegt. Marie sah auf die Zeitanzeige des Mobiltelefons. Sie war fünf Minuten zu früh. Die Anwältin, schlank, jung, trug über der Jacke einen Gürtel mit großer Metallschließe, extravagant und bei diesem Frost sicher eisig. Auch ihre Schritte auf dem überfrorenen Gehsteig klangen metallisch. Die beiden Frauen steuerten Seite an Seite auf den Eingang zu, hakten sich unter und tasteten sich schrittchenweise vorwärts. Sie tauschten ein Lächeln, leicht amüsiert, solidarisch und auch ein wenig entschuldigend.

Auf dem Korridor machten sie halt vor der ihnen bestimmten Tür, an der ein Zettel hing mit den Namen *Marie Solecká, Luboš Solecký*. Letzterer eilte zugleich mit dem Richter im Talar herbei, der allerdings von der anderen Seite kam. Marie spürte ein neues, unbekanntes Parfüm an ihrem Mann. Grauer Anzug, Business-Krawatte. Sie traten in einen kleineren Saal, die Anwältin setzte sich neben Marie an den langen rechteckigen Tisch, Luboš wurde von dem Richter auf den Platz gegenüber gebeten.

Marie hatte den Eindruck, dass sein Talar speckig war und auch die grau melierten Haare erschienen ihr fettig. Ein Selbstrichter, vertieft in ein Selbstgespräch. Er brummelte ins Diktafon und heftete den Blick in den Ordner vor sich.

»Aus der Einigung der beiden Parteien über die Regelung des gemeinsamen Besitzstandes für die Zeit nach der

Scheidung der Ehe stellt das Gericht fest, dass die Parteien sich verständigt haben, dass …« Marie schoss ein Traumfetzen aus der vorangegangenen Nacht durch den Kopf. Irgendwie seltsam, dass sie in fast all ihren Träumen jung ist. Und auch alle um sie herum sind jünger als in Wirklichkeit. Luboš, Veronika, der Vater, die Mutter, alle sind jung. Diese Träume haben immer ihr ganz eigenes Licht, das Marie noch Minuten nach dem Erwachen in den Augen steht, und durch diesen Schleier blickt sie auf die Welt, von irgendwo aus der Vergangenheit.

»Aus dem Vortrag beider Parteien schließt das Gericht, dass aus dieser Ehe ein Kind hervorging …« Lenka hat ein Zimmer in der Dejvicer Wohnung. Lenka ist so ein Zimmer in Maries Innerem. Ein weiteres Zimmer hat Lenka auch gegenüber, bei Luboš. In seinem Inneren, und angeblich auch in seinem neuen Haus am Stadtrand von Prag. Marie blickte über den Tisch hinweg zu Luboš, der auf sein Handy schaute, den Kopf gesenkt hatte. Auch der Richter hatte seinen Kopf in die Papiere versenkt und betete seine juristische Litanei ins Diktafon. Marie dachte, dass sie sich die Diplomarbeit hätte mitbringen können, bei der sie Opponentin war. Oder die Vorlesungsvorbereitungen für das Sommersemester. Fast hätte sie dabei losgelacht. Da blickte Luboš zu ihr auf. Er lächelte und ließ das Handy rasch in der Tasche verschwinden, wie ein ertappter Schulbub in seiner Bank.

»Nach Paragraf 757, Absatz 1 des Bürgerlichen Gesetzbuches gilt außerdem: Stimmt der Ehepartner dem Antrag auf Scheidung der Ehe zu, dann …« Sie dachte daran, was sie beim Verlassen des Gerichtsgebäudes empfinden würde. Was sich ändern würde. Erwartung ist immer mit Aufregung untermischt. Einem Aufgeregtsein vor dem Unbekannten. Aber Marie fühlte, wie ein merkwürdiger Schmerz sich in diesen Augenblick bohrte. Wie eine Stecknadel, die sich mit dem Köpfchen einspießt und nicht mit der Spitze. Abschiedsschmerz. Sie hatte sich alles klar zurechtgelegt und ihre Emotionen im Griff, wie eine teilnahmslose

Beobachterin. Unstrittig alles, eine einvernehmliche Scheidung.

»Nach Paragraf 757 kann die Ehe geschieden werden, sofern sie dauerhaft gescheitert ist und keine Erwartung mehr darin besteht, dass die Lebensgemeinschaft wiederhergestellt werden kann …« Ihre Gedanken gerieten dennoch in einen Wirbelsog. Bilder aus der Vergangenheit, die Eltern, Lenka, die Schwester, dieses Stillleben mit Apfelbaum und Bauernhaus auf dem südböhmischen Land, der Stoß weißer Kuverts in der Dejvicer Wohnung, die Korrespondenz der jüngsten Zeit. Sie muss nur zur Versicherung, wegen der Haftpflicht für das große Auto, das Luboš sich vor einem Jahr zugelegt hat und jetzt im Rahmen des Güterausgleichs auf sie hat überschreiben lassen. Und dann braucht sie auch neue persönliche Dokumente. Ein Gerenne von Pontius zu Pilatus. Aber ihre Hände lagen ruhig auf der Tischplatte vor ihr. Silberne Armbanduhr links, lackierte Nägel.

Die Stimmen rundum wurden lauter. Ihr wurde bewusst, dass sie gemeint war. Die Anwältin berührte sie leicht am Ellbogen.

»Ich wiederhole. Können Sie bestätigen, dass Ihre Ehe gescheitert ist und keine Erwartung mehr darin besteht, dass die Lebensgemeinschaft erneuert werden kann?«

Marie sagte »Ja«. Luboš hatte sein »Ja« offenbar schon vor ihr gesagt. Das Absurde dieses Augenblicks reizte ihr Zwerchfell erneut. Der Richter erzählte noch ein bisschen ins Diktafon vor sich hin, und dann standen sie auf einmal alle drei wieder im Frost auf dem Gehsteig. Aus dem Himmelsgrau rieselten kleine Schneenadeln. Eisige Luft, der Atem der jungen Anwältin flog. Im Eiltempo informierte sie, wann sie das Urteil im Postkasten zu erwarten hätten, bis wann Marie, sofern sie das wolle, auf dem Standesamt ihren Geburtsnamen beantragen könne. Und sie erkundigte sich ein weiteres Mal, an wen sie die Rechnung für die anwaltlichen Dienste zu adressieren hätte. Luboš, schon wieder ganz Geschäftsmann, bedachte sie mit einem weltläufigen

Lächeln. Sie reichten der Anwältin die Hand und blieben allein zurück.

»Du hast bei mir immer noch einen letzten Karton mit Sachen«, sagte Marie.

»Und was ist da drin?«

»Was weiß ich? Vielleicht alte Fotos, Unterlagen, einfach Papier.«

»Alles klar, den hol ich ab. Soll ich dich irgendwo hinbringen? In einer halben Stunde habe ich ein geschäftliches Treffen mit einem Immobilienentwickler in Smíchov.«

»In einer halben Stunde? Da hast du dir ja keinen großen zeitlichen Puffer gelassen.«

Achselzucken, selbstsicheres Lächeln. Sie sah ihm nach, wie er zum Auto ging. An der Tür des dunkelblauen Wagens prangte gut sichtbar das Logo der Immobilien GmbH. Und weiter geht's. Sie zog das Spiegelchen aus der Tasche und überprüfte Augen, Lippen, Wangen. Vorsichtig tastete sie sich auf dem überfrorenen Gehsteig Richtung Metrostation. Ehe sie an der Ecke nach links bog, blieb sie kurz stehen. Ein relativ langes Stück vor ihr war frisch verschneit. Die dünne weiße Schicht schien wie aus einem Guss, unberührt, nicht eine Stapfe. Ein silbriger Teppich. Marie stockte der Atem. Ein neuer Weg. Frostglitzernd lag er vor ihr. Marie atmete tief durch, senkte den Blick, um ihren Atem fliegen zu sehen. Dann tat sie den ersten Schritt.

*

Sie setzte sich an ihr Lieblingstischchen. Mit dem Rücken zur Wand, links die Theke, rechts der Blick zur Tür. Schon den dritten Vormittag saß sie hier, um mit leiser Stimme ihre Telefonate zu erledigen und E-Mails zu schreiben. Rings in den Regalen lagen gebrauchte Bücher, auf der Damentoilette hingen alte Lehrtafeln aus der Schule mit den Deklinationsmustern der weiblichen Substantive. Dass auf der Herrentoilette entsprechende Wandbilder mit den Mustern der männlichen Substantive hingen, wusste sie vom Cafetier. Sie hatte den Handy-Klingelton lautlos gestellt, das Gerät brummte gerade auf der Tischplatte, und das Display zeigte den Namen *KATKA*.

»Wann kommst du denn?«, fragte Marie ohne Gruß.

»Na ja, bis ich auf dem Palach-Platz bin, das dauert, also etwa in zwanzig Minuten etwa.«

»Du, ich bin aber nicht an der Fakultät.«

»Hast du nicht gesagt, dass du im Kabinet bist?«

Marie lächelte ins Telefon.

»Da bin ich ja auch, im Café Kabinet.«

»Wo ist denn das?«

»Das weißt du doch, in der Terronská. In der Straße, wo dein Friseur ist.«

Marie mochte das Lokal, es war ein ruhiger Ort, denn Touristen fanden kaum hierher. Sie blickte zu ihrem Wintermantel, der gegenüber hing. Vor Augen stand ihr die große Schließe am Mantel der Anwältin Denisa Králová. Und der speckige Talar des Selbstrichters mit dem Diktafon in der Hand. Noch war keine Woche vergangen, und ihr kam es dennoch so vor, als wäre das alles in einem anderen Jahrhundert gewesen. Oder in einem parallelen Leben. Was eigentlich war das gewesen? Sie suchte nach einem treffenden Ausdruck. Eine Farce, nein, das war nicht das richtige Wort dafür. Die abgenudelte Komödie des Lebens. Fremder Leben. Von denen sie immer wieder gehört, die sie um sich herum beobachtet hatte, aber direkt betroffen hatte sie das nicht. Vor einem halben Jahr noch hatte für Marie alles ganz anders ausgesehen. Jetzt kam es ihr vor, als hätte sie zusammen mit ihren Illusionen auch zehn Jahre Leben verloren. Und noch etwas Wichtiges, was sie nicht benennen konnte. Wie konnte sie in ihrem Alter so naive Vorstellungen haben? Dass man nämlich, bevor zwei Menschen sich trennen, Menschen wie sie und er, erst ein großes Gericht halten müsse? Nicht in einem armseligen muffigen Saal. Ein Gericht auf anderer Ebene. Ein Himmelsgericht. Dort würde man darüber zu

Rate sitzen, ob es sein dürfe, dass Mann und Frau auseinandergehen. Aber nicht so. Nicht zwei streitende Egos, zwei Körper, zwei zerquälte nervöse Seelen, alles würde vielmehr in höheren, ja überirdischen Sphären vonstatten gehen. Zwei Abgesandte auf diplomatischer Ebene, die *chargés d'affaires* ihrer Liebe zu ihm und seiner Liebe zu ihr, würden miteinander verhandeln. In repräsentativen Räumlichkeiten mit Brokatvorhängen und Intarsienmöbeln, wo das Licht eines kristallenen Lüsters auf den Mahagonitisch fällt. Stattdessen Herumgestehe mit der Anwältin auf dem engen Korridor, zwei mit Topliner geschriebene Namen auf einem Zettel, der in einem Rähmchen an der Tür zum Verhandlungssaal steckt. Ein müder, etwas zerzupfter und zerrupfter Routinier im Talar erscheint, setzt sich auf seinen erhöhten Platz und schaut die beiden nicht einmal an …

Die Freundin aus Dejvice kam zur Tür herein, kurze Umarmung und Küsschen auf die Wange.

»Ich hab gestern, als ich bei dir vorbeikam, geklingelt.«

»Ich bin an dieses Tischchen gezogen«, sagte Marie mit einem Lächeln. »Ich gebe meine Audienzen hier.«

»Natürlich waren wir hier schon mal«, gab Katka zu und sah sich um. Sie trug das dunkle Haar kurz, wie ein Junge, was sie gegenüber ihrer Altersgenossin Marie jünger erscheinen ließ. Und auch ihre Art sich zu kleiden, war betont jugendlich. Unter der kurzen Steppjacke kam ein sportlicher Sweater zum Vorschein, und dazu Jeans.

»Vielleicht bestelle ich auch die Studenten zur Prüfung hierher«, sagte Marie. »Irgendwie habe ich keine Lust mehr auf institutionelles Gemäuer. Ganz egal welche Institution.«

Katka, Magistratsangestellte, sprühte vor Energie, und Marie war dankbar und fragte sich, inwieweit diese positive Laune echt war und inwieweit nur gespielt, aber auf jeden Fall war es sehr nett. Katka sah die Tage und Wochen, die jetzt auf Marie zukamen, klar vor sich. Sie würde endlich mit ihr Pilates machen, außerdem gäbe es ein zweites Abonnement für die Philharmonie, denn ihr Mann hätte sowieso keine Zeit für Konzertbesuche. Möglichst bald müsse zu Hause bei Marie auch die geplante Party steigen, und in der Zeitschrift hier wären etliche Tipps für ein Wellness-Wochenende, sie müssten unbedingt raus aus Prag, irgendwohin auf einen gemeinsamen Damenausflug.

Marie schielte unterdessen unausgesetzt nach dem Telefon. Außer den Nachrichten von Lenka und ihrem Unikollegen Milan Koutský zeigte es einen entgangenen Anruf von der Schwester an, später auch eine Textnachricht. Noch abends beim Suppekochen schaute sie immer wieder mürrisch zum Handy. Eines war klar: anrufen musste sie. Nach einem hastigen Abendessen, es war gegen fünf und draußen schon dunkel, las sie die Nachricht von Neuem:

Kannst du heimkommen? Der Vater liegt wieder, die Kohle wird geliefert und Lada ist die ganze Woche auf Montage.

Wenn Marie auf etwas verzichten konnte, dann auf den ewig vorwurfsvollen Ton ihrer Schwester. Aber sie griff entschlossen zum Handy und machte es sich auf der Couch bequem. Das Telefon klingelte lange.

»Grüß dich, was macht der Vater?«, fragte sie sofort.

»Das interessiert dich tatsächlich?«, begann Veronika ohne Gruß. »Du warst seit Weihnachten nicht mehr zu Hause.«

»Bitte, lass das jetzt mal. Wir haben Januar.«

»Du meldest dich nicht. Ans Telefon gehst du auch nicht.«

»Ich rufe die Mutter fast jeden zweiten Tag an. Und hab selbst auch genügend am Hals, verdammt noch mal.«

»Soll ich dich etwa bedauern?«

»Verčo, hör auf damit, so miteinander zu reden, hat keinen Sinn.«

»Der Blutdruck beim Vater ist wieder mal explodiert, ich hab ihn zur Untersuchung gefahren, er soll absolute Ruhe halten und liegen.«

»Ich hab gestern mit der Mutter gesprochen und hatte nicht den Eindruck, dass es so ernst aussieht.«

»Ah ja, und hat sie auch damit angegeben, wie katastrophal ihr Nierentest war?«

»Darüber hat sie kein Wort verloren.«

»Dir sagt die Mutter nie irgendwas. Das krieg alles ich ab, weil ich zur Hand bin.«

»Das stimmt nicht.«

»Doch, das stimmt. Auf dich wird Rücksicht genommen. Sie wollen dich nicht erschrecken …«

»Die Eltern brauchen Kohle?«, fiel Marie ihr ins Wort.

»Ja. Ich hab schon gefragt, gleich morgen könnten sie liefern.«

»Ich kann aber nicht gleich kommen. Wegen der Prüfungen.«

»Was für Prüfungen?«

»Himmelherrgott, die der Studenten vermutlich? Jetzt ist Prüfungszeit, die Termine sind ausgeschrieben …«

»Und am Freitag kannst du?«

»Das ginge.«

»Prima, dann bestell ich für Freitag. Im Haus muss auch gründlich geputzt werden. Und ich will für die Mutter große Wäsche machen, sie soll sich damit nicht abtun.«

»Gut, bis Sonntag kann ich bleiben«, sagte Marie.

»Dass ich dich nach so langer Zeit mal wieder was tun seh?«

Schwingungen eines boshaften Klangs.

Marie wachte kurz nach Mitternacht auf. Der Traum war wirr gewesen, nur einzelne Bilder hatten sich festgesetzt, der Rest sich verflüchtigt, noch ehe sie in der Küche war, um einen Schluck Wasser zu trinken. Sie konnte nicht mehr einschlafen und dachte an Lenka. In das wachgerissene Bewusstsein bohrten sich die üblichen Ängste. Dass Lenka nichts Schlimmes zustoßen möge. Ob sie die Erkältung schon los wäre, und ob sie sich am Wochenende in Přídonice sehen würden. Dann defilierten die Sorgen um die Eltern vorbei. Das Herz des Vaters. Seine cholerischen Ausraster waren den Töchtern seit Kindestagen vertraut. Die Güte der Mutter hatte stets alles aufgefangen. Auch seinen Zorn, seine Halsstarrigkeit, die Weinerlichkeit der Kinder. Marie sah hinter den geschlossenen Lidern den ländlichen Hof, ein großes und ein kleines Mädchen, beide gekleidet wie Buben. Die Mädchenkleider legte ihnen die Mutter immer erst morgens vor der Schule zurecht. Marie knipste das Lämpchen an und las eine Weile. Dann schlief sie ein.

*

Von dem schwarzen Auto, das unter ihrem Fenster geparkt stand, hatte sie wochenlang nur den Schnee gefegt. Es hatte Sommerreifen. Luboš hatte im vergangenen Herbst seinen Dienstwagen benutzt, und seit Dezember gehörte dieser geräumige, überflüssig große Wagen ihr. Aber die Winterreifen lagen, sorgfältig in Plastiksäcke verpackt, noch immer im Keller. Marie trat in ihrem Mantel von einem Fuß auf den anderen, dann legte sie den Handfeger zurück in den Wagen, schloss ab und ging zu Fuß zur Fakultät. In der Pause zwischen den Prüfungen suchte sie im Internet für den folgenden Tag eine Busverbindung nach Český Krumlov. Sie machte sich gegen die Erkältung schon zum zweiten Mal Kräutertee und erwartete als letzte Kandidatin eine Studentin, die sich wirklich für Literatur interessierte. Ein scheuer Bücherwurm. Bald schweiften sie vom eigentlichen Thema ab, unterhielten sich einfach so über die Lektüre. Wenn ich sie ein Semester lang mit englischer Literaturgeschichte versorge, könnte sie mir als Gegenleistung ja auch etwas beibringen, dachte Marie. Und die restliche Prüfungszeit verging damit, dass die dünne, bebrillte Studentin Marie erklärte, wie man über eine App im Smartphone eine Fahrkarte für den Bus kauft.

Am Freitagmorgen warf sie ein paar Kleidungsstücke in ihre Sporttasche. Kramte aus dem Bodenfach des Schrankes ihre alten, verwaschenen Jeans hervor, die sie lange nicht mehr getragen hatte, daher probierte sie lieber, ob sie überhaupt noch hineinpasste. Sie musste sich etwas zwängen, aber es ging. Sie eilte die Treppe hinab, hielt unwillkürlich mitten auf dem breiten, hohen Gang inne. Das Klappern ihrer Absätze verstummte, der Widerhall auch. Lenka mochte ein oder zwei Jahre gewesen sein und hatte, wann immer Marie sie durch diesen Gang trug, laut gekreischt. Sie hatte Lust daran, wie ihr Stimmchen den Raum eroberte und als Echo zurückkam. Und Marie und Luboš hatten es beide sehr geliebt, dieses Aufkreischen der Tochter im Gang, hatten immer darauf gewartet. Marie löste sich wieder vom Fleck, und als sie draußen auf dem Gehsteig stand, fiel die schwere Eingangstür hinter ihr zu und schloss den nostalgischen Nachklang aus einem früheren Leben hinter sich ein.

Im Bus zog sie ein Buch heraus, schob es aber bald wieder in die Tasche. Sie las Lenkas SMS, dass sie dieses Wochenende nicht nach Přídonice kommen könne, sondern in Wien bliebe. Sie nahm die von der Hostess angebotenen Kopfhörer und schaltete den Video-Player in der Rücklehne vor sich an, suchte lange nach einem Film. Nach einer Viertelstunde schaltete sie wieder aus und blickte hinaus in die vorüberfliehende Landschaft. Dann schloss sie die Augen.

Im Kopfhörer entspann sich ein neuer Dialog, hinter ihren Lidern lief ein Film an mit verwackelten Bildern, die immerzu rissen, eher ein heimisches Amateurvideo. Und sie wollte diesen Film nicht mehr sehen müssen, doch kaum hatte sie ihn angehalten, begann er in ihrem Kopf von Neuem zu laufen, gegen ihren Willen, vom Anfang, von der Mitte, vom Ende her rückwärts. Sie hätte die Dialoge analysieren können wie mit den Studenten in den Literaturseminaren. Oder den szenischen Aufbau, wie Milan Koutský in der Filmwissenschaft.

»Du willst sie also kaputt machen?«

»Was?«

»Du willst dieses schöne junge Mädchen kaputt machen?«

»Was redest du denn da?«

Der Ehemann um die fünfzig. Der oberste Hemdknopf offen, die Krawatte über der Stuhllehne, er sitzt im Sessel.

Müde nach dem Arbeitstag. Er tut so, als interessiere ihn das Fernsehprogramm. Dabei ist er sich seines verbissenen Gesichtsausdrucks nicht bewusst. Er würde gern locker wirken, seine Züge sind aber angespannt. Zu seiner Frau schaut er nur wie beiläufig. Er würde gern einen ungezwungenen Eindruck machen, sucht im bequemen Sessel nach einer gelösten Haltung, sitzt aber wie auf Nadeln. Dieser Widerspruch macht ihn nervös. Ein Teufelskreis. Die Ehefrau, ein paar Jahre jünger, adrett gekleidet, Bluse, Rock, steht neben dem Konferenztischchen, sie ist ziemlich groß und dominiert die Situation daher, ist obenauf schon dadurch, wie sie sich hält.

»Ich sag, du machst sie kaputt. Du ziehst sie in deine Welt.«

»Welche Welt?«

»Ich kenne sie, diese Welt. Sie war nicht immer so. Aber jetzt ist es eine Welt der Automatismen, der Unveränderlichkeit, des Sterbens …«

»Ich bitte dich, was redest du denn da?«

Der Ehemann schaut ein paar Sekunden hinüber zu seiner Frau, bemüht sich um etwas, was man »Losprusten« nennt, aber seine Lippen sind aufeinandergepresst, und er reibt sich nervös die Hände. Die Ehefrau wirkt freier, ist aber eher entschlossen, bisweilen blickt sie ein wenig von oben herab auf ihren Mann, fast ein wenig amüsiert.

»Glaubst du, dass ich die letzten Jahre nicht an deiner Seite verbracht habe? Dass ich nicht weiß, wie wir leben? Wie du lebst? Wie du bist?«

»Und wie bin ich?«

»Du bist alt.«

»Ha ha, ich bin alt …«

»Damit meine ich nicht, dass du einundfünfzig bist, dass du ein paar graue Haare hast und dicker wirst.«

»Sondern?«

»Wie du lebst. Das macht dich alt.«

»Also gut, und kommt das nicht vielleicht dadurch, dass ich an deiner Seite lebe?«

Die Körpersprache verändert sich, der Eheman richtet sich auf, wenn vorerst auch im Sitzen, er streckt das Rückgrat und fixiert seine Frau längere Zeit. Allmählich scheint er aus der Defensive in die Offensive überzugehen.

»Erinnerst du dich, wie oft ich dir gesagt habe, wir sollten was ändern? Eine Kleinigkeit, von mir aus etwas völlig Belangloses, aber anfangen, irgendwo irgendwas zu verändern.«

»Ja, zum Beispiel abends irgendwas unternehmen, oder? Irgendwohin gehen. Und nicht zu Hause hinter einem Buch im Sessel kleben.«

»Und wann hättest du abends mal wohin gehen wollen, wenn du nie zu Hause warst? Du arbeitest zwölf Stunden täglich, und ich hab dir gesagt, du solltest mal einen Gang runterschalten, das Ganze etwas lockerer angehen …«

»Von Business verstehst du nichts.«

»Nein, du wolltest dich dem Problem gar nicht mehr stellen.«

»Doch.«

»Aha? Auf diese Art? Durch eine Aventüre mit einem fünfundzwanzigjährigen Mädel?«

Der Ehemann kommt ins Wanken, er sinkt wieder im Sessel zusammen und schüttelt den Kopf. Der Vorstoß in die Offensive ist missglückt.

»Ich bitte dich. Erspar ihr das. Und mir auch.«

»Was soll ich ihr ersparen?«

»Was? Die Enttäuschung, wenn sie dich dann durchschaut hat.«

Der Ehemann tritt in eine neue Phase ein, er reagiert gar nicht mehr, sitzt reglos, resigniert oder vielleicht auch überrascht. Die Ehefrau hingegen, immer noch stehend, verliert die Kontrolle über die Situation nicht und legt mit gehobener Stimme nach.

»Weißt du, wie ein Mädchen ist, so etwas über zwanzig? Stell dir unsere Lenka vor. Voller Leben, voller Erwartung, voller Ideale, Energie … Du bist nach all den Jahren im Business erledigt, du findest nachts keinen Schlaf …«

»Ich schlafe wieder ganz gut.«

»Ja, weil du Hypnotika nimmst oder irgend so einen Schweinkram.«

»Das ist ein Medikament, kein Schweinkram.«

»Ja, ein Medikament, eins, das abhängig macht. Und weißt du wogegen? Gegen Angst.«

»Pfff ...«

»So sieht das nämlich aus, du bist zerfressen von Angst, du fürchtest dich einfach.«

»Und wovor?«

»Weiß ich auch nicht. Vor dem Tod?«

»Werd bloß nicht pathetisch. Ich würde mal sagen, du liest zu viel.«

Eine eventuell neue Phase, Grinsen. Der Ehemann lächelt, eingesunken in seinen Sessel, ironisch vor sich hin. Die Ehefrau verstärkt ihren Angriff.

»Klar, du fürchtest das Ende.«

»Quatsch ...«

»Du trägst bunte Hemden und slim-fit, aber bist Pessimist. Du hast Angst und verlierst Kraft und Mut. Du bist am Ende. Außer dem Business, das ja mehr oder weniger von selber läuft und bei dem du allmählich nicht mehr mithalten kannst, bringst du nichts mehr zuwege. Das ist keine Müdigkeit mehr, das ist Verknöcherung. Du bist nicht bereit, irgendjemandem deine Zeit zu schenken, weil du weißt, dass sie dir zwischen den Fingern zerrinnt ...«

»So was hör ich mir doch nicht an.«

»Und da ziehst du sie jetzt hinein. Du glaubst, dass dich das jünger macht, dich aus diesem Marasmus herauszieht, aus dieser Erstarrung befreit, aber das ist eine Illusion. Sie wird bald merken, was mit dir los ist, du wirst das Tempo nicht halten können, du wirst mit dem Vortäuschen nicht hinterherkommen, mit dem Vortäuschen, ein anderer zu sein als der, den ich aus nächster Nähe kenne. Entweder pfeift sie eines Tages auf dich oder du machst sie kaputt. Zerstörst ihr das Leben. Vielleicht machst du ihr ein Kind, aber damit rettest du nichts, auch nicht mit deinem Geld. Was erwartest du dir von ihr? Eine Infusion? Ein Verjüngungselixier?«

Marie konnte nicht glauben, dass es ihr doch gelungen war, im Bus einzuschlafen. Als sie erwachte, gab sie die Kopfhörer rasch zurück, schlüpfte noch auf dem Sitz in den Mantel und schon stand sie auf dem Busbahnhof in Český Krumlov, über den ein eisiger Wind hinwegfegte. Sie ging hinunter zur Tankstelle, wo Veronika im Auto auf sie warten wollte. Sie ging in den kleinen Verkauf, schlenderte die Regale ab. Frostschutzlösung fürs Spritzwasser, Bier in Blechdosen und Hochglanz-Illustrierte. Sie schwitzte in ihrem Mantel. Endlich tauchte hinter dem Fensterglas das blaue Auto der Schwester auf.

Sie kletterte auf den Beifahrersitz, der Wagen war völlig überheizt, aber sich auf diesem beengten Raum aus dem Mantel zu schälen, versuchte Marie gar nicht erst.

»Entweder heizt es zu stark oder gar nicht«, sagte Veronika lakonisch und konzentrierte sich hinter ihrer Brille auf den Verkehr, saß über das Lenkrad gebeugt, lehnte sich nicht ein einziges Mal in den Sitz zurück, und Marie bemerkte im müden Profil der Schwester die Fältchen und die Ringe unter den Augen. Während der viertelstündigen Fahrt sprachen sie lediglich über das, was es im Haus zu tun gäbe und wie es den Eltern ginge. Veronika fragte die Schwester nach nichts, als hätten sie sich vorgestern zum letzten Mal gesehen. Als wäre in Maries Leben nichts vorgefallen. Sie hatte es vermutlich mit den Eltern besprochen, sie war ja fast täglich bei ihnen, und außerdem kannte sie diese banalen Geschichten, diese literarischen Klischees nur allzu gut, wonach sollte sie also fragen. Sie kannte das alles aus den Billigromanen. Ein Manager mittleren Alters lässt sich wegen seiner Assistentin scheiden, die nicht einmal halb so alt ist wie er. In dem überheizten Auto gelang es Marie, den Weg und die Schwester hinter dem Lenkrad völlig auszublenden. Sie war ganz und gar in ihre Geschichte versponnen und merkte, dass sie sich für diese Geschichte schämte und keine Lust hatte, sie irgendwem zu erzählen. Dieses Klischee! Warum musste ausgerechnet sie es am eigenen Leib erfahren? Immerzu war es präsent, und zeitweise kam es ihr vor, dass diese peinliche, abgeschmackte Geschichte gar nicht zu ihr gehörte, sondern zu Luboš. Aber Luboš war ihr Mann, und damit war es ihre Geschichte ... Das Auto stand plötzlich mit einem solchen Ruck still, dass der Sicherheitsgurt heftig in Maries Schulter schnitt. Schmerz fühlte sie nicht, der Wintermantel hatte gut gepuffert, eher war sie erschrocken. Sie standen vor der Einfahrt in den Hof.

Marie stieg aus und schob die Torflügel auf, damit Veronika in den kleinen, leicht abschüssigen Hof hineinfahren konnte. Zu beiden Seiten befanden sich niedrige gemauerte Ställe, die seit Jahren leer standen. In einem hatten die Eltern bis vor Kurzem noch ihr Auto gehabt, aber das war inzwischen verkauft, der Vater hatte seit drei Jahren keinen Führerschein mehr. Aus gesundheitlichen Gründen.

»Lass das Tor offen«, blaffte Veronika aus dem Autofenster, »die müssen da mit der Kohle durch.«

Der Vater lag tatsächlich im Bett. Schaltete sich im Pyjama durch das Fernsehprogramm aus Tagesnachrichten, Quizsendungen und Sportwettkämpfen. Die Mutter zog Marie zu sich in die kleine Küche und fragte sie aus. Der Vater würde nicht fragen, das wusste Marie. Und dann würde er die Mutter ausforschen, am Abend oder wenn die Töchter wieder weg und sie beide allein im Haus wären. Marie wiederholte mehrfach, dass es ihr gut ginge und sie nichts bräuchte. Sie habe Freundinnen in Prag und an der Fakultät Kolleginnen und Kollegen. Sie hielt die Hand der Mutter, und nun fragte sie: nach der Untersuchung im Krankenhaus. Nach dem Zucker und den Nieren.

»Mama, hältst du dich auch an das, was die Ärztin dir sagt?«

Die Mutter nickte bejahend, aber Marie fragte genau und gezielt. Als wäre es eine Prüfung an der Uni.

»Auch kein Obst aus dem Garten, Mama, da ist nämlich auch eine Menge Zucker drin, hat die Ärztin gesagt …«

»Hör schon auf, ich bin doch kein kleines Mädchen!«

»Das bist du nicht, Mama, aber du hältst nicht alles so ein, wie du sollst.«

Die Mutter fasste Marie mit ihrer rundlichen Hand am Arm, damit sie aufhörte, legte ihr wie zum Scherz die Hand über den Mund.

»Aber die Medikamente müsst ihr genau nach Vorschrift nehmen, du und der Vater. Du sollst auf ihn aufpassen, Mama, und dabei schwindelst du selbst.«

»Aber nein.«

»Doch, doch, ich weiß es von Verča. Ihr müsst die Medikamente genau so nehmen, wie es auf dem Rezept steht. Und dass dir bloß nicht einfällt, uns draußen mit der Kohle zu helfen. Die beiden Töchter von Veronika kommen, wir sind also genug, und bestellt sind nur zwanzig Doppelzentner …«

Die Mutter seufzte nur.

»Ihr dürft euch beide nicht anstrengen. Kein bisschen. Das weißt du schließlich.«

»Aber wenn der Vater doch liegt …«

»Jetzt, ja, aber Verča hat euch beide gesehen, wie ihr aus dem Laden Kartoffeln anschleppt. Alles, was ihr braucht, bringen euch Láďa und Verča doch aus dem Supermarkt in Krumlov …«

*

Am Abend wusch sie in dem abgenutzten, schäbigen Bad der Eltern die Spuren des feinen Kohlenstaubs ab. Das alte Sofa in der Dachkammer erschien ihr zu kurz und zu schmal. Am nächsten Abend, nach der ganztägigen Hausputzaktion, spürte sie jeden einzelnen Muskel, ihr Körper, der so schwere Arbeit nicht gewohnt war, meldete sich nun doch zu Wort. Wenigstens schlief sie rasch ein, und am Sonntagmorgen fühlte sie sich erstaunlicherweise erfrischt. Das Rebus in dem vermauerten Gesicht des Vaters schien ihr beim Abschied nicht mehr ganz so unlösbar. In seinen Augen lag Zärtlichkeit, Sorge, es auszusprechen hatte er nie vermocht. Aber er streichelte ihr die Wange.

FEBRUAR 2018

Milan Koutský kam in das Café in Dejvice geeilt, sein Atem flog noch, als er die Tür schon hinter sich geschlossen hatte. Marie beobachtete ihn belustigt von ihrem Lieblingsplatz. Er streifte sich die Jacke vom Leib, eine Kapuzenjacke, und passte in seinem schwarzen ausgeleierten Pulli und den Cordhosen ganz gut ins Kabinet, ein wenig Bohémien mit seinem zerzausten, schon schütteren blonden Haar.

»Na ja, dein Stammtisch«, lachte er, als er vor ihr stand.

Und weil sie ahnte, womit er loslegen würde, stellte sie sich ganz einfach vor, sie könnte den Ton abstellen, könnte auf der Fernbedienung den Knopf mit dem durchgestrichenen Lautsprecher drücken, wie beim Fernsehen. Milans Gesten und sein Feuereifer waren im Grunde immer dieselben, ob er nun über Filme, die Fakultät oder Politik diskutierte. Die Mimik, die Handbewegungen und wie er sich über den Tisch beugte. Sie kannte ihn seit Jahren. Und stellte den Ton wieder an und zeigte sich geduldig.

»Ich versteh ja, Marie, dass du jetzt was ändern willst in deinem Leben. Das ist ja klar, nach so einem Schock. Aber ich begreife nicht, warum es ausgerechnet das sein muss.«

Milan und seine Frau Šárka gehörten im Moment zu den wenigen Menschen, mit denen Marie noch reden und die sie sehen wollte. Beide kannten Luboš, auch wenn die Treffen zu viert in letzter Zeit selten geworden waren.

»Marie, das ist wahrscheinlich die einzige Sache, die du gerade nicht ändern solltest. Das sichert dich ab, das hast du dir erkämpft, erarbeitet. Und jetzt, wo sicher ist, dass Navrátil endlich in Pension geht, fällt der Lehrstuhl an dich. Du hast die besten Aussichten.«

»Ich denke nicht mal im Traum an eine Bewerbung.«

»Du bist Kandidatin Nummer eins.«

»Das ist einfach gegen meine Natur, mit jemandem zu konkurrieren, mich öffentlich zu verteidigen …«

»Du schaffst das, da kann es gar keinen Zweifel geben.«

»Es gibt andere Adepten, die dafür geeignet sind.«

»Du hast hier an der Fakultät eine Unmenge Arbeit geleistet. Hast Publikationen in Fachzeitschriften, wirst in den studentischen Evaluationen regelmäßig zur beliebtesten Dozentin gekürt!«

»Ich fühle mich ausgebrannt.«

»Das ist doch Gerede; das lass mal dem Luboš und seinem Makler-Business. Entschuldige, aber ich darf ja wohl aufrichtig sein.«

Seine Hände waren fahrig, wie automatisch zog er aus der Hosentasche Zigarettenschachtel und Feuerzeug, legte sie vor sich auf den Tisch und steckte sie wieder weg, noch immer hatte er sich nicht daran gewöhnt, dass in den Cafés und Kneipen das Rauchen verboten war.

»Ich brauch frischen Lebenssaft, Milan. Ich hab den Eindruck, dass alles um mich herum sich verändert. Alle ändern ihr Leben, nur ich finde mich immerzu an derselben Stelle.«

»Und da hilft es dir dann, wenn du die Uni verlässt? Das soll deine Situation etwa lösen?«

»Wenigstens ist es irgendwas, eine Bewegung.«

»Und was willst du machen?«

»Ich weiß nicht. Vielleicht Managerin einer Stiftung, oder ich mach eine Buchhandlung auf oder eine Kunstgalerie …«

»Red keinen Unsinn, Marie.«

»Vielleicht verkaufe ich auch die Wohnung und kauf mir dafür ein kleines Haus auf dem Land; dann wäre ich näher bei meinen Eltern. Ich geh zurück ins Dorf.«

»Das ist doch Quatsch!«

»Irgendwas werde ich wohl ändern müssen. Weißt du, was Luboš zu mir im Herbst gesagt hat? Du bist langweilig, genau wie deine ganze akademische Karriere.«

»Und hast du ihn zum Teufel geschickt?«, brauste Milan auf. »Das hättest du tun sollen. Du hättest ihn in die Wüste schicken sollen, nicht er dich.«

Der Cafétier warf vom Tresen einen besorgten Blick herüber. Der in Rage geratene Koutský dämpfte die Stimme. Marie spielte mit den Fingerspitzen an ihren Ohrringen. Sie wusste, dass Milan sich wieder beruhigen würde, sie kannte sein Temperament und seinen dramatischen Habitus. Schauspieler am Theater oder beim Film – das hätte er werden sollen, und nicht die Wissenschaft davon lehren.

»Im Januar hab ich mir gesagt, jetzt ist der richtige Moment. Aber nein, ich zieh noch das Sommersemester durch, und in den Ferien entscheide ich.«

Koutský atmete sichtlich erleichtert auf, aber zufrieden wirkte er nicht. Er zahlte für beide, und sie verabschiedeten sich in der Eiseskälte vor dem Café. Sie sah sich noch einmal nach ihm um, wie er, mit einem Wölkchen Zigarettenqualm im Gefolge, seine entschlossenen Schritte zur Metro auf dem Siegesplatz lenkte.

*

Auch im Konzertsaal des Rudolfinums konnte Marie nicht völlig loslassen und sich konzentrieren. Die Musik strömte an ihr vorbei und grundierte lediglich ihre Gedanken, die Video-Szenen und Dialoge von zu Hause. Und dabei war es ein schöner, fast verrückter Nachmittag gewesen. Katka war nachmittags gegen fünf bei ihr in der Wohnung aufgetaucht, in Ausgehgarderobe. Marie hatte eine Flasche Sekt geöffnet. Und den Kleiderschrank. Hängte die Bügel um sich herum und probierte durch.

»Am liebsten würde ich mich anziehen wie zur Vorlesung«, sagte sie.

»Auf keinen Fall«, protestierte Katka.

»Aber darin fühl ich mich am wohlsten.«

Als sie nach dem Konzert im Café saßen, versuchte auch

Katka, ihr den Gedanken, die Fakultät zu verlassen, vehement auszureden.

»Ich würde gern weg aus Prag«, sagte Marie schließlich.

Und als Katka kurz auf die Toilette verschwand, nutzte sie den Augenblick und kaufte mit dem Mobiltelefon eine Busfahrkarte nach Wien. Sie legte das Gerät neben ihrem Weinglas ab und freute sich, dass es ihr gelungen war, freute sich über die neu erlernte Technik. Und Katka, die an den Tisch zurückkam, war froh, dass das Konzert der Tschechischen Philharmonie Maries Laune trotz allem ein wenig gehoben hatte.

*

Sie merkte, dass es ihr in der letzten Zeit guttat, wenn sich Dinge auf die gewohnte Weise wiederholten. Doch irgendwie ahnte sie, dass das nicht richtig war. Des frischen Windes wegen. Des Gefühls der Einmaligkeit wegen, mit dem jeder Augenblick, jeder Tag erlebt werden müsste. Die Hostess in derselben roten Uniform brachte Wasser in Plastikflaschen, dieselbe Zeitung, und wieder bot sie ihr Kopfhörer an. Marie lehnte diesmal nicht ab, sie wollte ihrer redseligen Sitznachbarin entkommen. Die fidele Rentnerin würde zwar nicht bis Wien fahren, sondern in Brno aussteigen, aber eine Viertelstunde angeregtester Konversation über nichts und wieder nichts waren für Marie mehr als genug. Zumal die Frau Anstalten machte, sie auszufragen. Über Privates sprechen? Eingezwängt auf dem Sitz, von dem es kein Entrinnen gab … Marie drückte rasch die Knöpfchen, suchte sich einen Film aus und setzte die Kopfhörer auf. Sie dimmte die Lautstärke und stellte den Ton kurz darauf ganz ab; Kopfschmerzen hatten eingesetzt. Sie schloss die Augen.

Das Kopfkino vom letzten Dezember ließ sie im Grunde ganz gern vor ihrem inneren Auge laufen. Es hatte einen gewissen Witz. Bisher hatte sie die Szene nur Katka erzählt. Einen Filmtheoretiker wie Milan Koutský würde so ein kurzer Streifen ganz sicher amüsieren. Es gab nur drei Darsteller. Eine klassische Dreier-Konstellation. Das Dutzendformat menschlicher Komödie. Ehemann, Ehefrau und Geliebte. Abgefilmt mit leicht zittriger Handkamera, Bilder wie im echten Leben.

Die verzweifelte Ehefrau kauft sich am Morgen in der Bäckerei ein Croissant. Versehentlich zieht sie dabei eine Visitenkarte heraus, wendet sie: es ist die Karte einer Scheidungsanwältin. Sie steckt seit einem ersten kürzlichen Treffen in ihrem Geldbeutel. Sie und ihr Ehemann hatten in bequemen Sesseln bei der Anwältin im Büro gesessen, und Frau Magister Denisa Králová hatte den Antrag auf einvernehmliche Gütertrennung in ihren Computer getippt. Die Ehefrau steht inzwischen wieder draußen auf der Straße, in der Hand hält sie die Karte. Die Vorlesung ist erst am Nachmittag. Sie lacht laut auf. Diesen Einfall hat der Augenblick geboren. Sie muss sich kurz auf eine Bank setzen, trotz der feuchten Kälte dieser ersten Dezembertage. Muss tief durchatmen bei der Vorstellung, muss das Ganze durchdenken. Ein ziemlich riskantes Unterfangen. Auch wenn der Ehemann behauptet, er habe seiner Geliebten nie ein Foto seiner Frau gezeigt, ist es durchaus möglich, dass die Geliebte wissen wollte, gegen welches Kaliber sie da antritt und auf den Webseiten der Fakultät oder anderswo recherchiert hatte. Einen Versuch ist es jedenfalls wert. Die Ehefrau macht sich entschlossen auf den Weg zur Trambahn und fährt nicht zur Fakultät, sondern in die entgegengesetzte Richtung. Sie hält sich an der Stange fest, schaut aus dem Fenster, die Tram fährt bergauf. Der Ehemann wohnt schon seit einem halben Jahr anderswo, und die Frau weiß ganz sicher, dass er im Moment auf Dienstreise ist, dass er bis zum Ende der Woche unterwegs sein wird. Sofern die junge Frau, die ihm schon einige Zeit assistiert, unter anderem auch im Bett, nicht mitgefahren ist, muss sie im Immobilienbüro anzutreffen sein. An der Rezeption im Parterre kennt die Ehefrau kein Zögern mehr, sie lässt sich unter dem Namen Králová melden. Perfekt, obwohl sie mit dem Direktor keinen Termin vereinbart hat, wird seine Assistentin sie empfangen. Sie fährt mit dem Aufzug in den zweiten Stock. Die junge Frau steht schon lächelnd in der Tür. Sekundenlange Anspannung, sie spürt den Druck der zarten Hand. Die andere ahnt offenbar nicht im Geringsten, wer vor ihr steht. Die Ehefrau ist erleichtert. Das Büro ihres Mannes hinter der Tür kennt sie, aber früher waren hier lediglich Regale voller Ordner und ein kleiner Konferenztisch mit Stühlen. Jetzt steht hier ein Schreibtisch mit Telefon und Computer, an den Wänden hängen schöne Bilder. Ein neuer Arbeitsplatz. Die Ehefrau schaut sich um und ist selbst überrascht, dass keine großen Emotionen aufkommen. Sie lässt sich einen Kaffee kochen und beobachtet dabei die junge Frau beinahe teilnahmslos. Ihre Bewegungen sind geschmeidig, voller Energie. Knielanger schwarzer Rock, gemusterte dunkle Strümpfe, blaue Bluse. Sie bringt ein silbernes Tablett mit einer weißen Tasse und einem Glas Wasser. Sie setzen sich einander gegenüber an den niedrigen Glastisch. Die junge Frau hat ein schönes Gesicht, der Lidschatten bringt die braunen Augen zur Geltung, das kastanienfarbene wellige Haar reicht bis zu den Schultern. Die schlanken Finger der linken Hand ruhen auf dem weißen Blatt des Notizblocks, in der rechten hält sie einen Kugelschreiber mit dem Logo des Immobilienbüros. Die Nägel sind dunkelrot lackiert. Die Ehefrau reicht ihr über den Tisch hinweg die Visitenkarte.

»Ich komme im Auftrag einer Klientin aus den Vereinigten Staaten, sie leitet hier die Filiale einer mittelgroßen Firma.«

Die Assistentin spricht ihr Gegenüber mit dem auf der Visitenkarte gedruckten Titel an: »Frau Magister«, und sie macht sich Notizen. Frischer Teint, straffe Haut, jugendlich gesund. Im rechten Ohr, hinter das sie ihr Haar immer wieder zurückstreicht, trägt sie einen dezenten goldenen Schmuck. Auf dem Mittelfinger der linken Hand steckt ein feiner, schmaler Ring, auch er ist golden.

»Es würde sich also um eine Mietwohnung handeln?«

»Ja, um eine längerfristige Mietwohnung im Stadtzentrum.«

»Und wie groß in etwa sollte sie sein?«

»Die Wohnung sollte repräsentativ sein, wenn möglich mit interessantem Ausblick und durchaus größer, sagen wir um die hundert Quadratmeter.«

In der Tat nicht die Spur von Müdigkeit im Gesicht. Nur in der Mitte eine kleine, sympathische Falte, wenn sie sich aufs Schreiben konzentriert. Fantastische sechsundzwanzig Jahre, ein modernes Büro, der vielversprechende Anfang einer Karriere.

»Dürfte ich mir den Namen Ihrer Klientin notieren?«

Die Ehefrau zögert.

»Natürlich nur, wenn nichts dagegenspricht«, schickt die Assistentin hinterher.

»Sie heißt Zelda Fitzgerald und ist aus New York.«

Die Ehefrau behält die Assistentin im Blick. Ohne zu zögern hat sie den Namen notiert.

»Ich möchte Sie aber bitten, diese Information vorerst vertraulich zu behandeln und die ersten Angebote an mich zu schicken.«

»Selbstverständlich, Frau Magister. Was ich noch fragen wollte … wie sehr eilt es denn?«

»Wenn sie zu Beginn des nächsten Jahres einziehen könnte, wäre das ideal.«

»Das ist allerdings sehr kurzfristig, ich gebe es dem Chef weiter, er kommt am Montag zurück. Aber heute und morgen kann ich Ihnen schon erste Angebote zusenden.«

»Wunderbar. Bitte an die Mail-Adresse auf dem Kärtchen. Sie können natürlich auch jederzeit anrufen.«

Marie lachte auf ihrem Sitz im Bus lautlos vor sich hin, dass ihre Schultern bebten. Sie schlug die Augen auf, die Landschaft der Böhmisch-Mährischen Höhe hinter dem Fenster war aschgrau. Der Frost hatte sie eingefroren. Und auch Maries Lächeln fror ein, sie spürte die in dieser starren

Stille gefangene Trauer, oder vielleicht ein geduldiges Abwarten, einen Halbschlaf. Umgebrochene, überfrorene Felder, durchsichtige, laublose Gärten, leere Vorgärten. Neuschnee war seit einer Woche nicht mehr gefallen, die Straße war schwarz. Sie nahm die Kopfhörer ab und dachte, eine Reise von irgendwo nach irgendwo sei gut, um Einsamkeit und Trauer für sich fruchtbar zu machen. Die Frau neben ihr erkundigte sich, ob die Komödie, über die Marie so lachen musste, tatsächlich so gut gewesen sei. Marie nickte, verkniff sich aber den Rest, bis die Sitznachbarin den Bus verlassen hatte.

Der Ehemann ruft an, seine Stimme ist sehr ärgerlich.

»Gratuliere, das ist dir wirklich gelungen!«

»Wovon redest du denn?«

»Wovon wohl, von Zelda Fitzgerald …«

»Ich weiß nicht, was du meinst.«

»Natürlich, du weißt nicht, was ich meine. Die Králová hat mich angerufen, ziemlich angesäuert!«

»Wer?«

»Hör schon auf. Die Králová, die Rechtsanwältin. Hat mich zusammengeputzt wie einen Schulbuben. Was ich mir da erlauben würde, ihre Telefonnummer und Mailadresse zu missbrauchen. Dass wir sofort unterlassen sollen, ihr Immobilienangebote zu übermitteln und anzurufen.«

Die Ehefrau am anderen Ende Prags schweigt ins Telefon.

»Warum hast du das gemacht?«

»Ich wollte sie mir mal anschauen.«

Ein müder, resignierter Seufzer des Ehemanns, dann kurze Pause.

»Übermorgen haben wir mit der Rechtsanwältin wieder einen Termin. Hast du das auf dem Schirm?«

»Ja«, sagt die Ehefrau. »Um drei Uhr.«

»Ich werde mir vorkommen wie ein Vollidiot.«

»Na ja, also besonders schlau ist deine Assistentin ja nicht.«

»Das hab ich erwartet. Jeder, der nicht alle Schriftsteller kennt, ist für dich ein Ignorant.«

»Ich meine damit eher, dass sie im Netz gar nicht nachgeschaut hat, wem sie da eigentlich den Mann ausspannt …«

Marie hielt den Film lieber an, der unaufhaltsam in einen Ehekrach steuerte. Die Pointe wäre über die Spitze hinausgetrieben. Der Platz neben ihr würde bis Wien frei bleiben. Sie wandte den Kopf wieder zum Fenster.

Im Winter hat die Landschaft nicht so viele Geschichten. Der Frost hält das Fließen der Wasser fest und verlangsamt die Natur. Die Gegend scheint leer. Ein gleichsam unterdrücktes Sujet. Keine Bewegung, auf den Höfen der Häuser zeigt sich kein Mensch. Vor Mikulov schneidet sich ein staubiger Weg in die Felder, auf ihm geht eine Frau in hellroter Steppjacke und schiebt einen Kinderwagen, der ebenfalls rot ist. Ein Augenblick war das nur, aber er blieb Marie auf der Netzhaut hängen: eine einsame Frauengestalt in der Landschaft, vor ihr zieht sich ein Weg, den freien Raum füllt grauweiß gesättigtes Licht.

Marie schlief endlich doch ein und wurde erst vom Klingeln des Mobiltelefons geweckt. Als sie die Augen aufschlug, standen sie in langer Kolonne auf der Einfallstraße nach Wien. Sie antwortete auf die SMS ihrer Tochter. Hinter der Fensterscheibe das Panorama der Metropole, das sich im Hineinfahren verflüchtigte, ihrem verschlafenen Blick zeigte sich alles verschwommen. Auf einmal war sie von Gebäuden umringt, langen Hallen und Schloten, die Ausfahrt führte seitlich ab und ins Zentrum hinein.

Das Großstadtgetriebe hatte in dem Moment etwas Erfrischendes, es zog den Blick in verschiedenste Richtungen und lenkte Marie von all dem ab, was ihr während der langen Fahrt durch den Kopf gekreist war, gleichsam erstarrt, wie sie selbst auch nach fünf Stunden im Bus. Ihr Blick suchte, dann lächelte sie, winkte. Lenkas Gesicht. Das ganze Wochenende sollte Marie abwechselnd Frau und Kind in ihr sehen. Auf den ersten Blick schien die Tochter erwachsener als noch zu Weihnachten in Prag. Jetzt wartete Lenka auf dem Busbahnhof, in einem langen Mantel und eingewickelt in einen Schal, lächelte vorsichtig, wirkte eher traurig. Aber Traurigsein ist schließlich nicht dasselbe wie Erwachsensein.

»Warum bist du eigentlich nicht mit deinem großen neuen Auto gekommen, Mama?«

»Ich habe immer noch Sommerreifen.« Marie lächelte entschuldigend.

Als sie sich in einem vegetarischen Bistro bei einer Suppe aufwärmten, war Lenkas Gesicht dann erwachsen. Sogar ein paar Fältchen auf der Stirn zeigten sich, als sie mit besorgter Stimme von den bevorstehenden Abschlussprüfungen an der Wiener Universität erzählte oder nach den Großeltern fragte. Aber die Sorge in den Augen der Tochter galten der Mutter, das spürte Marie sehr wohl, wenn ihre Blicke sich trafen. Sie schlürften die heiße Suppe und Marie wusste nicht recht, wie sie beginnen sollte. Die ganze Fahrt über hatte sie sich ausgemalt, sie würden miteinander reden wie Freundinnen. Jetzt kamen ihr Zweifel, ob das möglich wäre.

»Beide sind nicht besonders gut dran. Der Großvater mit dem Herzen und die Großmutter … das weißt du ja. Sie tut, als wüsste sie nicht, dass sie Zucker hat, und dazu jetzt noch die Nieren.«

»Wir könnten uns dort übers Wochenende alle mal treffen«, nickte Lenka.

»Ja, komm doch, Leni. Die Cousinen sind auch da …«

Ein Stück weiter, in einem Café am Stephansplatz, hatte Lenka wieder den Gesichtsausdruck eines Kindes. Das eigensinnige Mädchen, das sie mit zehn, zwölf Jahren öfters gewesen war. Sie saßen sich gegenüber, leicht angespannt, rührten mit ihrem Löffel im Kaffee, auf dessen Oberfläche der Mann an der Theke die Umrisse eines Blattes gezaubert hatte.

»Lenka, könntest du bitte abnehmen, wenn der Papa dich anruft?«

Die Tochter blickte von ihrer Tasse auf, und Marie hätte beinah losgeprustet. Dieses trotzige Gesichtchen, genau wie früher, wenn sie nicht schlafen oder nicht zur Klavierstunde wollte.

»Mama, tu nicht so, als wäre alles in Ordnung und wie früher.«

»Nichts ist wie früher, Leni. Natürlich nicht. Aber damit hilfst du mir nicht gerade.«

Lenka blickte wieder finster vor sich auf das Tischchen.

»Du kennst jemanden das ganze Leben, liebst ihn, und auf einmal entpuppt er sich als wer anders …«

»Lenka, das kommt einfach vor, dass zwei Menschen sich trennen, du bist doch schließlich kein kleines Kind.«

»Das ist doch Quatsch, Mama, was du da sagst …«

Am Nebentischchen saß ein grau melierter Mann um die fünfundvierzig, auf Kinn und Wangen ein höchst gepflegtes Stoppelfeld, weißes Hemd, schwarzes Sakko und Jeans. Wiener Chic. Er saß da mit seiner kleinen Tochter, die ihren Löffel gerade in einen Eisbecher bohrte, offenbar drehte sich das Gespräch um etwas Schulisches, vermutlich Probleme mit den Mitschülerinnen. Marie lauschte eine Weile auf das österreichische Deutsch. Und zugleich spürte sie Lenkas Blick.

»Ich habe mich daran erinnert, wie dein Vater mit dir immer in die Konditorei auf dem Puškin-Platz gegangen ist.«

»Na und, das ist schon lang her.«

»Samstags seid ihr da hin, weißt du noch? Und er hat sich immer sehr darauf gefreut.«

»Mama, hör auf.«

»Als du ungefähr zwölf warst, wie das Mädchen da drüben, wolltest du auf einmal nicht mehr mit ihm dorthin, du bist lieber mit den Freundinnen zusammen in der Dejvicer Passage eine heiße Schokolade trinken gegangen.«

»Warum erzählst du mir das?«

»Weil du manches von deinem Vater nicht weißt.«

»Zum Beispiel was?«

»Dass er ziemlich daran zu kauen hatte, als du die Samstagnachmittage nicht mehr mit ihm verbringen wolltest.«

Marie lächelte, Lenka zog trotzig die Brauen zusammen.

»Er hat das damals ständig mit mir bereden wollen, einmal

hat er beinah geweint, wirklich. Und ich hab ihn trösten müssen, dass das Leben eben weitergeht, und sein Mädchen eines Tages groß und erwachsen ist …«

»Ich soll mir von ihm wohl ein Idealbild machen?«

»Nein, du sollst dir lediglich klar darüber werden, dass er dein Vater ist. Einen anderen wirst du nie haben. Und er liebt dich.«

»Ich kann mich eher daran erinnern, dass er nie zu Hause war, und dass er oft auch im Urlaub nicht mit dabei war, immer hat er gearbeitet …«

»Aber das hat er für uns getan.«

»Wie kannst du ihn auch noch verteidigen? Nach allem, was er dir angetan hat?«

»Ich verteidige ihn nicht. Ich will nur ein paar Dinge ins richtige Verhältnis setzen.«

Lenka machte ein langes Gesicht. »Du mit deinem gehobenen Wortschatz. Dinge ins richtige Verhältnis setzen …«

»Er unterstellt mir, dass ich dich anhalte, nicht mit ihm zu sprechen. Du machst es mir damit wirklich nicht leichter …«

»Er hat dich gegen ein Mädchen eingetauscht, dass drei Jahre älter ist als ich. Worüber soll ich da mit ihm reden?«

»Na zum Beispiel darüber. Beschimpf ihn, beschwer dich, was auch immer, aber geh ran, wenn er anruft.«

Es wurde rasch dunkel, den Weg zum Studentenwohnheim legten sie schweigend zurück. Die Stimmung sank, und Wien erschien Marie plötzlich trübe, und doch wieder pittoresk, als sie einen Mann mit Zottelhund trafen, und dieser Zottelhund glich in Größe und Aussehen einem kleinen Bären, sodass Marie sich in die Pension Grillparzer des jungen Garp versetzt fühlte. Aber als sie dann am Abend in dem kleinen Studentenzimmer ihr Lager aufschlug, sich mit Lenka Teewasser im Kocher heiß machte und am Fenster den Kuchen »to go« aus dem Café schnitt, fühlte sie sich auf einmal sehr wohl, und einen Hauch von Abenteuer hatte es auch, wie früher, als sie in den Ferien zelten fuhren.

»Mama, auf der Liege werde ich schlafen, du legst dich in mein Bett, das ist bequemer.«

Lenka bestand darauf, und Marie versuchte es gar nicht erst mit Widerstand.

»Morgen gehen wir in die Albertina, da ist eine große Chagall-Ausstellung«, sagte Lenka fröhlich und knipste das Lämpchen aus, »und bevor du wieder fährst, führ ich dich noch in mein Lieblingscafé. Café Telegraph, das hat erst vor Kurzem eröffnet, da gehen wir immer nach dem Unterricht hin …«

»Gute Sache, oder, so für ein Jahr zum Studieren nach Wien?«

»Ich freue mich trotzdem auf Prag, ich hab Sehnsucht nach Petr. Mit ihm zusammen zu wohnen, hat mir gefallen. Die kleine Wohnung in Libeň hat er für uns weitergemietet.«

»Petr ist total in Ordnung, was?«

»Ja. In letzter Zeit, wenn ich an Papa gedacht hab, hab ich mich immer gefragt: Wie kann ich den Männern jetzt noch vertrauen? Aber dem Petr vertrau ich …«

Ungewohnte Geräusche im Haus, vor dem Fenster die Geräusche der Straße. Marie lag unter der Decke und spürte, wie weh ihr der Rücken tat.

»Dann noch zwei Jahre in Prag, und du bist mit dem Studium fertig«, sagte sie ins Dunkel des Zimmers.

»Darauf freu ich mich schon sehr, ich will endlich hinein ins Leben …«

Marie wiederholte in Gedanken diesen letzten Satz Lenkas, nicht ohne mütterliche Rührung. Und bevor sie einschlief, regte sich in ihr etwas längst Verschüttetes, Uraltes. Etwas aus jener Zeit, als sie selbst dreiundzwanzig war. Als man mit jedem Atemzug Hoffnung fühlte.

MÄRZ 2018

Am Nachmittag nach der Arbeit amtierte Marie wieder an ihrem Ecktischchen im Café Kabinet. Auf dem kleinen Tablett vor ihr die weiße Kaffeetasse, ein Glas Wasser, das Mobiltelefon. Café Office. Eine Zeit lang hatte sie gedacht, dass die Panikattacken einzig und allein mit dem Verlorenheitsgefühl in der leeren Wohnung zusammenhingen. Aber sie kamen auch jetzt, mitten in der Betriebsamkeit des Cafés, von dem aus der Blick auf eine belebte Straße ging. Eine Angst, die sich in den Eingeweiden festbiss. Die Angst, für immer allein zu bleiben. Sie stand auf und ging Richtung Tür. Der frische Wind draußen half ihr ein wenig. Wieder zurück am Tischchen sah sie die letzten Textnachrichten durch.

VERONIKA
Die Fenster bei den Eltern müssen geputzt werden, komm.

MILAN KOUTSKÝ
Mit Sommerreifen würde ich jetzt noch nicht fahren,
in Böhmisch Sibirien immer noch Schnee.

LUBOŠ
Ist bei Lenka alles in Ordnung? Wie geht es ihr? Schreib
mir wieder mal was von ihr, bitte.

Dieses kleine, flache, smarte Ding, das Marie in der Hand hin und her drehte, verführte zu dem Gedanken, alles ließe sich durch ein paar Berührungen auf der spiegelglatten Oberfläche lösen. Aber diese Berührungen machten frösteln.

Das Display verlosch. Im Schräglicht sah sie auf das Gewirr ihrer Fingerabdrücke. Die Streifen auf dem unteren Teil des verdunkelten Displays. Mit ihrer Fingerkuppe rief sie es wieder wach und suchte das Internet-Icon. Für die Busverbindung am Freitag gab es noch einen freien Platz. Sie trank ihren Kaffee aus, und kurz darauf trudelte die SMS ein, die ihr die Reservierung eines Sitzplatzes am Fenster bestätigte. Sie räkelte sich auf ihrem Stuhl und unterdrückte ein Gähnen nicht. Auf die leere Wohnung mit den hohen Decken hatte sie keine Lust. Die Eingangstür des Mietshauses fiel hinter ihr ins Schloss, und sie beschleunigte ihre Schritte. Aber der Widerhall von Lenkas Juchzern hing immer noch irgendwie in den kalten Wänden des Vestibüls. Und auch das früher so glückliche Lachen von Marie und Luboš.

*

Eine erneute Reise nach Süden. Die Zweige der Bäume noch immer kahl. Auf den Feldern um Příbram erkannte sie hinten am Waldrand Reste von Schnee. Der Code der Landschaft war nicht mehr Frost, sondern feuchte Kälte, die aus der Erde und dem gilb gewordenen Vorjahresgras der Straßengräben stieg. Das Licht fiel unter schweren Wolken hervor auf den schmalen Landstrich.

Ein weiterer Amateurfilm aus dem Eheleben. Diesmal ohne Kopfhörer, Marie hatte sich von der Hostess nur eine Zeitung geben lassen, die nun auf ihrem Schoß lag, über den kleinen Bildschirm in der Rücklehne vor ihr lief die Werbeschleife der Reiseagentur, zugleich Busunternehmen und Eisenbahngesellschaft. Im Kopf kreiste unablässig die Schleife ehelicher Szenarien, aber die Bilder ruckelten und die Dialoge verschoben sich.

Personen: Ehemann, Ehefrau.

Szene: Wohnzimmer, Möbel und Bilder, eine gerahmte Fotografie der inzwischen erwachsenen Tochter, ein paar Bilder vom Sommerurlaub, Zimmerpflanzen, die üblichen

Familienglückskoordinaten. Der Ehemann öffnet die kleine Bar und schenkt beiden einen Bourbon ein.

»Eis?«

»Nein.«

Längere Pause, beide schweigen und starren in ihre Gläser.

»Hast du noch Redebedarf?«

»Nein.«

»Wir können alles noch einmal gemeinsam besprechen.«

»Das fällt dir wirklich früh ein. Welchen Sinn sollte das jetzt noch haben?«

»Du willst also nicht?«

»Was treibst du jetzt für ein Spielchen mit mir? Überleg mal, wie oft ich dir angeboten habe, vor einem Jahr, als sich langsam abzeichnete, dass mit uns nicht alles zum Besten steht, zu einer Psychologin zu gehen. Das hast du abgelehnt. Warum sollten wir da hin? Hast du ein Problem? Ich hab kein Problem. In einem fort hast du das wiederholt: Ich hab kein Problem.«

»Ich geb dir jetzt die Gelegenheit, dass wir diese Probleme durchdiskutieren.«

»Ich will aber nicht.«

»Du willst einfach gar nichts mehr, also was hätte ich tun sollen? Früher warst du mal anders.«

»Du bist es, der nicht mehr will, wozu also das ganze Gequatsche? Du willst keinen Weg suchen, du willst das Ganze nicht entwirren, du willst nicht fragen, warum sich alles bei uns so verheddert hat. Für dich ist das schon entschieden, erledigt. Du hast jetzt sie, du schläfst mit ihr, gehst zu ihr. Was willst du da noch von mir?«

»Weißt du, was mir bei dir immer gefehlt hat? Und in letzter Zeit mehr und mehr? Leidenschaft. Ich hab einfach so nicht weiterleben können. Deine ewige Ruhe, diese verzauderte Melancholie …«

»Du bist gemein.«

»Was? Ich drücke mich doch gehoben aus, wie du. *Bookish Czech*, Frau Dozentin.«

»Früher hat dir das alles gefallen, ich war für dich etwas anderes als diese Plunzen von der Wirtschaftswissenschaftlichen Fakultät. Geisteswissenschaftlich orientiert, das kanntest du nicht. Erinnere dich nur, für dich gab's nur Mathematik und Betriebswirtschaft … Damals hast du sogar ein Gedicht geschrieben! Über meinen schlendernden Gang!«

»Jaja, fünfundzwanzig Jahre ist das vielleicht her.«

»Damals war dein Hirn noch nicht ganz und gar zum Taschenrechner mutiert. Ein Gedicht über meinen langweiligen, schlendernden Gang. Ich muss es noch irgendwo haben.«

Die Eheleute sitzen nebeneinander auf der Couch, mit dem Bourbonglas in der Hand, ohne Ton könnte der Film den Eindruck gemütlicher abendlicher Zweisamkeit erwecken.

»Ich will wieder glücklich sein.«

»Das gönn ich dir. Damit du deine ewige Angst loswirst.«

»Was für eine Angst?«

»Zum Beispiel, dass das mit ihr schiefgeht.«

»Was für eine ewige Angst?«

»Ach komm. Dir ist sie gar nicht bewusst? Mir hat an dir immer dein Mut gefallen, aber jetzt weiß ich, dass das alles nur verzweifelte Versuche sind, die Angst zu überwinden und zu verscheuchen.«

»Quatsch.«

»Du hast dich aufs Geschäft gestürzt, in die Unternehmerei, hast Schulden gemacht für dieses Franchising, und ich hab dich dafür bewundert. Dass du das letztlich gemeistert hast.«

»Na siehst du!«

»Aber um welchen Preis? Was ist aus dir geworden? Aus uns beiden …«

»Du mit deinen ewigen Theorien. Angst, pah. Das hast du aus deinen Romanen. Ich hab's nie mit dem Lesen gehabt, ich hab gelebt. Keine Fiktion, sondern Realität!«

»Kann ich dich mal was fragen?«

»Na klar.«
»Warum bist du so verbohrt?«
»Was?«
»Du bist ständig so angespannt. Wie verkrampft.«
»Ich bin nicht verkrampft, was redest du da?«
»Die letzten Jahre, auch wenn wir uns geliebt haben, warst du immer angespannt, wie erstarrt ...«
»Deine Angsttheorien interessieren mich nicht die Bohne.«
»Ist das keine Angst? Wie würdest du es denn nennen?«
»Also gut. Wie würde ich es nennen? Anspannung. Das ist normale Anspannung, die ich eigentlich auch brauche.«
»Und wozu, wozu musst du ständig angespannt sein?«
»Um zu überleben. Um erfolgreich zu sein. Hier irgendwo, wo der Solar plexus ist, da fühl ich so eine Saite. Und diese Saite halte ich immer gespannt. Das muss ich.«
»Musst du gar nicht.«
»Muss ich. Denn dann bin ich auf der Hut, verstehst du? Dann kann ich als Geschäftsmann hart verhandeln, dann bin ich ein knallharter Kerl. In dem Business, in dem ich bin, ist das anders nicht drin. Verstehst du mich? Da muss ich so sein, für alles gewappnet, stahlhart ...!«
»Ist ja gut, du brauchst nicht zu schreien.«
Der Ehemann schenkt sich und seiner Frau nach. Bei ausgeschaltetem Ton wirkt alles wie ein schöner, harmonischer Film. Ein ordentlicher Haushalt, weiße Hemden mit Krawatte im Kleiderschrank, im Flur die Autoschlüssel und im Rahmen das Farbfoto vom Strandurlaub. In der Bar neben der Whisky-Karaffe zwei Abonnements für das Dejvicer Theater. Die Immobilie und deren Ausstattung versichert bei einer renommierten Gesellschaft. Die Müllabfuhr bei der Stadtverwaltung Prag 6, erst neulich für das nächste Quartal bezahlt. Nichts, was plötzlich einfach so enden sollte.

Aber der Linienbus hatte die Fahrt beendet. Marie stand an der Haltestelle und blickte zum Turm des Krumlover Schlosses und auf die Dächer der fernen Innenstadt. Der Himmel über Krumlov war nahezu wolkenlos, das

Sonnenlicht hatte schon Frühlingskraft. Es kam ihr töricht vor, dass sie mit diesem schönen Panorama nur die misslichen Auseinandersetzungen mit der Schwester assoziierte. Sie versuchte, sich innerlich auf Veronikas Ankunft vorzubereiten, aber gleich mit dem ersten Blick der Schwester und ihrem wütenden Gesicht konnte Marie die von ihr geplante Assertivitätsstrategie in den Wind schreiben.

»Willst du in ein klassisches Konzert, oder was?«

Marie warf ihre Reisetasche auf den Rücksitz, seufzte tief und setzte sich nach vorn neben die Schwester.

»Hätte ich gleich in dreckiger Freizeitkluft kommen sollen?«

Veronika trat aufs Gaspedal und grinste.

»Warum auch nicht, warum sich nicht auftakeln zum Frühjahrsputz, oder.«

»Die Arbeitsklamotten hab ich in der Tasche, ist doch klar.«

»Morgen Abend wollen Láďa und ich ins Wirtshaus im Dorf, und du kommst mit. Die weiße Bluse und das blaue Sakko, die sind da genau das Passende.«

»Aus dir hat der Vater halt einen Kerl gemacht, mit mir ist ihm das nicht geglückt«, merkte Marie leise an und blickte starr auf den Weg vor sich, während dieser letzte Satz die ganze viertelstündige Fahrt in ihr widerhallte. Dreimal hätte sie ihn am liebsten zurückgenommen, bis sie unter frostigem Schweigen das Dorf erreicht hatten. Das Auto rumorte unheilverheißend, als sie über den geplättelten, huckeligen Weg auf das offene Tor zu und in den Hof hineinfuhren. Veronika, in Arbeitslatzhose und verwaschenem Flanellhemd, stürmte mit zwei prallvollen Plastiktaschen ins elterliche Haus.

*

Am späteren Nachmittag machten sie in der Küche Licht. Der Vater ruhte nebenan im Schlafzimmer, der Schwager war noch draußen auf dem Hof, und wie auch früher so oft waren sie zu dritt unter sich. Marie stand am Herd und hatte das Abendessen fast fertig.

»Nimm nicht zu viel Salz!«, sagte Veronika, während Marie sich über den dampfenden Topf beugte.

»Ein bisschen Salzen braucht's aber schon«, wandte die Mutter zaghaft ein. Sie saß auf einem Stuhl, hielt in der Linken die Salbentube und hatte den rechten Ärmel nach oben gekrempelt; Veronika stand neben ihr und rieb den Arm von der Schulter bis hinunter zum Ellbogen ein.

»Mama, du weißt, dass du wegen der Nieren nichts Salziges haben darfst.«

Die Mutter schwieg, und Veronika sprach mehr vor sich hin als zu Marie hinüber.

»Das ist meine ewige Sorge, in diesem Haus hier. Was soll ich kochen. Wegen der Mutter nehm ich kein Salz, und dann brüllt der Vater rum, dass man so was nicht runterkriegt. Dabei sollte der mit seinem Bluthochdruck besser mal still sein …«

Plötzlich ein Aufschrei der Mutter, Marie drehte sich um. Ein Schrei nicht aus Schmerz, sondern vor Schreck. Die Mutter hatte zu fest auf die Tube gedrückt und eine ordentliche Portion der kostbaren Salbe saß nun auf ihrem Knie. Ihr Blick war eine Weile wie gebannt, dann hielt sie die Tube ratlos Veronika hin.

»Zurück in die Tube kriegen wir das ja wohl nicht mehr?«, meinte Veronika gereizt. »Wir können es uns aufs Brot schmieren, oder ich reib dir das Ganze ein.«

Sie strich die Salbe mit den Fingern vom Hosenstoff und massierte sie in die Haut der Mutter.

»Die kostet ein Heidengeld«, sagte die Mutter unglücklich, »du zahlst in der Apotheke was zu.«

Marie merkte, dass sie für einen Augenblick hinausmusste. Raus aus dem stickigen Küchendunst, dem Suppendampf, dem Geruch nach gekochtem Fleisch, Kartoffeln und Kümmel. Sie drehte eine Runde ums Haus, die geputzten Fenster glänzten in der Abendsonne. Und in vollen Zügen atmete sie den Frühlingsabendduft.

Marie erschrak, als eine große Hand ihr von hinten auf den Po klatschte. Sie wandte sich um. Der Lieblingsscherz ihres Schwagers. Ein Zwei-Zentner-Mann, aber wandelt auf Katzenpfoten. Sie setzten sich auf die Bank neben der Tür und schauten über den Hof zum offenen Tor. Der Wagen stand neben der Pumpe.

»Der ächzt wie ein alter Leiterwagen«, sagte Marie.

»Die Stoßdämpfer sind im Arsch. Und die Ventile müsste man auch erneuern. Aber das käme auf mindestens dreißigtausend.«

Marie bemerkte, dass der Lack vom Auto ebenso blätterte wie von der alten Eisenpumpe am Brunnen.

»Wie viel Wasser habt ihr denn im Brunnen, Láďa?«

»Jetzt im Frühling geht's.«

»Du hast die Pumpe erst vor Kurzem ausgewechselt?«

»Die Pumpe ist neu, aber wenn der Sommer wieder so trocken wird wie letztes Jahr, muss ich bei der Gemeinde einen Trinkwassertank ordern.«

»Könnte man den Brunnen nicht tiefer graben?«

»Ich hab dem Vater was anderes vorgeschlagen. Der zweite Brunnen hinten im Garten liegt tiefer, in dem könnte Wasser sein.«

»Und was hat er gemeint?«

»Er behauptet, der Brunnen ist trocken, seit er ihn kennt. Ich wollte reinschauen, aber der ist mit zwei Betonplatten abgedeckt, die kriegst du nicht hoch.«

»Unser Vater hat andere Pläne als Brunnen«, rief Veronika vom Innengang aus dazwischen. »Sag's ihr ruhig, Láďa!«

Der Schwager schüttelte mürrisch den Kopf, aber da stand Veronika bereits auf dem Außengang.

»Er will die Scheuer richten«, sagte Veronika.

»Was, den Kornspeicher?«, fragte Marie und blickte zum Tor. Die Scheuer hatte einen rechteckigen Grundriss, die Ziegel bröckelten, das Dach war ganz und gar löchrig und brach langsam durch. Marie war seit der Zeit, als sie mit der Schwester dort noch gespielt hatte, nicht mehr drinnen gewesen.

»Er will ein neues Dach draufsetzen«, nickte der Schwager. »Siehst du die Balken dort neben dem Stall?«

»Aber der Vater kann doch gar nichts mehr machen.«

»Nee, kann er nicht. Verča und ich mussten ihm den Kopf ganz schön zurechtsetzen. Aber er lässt sich nichts sagen. Schließlich hab ich ihm für die Zimmererarbeit ein paar Jungs besorgt, die ich kenne. Die schaffen was weg, die sind viel in Österreich und in Deutschland und renovieren da historische Sachen.«

»Die kommen in einem Monat«, ergänzte Veronika. »Drei Kerle ein ganzes Wochenende. Für die müssen wir kochen, hilfst du mir?«

Marie nickte.

»Dann mal los«, sagte Veronika, es klang wie ein Befehl, und ihr Mann löste sich von der Bank. Marie ging mit ihnen zum Auto.

»Du hättest mit der Mutter nicht so streng sein brauchen«, sagte sie zur Schwester, die sich hinters Steuer setzte.

Marie hielt Veronikas spöttischem Blick stand.

»Du kommst einmal im Monat vorbeigeschneit und willst mir erzählen, was ich zu tun habe?«

»Ich sage nur, dass du zur Mutter nicht so sein musst.«

»Doch, das muss ich. Und mir ist es inzwischen auch schon egal, dass der Vater nicht mehr mit mir spricht. Wenn die Mutter auf mich hören und sich schonen würde, dann hätte sie jetzt nicht auch noch eine Venenentzündung im rechten Arm …«

»Und warum spricht der Vater nicht mehr mit dir?«

»Warum wohl … Láďa und ich haben sie wieder einmal beredet, dass sie in die Wohnung nach Krumlov ziehen. Allein kommen sie nicht mehr zurecht, aber der Vater will davon nichts wissen. Nur, wer wird das Haus in Schuss halten? Wer macht Holz für den nächsten Winter? Und glaubst du vielleicht, dass die Mutter den Garten sein lässt oder zuschaut, wie der Obstgarten verwildert. Ständig wuseln sie da herum, und ich muss sie dann verscheuchen und alles allein machen …«

*

Endlich wieder einmal allein mit den Eltern am Küchentisch. Der Vater, sonst ewig unzufrieden, blickte ungewöhnlich sanft, und in seiner Stimme klang Sorge mit.

»Du bist jetzt in der großen Wohnung allein?«

Das schüttere, helle Haar, die mächtigen Schultern, von jahrelang aufgetürmter Müdigkeit leicht gebeugt. Die großen Hände, die auf der Tischdecke ruhten. Der etwas schwergängige Atem. Marie war froh, dass sie die beiden am Tisch sitzen lassen konnte, sie trug die Teller ab und spülte das Geschirr. Beobachtete, wie die Mutter eine offene Schuhschachtel aus der Kredenz nahm. Sie war voller Medikamente. Die Mutter reihte Schächtelchen neben Schächtelchen, Fläschchen neben Fläschchen vor sich auf den Tisch. Das allabendliche Ritual. Tabletten und Tropfen wurden verteilt und mit einem Schluck aus der Teetasse hinuntergespült.

»Mama, warum setzt du denn nicht deine Brille auf? Du kannst doch sonst gar nichts sehen.«

Die Mutter winkte ab.

»Das musst du genau nach Vorschrift nehmen, das ist schließlich kein Spaß …«

Der Vater verschwand im Schlafzimmer, und Marie saß mit der Mutter noch eine Weile am Tisch. Zwischen ihnen die große Pappschachtel. Marie war fassungslos, wie viele Medikamente die beiden nahmen …

Neben der Schachtel stand das hölzerne Gestell in Form eines mit Fässern beladenen Schiffs. Im Lauf der Jahre war nur das Salzfässchen übrig geblieben und ein leeres für Zahnstocher. Das Pfefferfässchen und noch eines für kleine Senflöffel waren längst über Bord gegangen. Schon als kleines Mädchen hatte Marie sich gewünscht, auf diesem Schiff ohne Segel davonzufahren. Weit weg von dem Transistorradio auf der Kredenz, aus dem der Sender České Budějovice unermüdlich Blasmusik scheppern ließ. Weg von der weißen

Tischdecke, die immer sauber, glatt und gebügelt sein musste. Ende Juni hatten Veronika und sie immer ihre Schulzeugnisse darauf gelegt. Marie lauter Einser, Veronika lauter Dreier. Aber sie bekamen sowieso beide ihren selbst gemachten Pudding mit Sahne, die Mutter stellte die Becher auf die weiße Decke und setzte obenauf ein Sahnehäubchen und für jede eine Erdbeere, die ersten, die unten im Obstgarten gereift waren. Maries Blick verharrte auf dem alten hölzernen Gegenstand, dem kleinen Schiffchen. Längst schon war sie mit ihm auf und davon und konnte über diese Dinge jetzt lachen. Inzwischen hatten die Welt und sie alle sich mehrmals gewandelt.

»Wie geht es denn jetzt mit ihm so, Mama?«, fragte Marie und wies mit dem Kopf zur Schlafzimmertür.

Die Mutter lächelte bitter.

»Was gibt es da schon zu sagen?«

»Sag's nur.«

»Ein Löwe im Käfig.«

»Du musst ein Auge auf ihn haben, Mama.«

»Ich kann nichts tun, er soll sich nicht anstrengen, läuft hin und her im Haus wie ein gefangenes Tier. Manchmal ist es mit ihm nicht auszuhalten.«

»Er trinkt aber nicht mehr, oder?«

Die Mutter warf ihrer Tochter einen empörten Blick zu. Sie schüttelte fast unmerklich den Kopf.

»Der Vater hat schließlich nie getrunken.«

»Mama …«

»Er regt sich nicht mehr so fürchterlich auf«, sagte die Mutter rasch. »Er bleibt im Haus, hört auf die Ärzte. Geht auf jedes Begräbnis im Dorf.«

Als Marie in der Küche allein zurückblieb, wiederholte sie diesen letzten Satz der Mutter. Auf dem Friedhof in Přídonice lagen die beiden Schwestern des Vaters. Marie konnte sich an ihre Tanten nur vage erinnern, sie waren schon vor Jahren gestorben. Der Vater hatte immer bedauert, keinen Bruder zu haben. Die Familiengeschichte – das waren ausschließlich

Männergeschichten. Das Heldenepos der Familie Boučka lag in der Kommode unter dem Fenster. Marie zog die Schublade auf. Nur so, um nachzuschauen, ob alles beim Alten und an Ort und Stelle wäre. Die Chronik des Urgroßvaters und seine militärischen Orden. Die Aufzeichnungen aus dem Ersten Weltkrieg und der Tschechoslowakischen Legion in Frankreich hatte der Großvater ihres Vaters erst während des Protektorats niedergeschrieben. Mit einem ordinären Bleistift auf liniertes Papier. Serbische Gefangenschaft 1915, Wintermarsch durch die albanische Steppe, dann auf der Insel Asinara und Übergabe an die Italiener, Fahrt übers Meer mit der *Seine* nach Toulon und weiter nach Bassins, La Rochelle und Paris. Dazu die Zeichnungen und Skizzen des Urgroßvaters. Später hatte der Vater die Blätter in feste Deckel binden lassen. Auf dem dunkelblauen Leinen lag etwas Kleines, Silbernes. Ein USB-Stick. Mit einer Fotopräsentation: historische Landkarten und Kriegserinnerungen. Marie hatte vor drei Jahren viele Stunden damit verbracht, einen Vortrag über die Entstehung der Legion auszuarbeiten und hatte dafür auch Zitate aus den Kriegserinnerungen des gebürtigen Přídonicers zusammengestellt. In die Bibliothek nach Krumlov waren aus Přídonice damals außer den Eltern und Veronika nur noch zwei weitere Personen gekommen.

Marie schloss den befremdlichen Nachgeschmack dieser Aktion im Rahmen der Hundertjahresgedenkfeiern zum Ausbruch des Ersten Weltkriegs rasch in die Schublade weg. Der Urgroßvater, ein Familienmythos. Er war Sattler gewesen, hatte dieses Handwerk auch seinem Sohn beigebracht. Aber in der nächsten Generation war es erloschen. Zwar hatten Marie und Veronika von ihrem Vater aus erster Hand alles Mögliche über Sättel, Kummets für Zugpferde und Riemenzeug gelernt, aber keines der Mädchen hatte sich je dafür interessiert. Schon die eigene Kindheit erschien Marie fern wie ein Urzeitalter. Sie schlurfte zum Bett und streckte sich lang. Mit einem Male hatte sich Müdigkeit in ihr breitgemacht und zog sie in Schlafes Tiefe. Kurz vor dem völligen Abtauchen riss es sie wieder zurück an die Oberfläche. Das Mobiltelefon, das auf dem Stuhl neben dem Bett lag, hatte den Eingang einer Nachricht gejingelt.

KATKA
Wie hast du das gemeint, dass er dir auch die schönen Erinnerungen genommen hat?

Marie tupfte im Dunkeln schlaftrunken mit dem Finger über die glatte Oberfläche des Displays.

Wenn du die Erinnerungen nicht mehr mit dem teilen kannst, mit dem du sie hast, verlieren sie für dich ihren Wert.

Sie lag auf dem Bauch und wartete auf eine Antwort, konnte ihre Augen kaum offen halten. Sie legte das Telefon auf den Stuhl und sank mit dem Gesicht in das grobbezogene Kissen.

KATKA
Und ist das für dich nicht besser? Wenigstens schaust du dann nicht dauernd zurück?

Das Telefon leuchtete eine Weile in die Nacht hinein und bot die Textnachricht zur Lektüre, aber Marie schlief schon.

*

Am Samstag Frühstück mit den Eltern. Die meiste Zeit schweigend. Der Morgen hinterm Fenster war herrlich blau, mit weißen Wolkenstreifen. Sie gingen hinaus. Marie wollte die Mutter nichts machen lassen; die legte immer wieder eine kurze Pause im Garten ein und stützte sich an einen Baum. Marie rechte aus dem noch immer gefrorenen Gras die Blattreste vom Vorjahr, wühlte in der Erde. Der Vorfrühlingswind blies sie durch, und sie dachte an das alte hölzerne Fässchenschiff auf dem Tisch, und auch abends im Přídonicer Wirtshaus hatte sie es vor Augen.

Traditionell saßen die meisten Gäste am langen Tisch. An der Wand eine Bank ums Eck, gegenüber Stühle. Da saßen sie alle, die auf dem uralten Holzschiffchen aus Maries Kindertagen nie von hier aufgebrochen waren. Und das zog eine Linie zwischen ihr und dem Rest des Dorfes. Ein paar hier freuten sich, sie nach so vielen Jahren wiederzusehen, andere wichen mit den Blicken eher aus, und den Übrigen konnte sie ganz einfach gestohlen bleiben, sie unterhielten sich nur unter sich und über das Ihre.

Am gegenüberliegenden Ende des Tisches saß Rosťa und kippte ein Bier nach dem anderen. Marie spürte seinen Blick, aber wenn sie zu ihm hinsah, hatte er sich ins Tischtuch vertieft. Sie hatte keine Chance, in seinen Augen zu forschen, was von den sorglosen Schuljahren geblieben wäre. Früher hatten sie zusammen in derselben Bank gesessen, ein ganzes Schuljahr. Der größte Spaßvogel, Kasper und Clown der Klasse. Dann hatte sie nur noch neben Mirka gesessen, bis zur achten. Die beiden Einser-Schülerinnen und Klassenbesten. Marie schaute hinüber zu Mirka – gesunde Farbe, die Stirn von der Frühlingssonne gebräunt, nur die Augen wirkten etwas müde. Aber sie lächelte und freute sich offenkundig, dass Marie sich nach mehreren Jahren wieder einmal im Dorf blicken ließ. Rechts von Marie saß Veronika und nippte mit Saurem-Gurken-Gesicht an einem Tonic, denn sie musste fahren, links saß Láďa, stemmte vergnügt eine Halbe und riss seine üblichen Witze. Im Lokal flirrte ein Stimmengewirr, der Wirt versorgte den langen Tisch mit Bier, und Marie hörte zu und fragte und nickte und lächelte und pflichtete verständnisvoll bei, und für Augenblicke kam sie sich nicht mehr so einsam vor. Dann brummte das Telefon in der Hosentasche, sie stand auf und ging vors Lokal.

»Alles gut so weit? Ich hab mir gedacht, dass du am Wochenende vielleicht nicht allein sein wirst.«

»Nein, ich bin daheim bei meiner Familie. Aber das ist sehr nett von dir, Milan. Gerade hab ich an dich gedacht. Hab mir vorgestellt, wie du mit deinen Filmwissenschaftsstudenten die Dialoge analysierst, die ich hier anhöre und selber führe.«

»Interessante Dialoge?«

»Wie man's nimmt. Womöglich eher Monologe.«

»Aha, und dein Part? Du redest oder hörst zu?«

»Na, rat mal. Mich fragt hier keiner was. Jeder erzählt mir irgendwas, von sich, der Familie, was im Dorf los ist und so weiter. Ich interessiere niemanden.«

»Ich hör gar keine Stimmen und keinen Gesang, nicht mal Gläserklirren.«

»Ich bin mit dem Telefon rausgelaufen.«

»Dann können wir das ja kurz durchgehen, die Dialoge.«

»Gut. Aber es ist eigentlich ein ziemlich einfaches Schema. A unterhält sich mit B. Also, ich zum Beispiel bin A.«

»Wie viele Personen sind insgesamt involviert. Das ganze Alphabet?«

»Etwa bis zum Buchstaben K. Aber vereinfachen wir es auf ein Gespräch zwischen zwei Personen. A sagt etwas, und B fängt von etwas ganz anderem an. A fragt also dazu etwas nach, und B redet noch eine Weile. Dann versucht es A noch mal mit seinem Thema, aber B hört nicht zu, er wurstelt sein Ding einfach weiter. A gibt also erneut auf und lässt Bs langen Monolog über sich ergehen. Dann will sich A doch nicht völlig geschlagen geben und versucht doch, B auch etwas von sich zu erzählen, in der Hoffnung, B werde sich dafür interessieren. Aber der Dialog bleibt in der Spur, und B spult genau da weiter, wo er aufgehört hatte, er hört A einfach nicht zu, und nun hört auch A den Reden von B nicht mehr zu, sondern legt sich währenddessen im Kopf zurecht, wie sein Part weitergeht, und kommt dann B ans Wort, fährt er wiederum seine Schiene … Und so geht das die ganze Zeit im Kreis.«

»Das heißt zwei Monologe.«

»Genau.«

Marie hörte Milan eine Zeit lang nur atmen.

»Weißt du, Marie, das ist gang und gäbe. Die haben einfach einen Redestau und sprudeln ihre Monologe heraus. Du bist die, die von außen kommt, aber sie kennen dich, und daher bist du für sie so eine Art Psychologe, bei dem sie ihre Sorgen und Probleme abladen ...«

»Aber warum ist das so?«

»Weil du woanders lebst, wo es anscheinend keine Probleme gibt, die nehmen dich als jemanden, der keine Probleme hat, sie haben den Eindruck, dass du zufrieden bist, schön gekleidet, du gehörst nicht mehr dazu, und deswegen können sie dir erzählen, wie das bei ihnen so läuft ...«

»Einerseits bin ich froh, dass mich keiner was fragt, aber andererseits ärgert es mich auch ein bisschen. Dass sich keiner dafür interessiert, was mit mir ist.«

»Es kann natürlich auch sein, dass sie sich ein bisschen bedroht fühlen, dass sie eigentlich ein bisschen Angst haben, sich mit dir auf ein Gespräch einzulassen. Sie glauben, dass deine Antwort, wenn sie dich fragen, komplizierter ausfällt, ihren Horizont, ihre Erfahrungen irgendwie übersteigt. Verstehst du, was ich meine?«

»Eigentlich hat mich nur Mirka nach etwas gefragt. Sie war in der Schule besser als ich, aber dann im dritten Jahr auf dem Gymnasium ist sie in Mutterschaft. Hat im Handumdrehen geheiratet, einen Jungen aus dem Dorf, einen Traktoristen. Dann haben sie ein zweites Kind bekommen, das Abitur hat sie erst irgendwann in den Neunzigern nachgeholt. Aber sie sieht zufrieden aus, sie ist sogar schon Großmutter, sie ist immer noch mit ihrem Mann zusammen, und wenn ich mit ihr rede und sie so anschaue, da hab ich auf einmal meine Alternative vor mir gesehen. Mich, wenn ich im Dorf geblieben wäre, wie die Eltern es ja gewollt hatten. Verstehst du? Ich habe sie gesehen, als wäre sie meine alternative Lebensgeschichte ...«

Marie wandte sich um, sie fühlte im Rücken wieder diesen Blick. Er war ungut. Rosťa stand mit einer Halben in der Wirtshaustür, mit einem vom Alkohol schon ziemlich verbogenen Lächeln.

»Milan, grüß die Šárka, ich meld mich am Wochenende.«

»Mach's gut. Und noch eine Frage zum Abschied: Hat dich das nicht ein bisschen geheilt, von deinen Plänen aufs Land zurückzugehen? Du musst nicht sofort antworten, wir werden das besprechen, wenn du wieder in Prag bist ...«

Auf einmal gesellte sich zu Rosťa der junge Hanzal, und beide ließen vulgäre Witzeleien vom Stapel, ordinäre Anspielungen, sodass Marie froh war, als auch Mirka draußen erschien und die Übermacht ausglich.

»Ich geh schon nach Haus«, sagte Mirka. »Vašek liegt mit Grippe, er hat es bedauert, dass er heute nicht mitkommen konnte.«

»Sag ihm schöne Grüße, Mirka. Und eigentlich wollte ich dir auch danken, dass du damals in die Krumlover Bibliothek gekommen bist. Gestern hab ich daran gedacht.«

»Meinst du zu deinem Vortrag. Mir war es ein bisschen peinlich, dass keiner aus dem Dorf da war. Ich hatte dein Plakat auf dem Gemeindeamt ausgehängt, und im lokalen Rundfunk haben wir's auch angekündigt.«

»Das ist schon egal.«

»Schau mal bei uns vorbei, Marie.«

»Bestimmt, danke. Ich werde jetzt wegen der Eltern öfter herkommen.«

Marie kehrte zurück auf ihren leeren Stuhl zwischen Schwester und Schwager.

APRIL 2018

In die Prager Gassen kehrte die Sonne zurück. Leuchtete durch den allgegenwärtigen Staub und Lärm. Mittags über die Straße rennen, eine viertel Pizza kaufen. Marie störte sich in diesem Moment nicht an der Anonymität der Masse, an der Hektik. Auch den Smog atmete sie mit einer gewissen Freude. Die dunklen Wintermonate waren vorbei, auf den Straßen herrschte mehr Leben, es tat sich wieder was, und das zog ihre Aufmerksamkeit von der eigenen Person ab, auch wenn ihr bewusst war, was alles sie mit sich herumschleppte. Sie fühlte sich gut in dem, was sie anhatte, klapperte mit den Absätzen über das Pflaster vertrauter Straßen in ihrem Territorium rund um die Fakultät. Make-up und eine Tasche über der Schulter, in die alles hineinging, was sie bei sich haben wollte. Auf andere musste sie zweifellos selbstsicher wirken, und dennoch hatte sie das Gefühl, dass man ihr das Alleinsein ansähe. Nicht nur, wenn sie so im Bistro saß, sondern auch wenn sie sich unter den Menschen bewegte. Dass ihre Verlassenheit sichtbar wäre. Im Geldbeutel trug sie ein kleines Foto ihrer erwachsenen Tochter und im Kopf die großen Namen der Weltliteratur, mit denen sie gerade noch vom Podium des Hörsaals die Studenten bombardiert hatte. Aber was bedeutet das schon? Alles verfliegt sofort, wenn sie aus dem Hörsaal hinaus und allein über den Korridor geht, das Einzige, was bleibt, ist die Frage: Und so wird das jetzt für immer sein?

Katka hatte wieder einmal Verspätung. Marie wartete mit dem Kaffee auf sie. Und damit diese einsame Situation auf dem hohen Hocker an der langen Theke nach außen hin nicht so spürbar wäre, schaltet Marie das Handy an. Sie fühlte sich nicht fehl am Platz, die anderen kümmerte es nicht, dass sie allein an der Theke saß, jeder verstand, dass sie ihre Augen aufs Display heftete, weil alle das machten.

»Na sag schon, wie viele Männer schreiben dir?«

Marie hatte Katka im Verdacht, dass sie diese ostentative Fröhlichkeit und Direktheit ihr gegenüber ein wenig spielte. Katka pflanzte sich auf den Hocker neben ihr, und beide bestellten Espresso.

»Mir schreibt überhaupt keiner«, grinste Marie, als sie ihr Handy in die Tasche schob. »Das heißt, eigentlich doch, einer hat mir gerade geschrieben.«

»Aha! Ein junger?«

»Vielleicht auch ein junger. Vermutlich ein Automechaniker.«

Marie fischte das Telefon wieder hervor, und Katka las den ersten Satz der SMS laut.

Willkommen zum Frühlingsservice.

»Na ja, warum nicht«, lächelte Katka, »mir gefällt an dem Ganzen der Frühling. Ich habe mir sowieso gerade gedacht, dass uns so eine kleine Frühlingskneiptour nicht schaden könnte.«

Nach der Arbeit ging Marie zu Fuß nach Dejvice zurück, näherte sich der grauen Mietshausfassade und blickte hoch zu den Fenstern ihrer Wohnung, zu deren dunkler Leere, die sie nicht lockte. Auch das ferne Echo im Gang war noch immer nicht verklungen. Die nächste Fahrt nach Südböhmen zu den Eltern würde sie mit dem Auto machen. Keine Busfahrt mit Film, die Serie mit der verzweifelten Ehefrau in der Hauptrolle musste ein Ende haben. Den Hausgang ließ sie fast wie im Flug hinter sich und rannte die Treppe hinauf. Stürmte in die Wohnung, wühlte alle Schubladen und Schränke durch. Schließlich blieb ihr doch nur ein Anruf.

»Du, ich kann die Autopapiere nicht finden. Hast du sie nicht zwischen deinen Sachen stecken und aus Versehen mitgenommen.«

»Was brauchst du denn?«

»Den Fahrzeugschein und das Service-Buch.«

»Der Fahrzeugschein liegt in der Schublade unter der Bar, schwarze Mappe. Ist was mit dem Auto?«

»Ich bring es zum Service.«

»Gut. Meld dich in Jarov einfach beim Holásek, so heißt der Mechaniker.«

»Ich fahr nach Vysočany.«

»Nein, ich bin immer damit nach Jarov.«

»Ich fahr aber nach Vysočany, ich hab von dort eine Einladung.«

»Na gut, wie du meinst. Ist bei Lenička alles in Ordnung?«

»Ja.«

»Kommt sie nach den Prüfungen gleich zurück oder verlängert sie noch in Wien? Hat sie genügend Geld? Und ist sie noch mit diesem Jungen zusammen, diesem Petr …?«

*

Der Samstagmorgen nahm seinen Anfang an der Tankstelle, Milan Koutský wartete schon. In Jeans und einem schwarzen lappigen T-Shirt saß er auf der Umrandung neben der gläsernen Automatiktür, auf der die Sonne gleißte. In der Hand hielt er einen Kaffeebecher. Hinter ihm aufgereiht die Plastikkanister mit der Sommeredition des Scheibenwischwassers, dem Motoröl, außerdem Autoschampoo und ein kompletter Satz Sommerreifen. So wie er den schwarzen SUV herankommen sah, erhob er sich und beobachtete, wie der Wagen vor der Zapfsäule Nr. 3 bremste. Milan ging hinüber zu Marie, die gerade den Tank aufschloss.

»Du siehst fantastisch aus, sportlich, weißt du?«

»Danke …«

»In dieser kurzen Jacke. Und wie du den bunten Schal umgebunden hast … das erinnert mich an Eliška Junková oder irgendwie an …«

»Sag mal, hast du in deinem Kaffee Rum?«

»Nein, ich bin ja mit dem Auto da.« Milan lächelte.

Und meinte, er werde den Wagen lieber nicht in die Waschanlage fahren, sondern in der Waschbox von Hand waschen. Sie reichte ihm den Zündschlüssel und ging hinein zur Kasse, um das Benzin zu bezahlen. Aus der Entfernung sah sie Milan zu, wie er geübt mit dem Schwamm hantierte, dem Schampoo und der Düse, aus der das Wasser auf das Glas und auf das schwarze Blech der Karosserie spritzte.

»Die Bürsten zerkratzen den Lack«, rief er ihr über den zischenden Wasserstrahl zu, »das hier ist viel schonender.«

Marie sah, dass seine leichten Turnschuhe schon ganz durchnässt waren.

»Und jetzt tschüss Benzin, ich brauch unbedingt eine Kippe.« Milan grinste zu Marie herüber, die Waschanlage hatte sich abgeschaltet und der Lärm war verstummt. In seinen nassen Schuhen machte er auf Marie einen glücklichen Eindruck, irgendwie passte diese Auto- und Motoren-Welt zu ihm, dem Intellektuellen, dem cinephilen Geisteswissenschaftler, dem Kenner der Bilder Kamil Lhotáks und Liebhaber historischer Projektionstechniken. Er hatte immer behauptet, dass er einen hervorragenden Kunstsammler abgeben würde, wenn er nicht von einem Lehrergehalt leben müsste. Aber wenigstens hatte er in seiner Plattenbauwohnung in Stodůlky, zur nicht allzu großen Freude seiner Frau, zwei alte Projektoren stehen, die mit Beginn des digitalen Zeitalters von den Kinos ausrangiert worden waren. Und beide funktionsfähig.

Auch sein T-Shirt war ein bisschen feucht geworden. Er setzte sich zu Marie auf den Beifahrersitz und navigierte sie Richtung Vysočany. Sein Haar war schon wieder zerzaust, zum offenen Fenster hielt er die Hand mit der Zigarette hinaus.

»Ich muss immer wieder an Mirka denken, ob sie in Přídonice wirklich glücklich ist. Und wie mein Leben verlaufen wäre, wenn ich mich nicht von dort wegbewegt hätte.«

»Du musstest einfach weg, Marie. Du bist ein anderer Typ als Mirka.«

»Ich war immer eher der Meinung, dass sie sich das Leben vermasselt hat, als sie mit siebzehn heiraten musste und letztlich ihre Nase aus Přídonice nie hinausgesteckt hat. Aber wenn ich sie jetzt so sehe, macht sie einen zufriedenen Eindruck. Sie ist mit ihrem Mann noch immer zusammen, die Kinder sind schon erwachsen …«

»Weißt du was«, sagte Milan nachdenklich, »an den Kindern kannst du's erkennen.«

»Was?«

»Ob Mirka wirklich mit ihrem Leben zufrieden ist, oder ob sie bereut, dass sie irgendwann einmal etwas so und nicht anders gemacht hat.«

»Du meinst, ob sie sich wünscht, dass ihre Kinder dasselbe Leben führen wie sie?«

»Genau«, nickte Milan. »Will Mirka, dass ihre Kinder im Dorf bleiben? Dass bei ihnen alles genauso läuft wie bei ihr, weil dass die einzig richtige Lebensform ist? Dann könntest du Mirka allerdings in einem gewissen Sinn auch für beschränkt halten. Oder tut sie alles dafür, dass ihre Kinder ein anderes Leben haben?«

»Irgendwas fasziniert mich an ihrer Situation. Als würde ich sie ein bisschen beneiden, um es mal so zu sagen.«

»Hör mal, dass Mirka vielleicht ein bisschen beschränkt ist, das hab ich nicht böse gemeint. Das passt zu deinem Eindruck, dass sie glücklich ist. Was ich eigentlich damit sagen wollte: Wenn sie sich wünscht, dass wenigstens eins ihrer Kinder in die Welt hinausgeht und ein anderes Leben kennenlernt, dann sitzt irgendwo in ihrem Innern doch eine Sehnsucht, eine Ahnung, dass ihr ohne ein Studium, ohne mal aus ihrem Dorf hinauszuschauen eben doch etwas Wesentliches im Leben entgangen ist.«

Hinter der Umzäunung, die sie entlangfuhren, wuchsen die grauen Wände ovaler Hallen empor. Marie schoss eine Erinnerung aus jüngster Zeit durch den Kopf. Sie hatte da gesessen, wo Milan jetzt saß, und Luboš hinter dem Steuer, in einer Flut von Autos hatten sie nach einem Parkplatz gesucht. In der modernen Arena ein Heidenspektakel, Scheinwerfer, das Spiel bunter Lichter, ein Konzert von Joe Cocker. Luboš liebte Cockers Reibeisenstimme.

»Hier musst du abbiegen«, riss Milan sie aus ihrem kurzen Tagtraum.

Der Service-Techniker im Arbeitsoverall, dem sie das Auto übergaben, nahm sie als Paar wahr, und es belustigte Marie, dass er sich immer an Milan wandte. Marie reichte ihm die schwarze Mappe. Er nahm sich daraus nur den Fahrzeugschein.

»Da ist auch das Service-Buch drin, oder?«

»Ihr Auto«, sagte der Mechaniker gewichtig, »hat kein Service-Buch mehr.«

»Wieso?«

»Das ist alles im Bordcomputer«, erläuterte Milan.

»Genau, wie Ihr Mann sagt«, meinte der Techniker und gab ihr die Mappe zurück. »Da drin ist nur noch die Bordliteratur.«

Generalkontrolle, Motordiagnostik, Ölwechsel, 3-D-Geometrie der Räder, Desinfektion der Klimaanlage. Sie überließ dem Techniker den Zündschlüssel.

»Bordliteratur«, sagte Marie amüsiert vor sich hin, während sie abdrehten.

»Das kennst du nicht?«

»Nee, den Begriff hab ich zum ersten Mal gehört. Bordliteratur … damit meint er die kleine Broschüre mit den Bildern?«

Sie setzten sich in das angenehme, verglaste Bistro, Milan bestellte sich einen weiteren Kaffee, Marie ein Mineralwasser, nichts drängte. Eine Zeit lang lachten sie über ihre Idee, an der Fakultät einen neuen Lehrstuhl für Bordliteratur ins Leben zu rufen. Dann kam Marie noch einmal auf den Abend im Wirtshaus von Přídonice zu sprechen, und Milan verhedderte sich immer tiefer in seine Ausführungen zum Thema Patriotismus versus Kosmopolitismus, zeigte aber dennoch viel Empathie, und Marie fühlte sich von einer

Welle der Dankbarkeit durchflutet. Er hatte sich den ganzen Samstagvormittag für sie reserviert. Hörte ihr zu, wenn sie sprach, fragte nach, war aufmerksam.

»Ich wollte damals nicht für immer auf und davon, nach dem Studium. Und den Vater einfach im Stich lassen, ich habe ja gesehen, wie er damit kämpft.«

»Womit?«

»Mit dem Alkohol. Das heißt mit dem Leben, seinem Schicksal … oder wie soll man das sagen. Mit etwas für mich Unsichtbarem, was ihm ans Leben ging. Die Trinkerei war nur eine Folge. Aber ich wusste, dass er stark ist und in seiner Familie starke Vorbilder hat, dass er es allein schon deswegen schafft. Und dass ihm die Mutter hilft.«

Schließlich ließ sie sich von Milan auch einen Kaffee bringen, sogar ein Stück Kuchen. Die Vitrine mit den Torten leuchtete wie eine Luxusauslage beim Juwelier. Zucker, Sahne und ein Hauch von Seligkeit.

»Jetzt weiß ich, dass ich den Eltern zurückgeben muss, so viel ich kann. Und mit der Schwester alles ins Reine bringen. Sie ist großartig. Schuftet und kümmert sich, aber sie hat nicht mehr die Kraft, dort irgendetwas zu ändern, auch nicht an sich selbst. Weil sie eben nie von dort weg ist. Das heißt, weg ist sie schon, aber nur bis ins nächste Dorf. Sie hängt bei den Eltern mit drin, auch wenn sie tut, als wäre das nicht so. Sie wird nichts ändern, sie hält einfach den Status quo.«

Der erste Samstag im April. Power-Sonne, Power-Autos, Hochglanzkarosserien und gut gekleidete Leute. Komfort, guter Kaffee, Autoservice mit Verlässlichkeitsgarantie, angenehmes Umfeld, freundlicher Umgangston. Der Abglanz einer geradezu übernatürlichen Welt, doch Marie spürte sehr wohl, dass es all dem an Wahrhaftigkeit mangelte. Und dass sie nicht in diese Welt gehörte, ebenso wenig wie Milan, der mit seinem siebzehn Jahre alten dreitürigen Töfftöff zur Tankstelle getuckert war. Luboš gehörte in diese Welt, der Businessman mit dem perfekten Outfit. Und Marie war klar, dass sie aus dieser Edelpolitursituation einfach nur ein Stück

Entspannung und Fröhlichkeit ziehen sollte, wenigstens für diesen kurzen Moment.

»Du siehst schon sehr viel besser aus als vor einem Monat, Marie. Du hast es gepackt.«

Sie ertappte sich bei einem Lächeln.

»Danke. Weißt du, das Schwerste ist wahrscheinlich, mir immer wieder von Neuem klarzumachen, dass du dein Leben sowieso immer selbst leben musst. Auch wenn du kranke Eltern hast oder ein Kind. Es bleibt trotzdem immer dein Leben …«

»Genauso ist es, Marie …«

Sie holten das Auto ab, und Milan sah die auf der Rechnung aufgelisteten Reparaturen und Wartungsarbeiten durch. Der Mechaniker übergab den Zündschlüssel automatisch an ihn, und Marie nickte nur lächelnd und setzte sich auf den Beifahrersitz. Milan fuhr den Wagen zurück zur Tankstelle und parkte in der Nähe seines Autos auf dem kleinen Parkplatz ein.

»Weißt du, wo und wann die erste Tankstelle der Tschechoslowakei eröffnet wurde?«

»Ich weiß, dass du alles weißt.« Marie lächelte.

»Hier in Prag, 1923, auf dem Platz der Republik. Von der Firma Gebrüder Zikmund.«

Sie streckte ihre Hand nach den Autoschlüsseln, und er fasste sie und hielt sie zärtlich umschlossen.

»Und kurz drauf haben sie eine weitere Tankstelle am Karlsplatz aufgemacht, und dann eine beim Nationalmuseum …«

Er zog sie an sich, sie spürte seine linke Hand an der Taille. Auf einmal tauchte seine Nase in ihr Haar, an der linken Wange sein Atem, das Odeur von Zigaretten und Kaffee, sein Schweiß, als er sich an sie schmiegte. Sie war wie erstarrt, ihr Körper verharrte reglos, angespannt, was folgen würde. Er ließ ihre Hand los und strich ihr das offene Haar aus dem Gesicht. Ihre Nasen berührten sich, sie drehte den Kopf zur Seite.

»Marie, ich kann so nicht mehr weiter.« Milans Stimme klang heiser, versagte ihm den Dienst.

Wieder wich sie ihm aus, seinem suchenden Mund, und als sein Griff sich nicht lockerte, stemmte sie ihre Hände gegen seine Schultern. Zunächst sanft, dann stärker.

»Was machst du da bloß?«

»Ich bin verrückt nach dir, Marie …«

Sie schubste ihn energisch von sich weg, wandte sich ab, trat drei Schritte zurück. Er stand mit dem Rücken an ihr Auto gelehnt.

»Lass das sein«, sagte sie leise.

»Ich bin in dich verliebt.«

»Wir kennen uns jetzt fünfzehn Jahre, ich bitte dich.«

»Ja und? Ich … ich seh dich auf einmal anders.«

»Hör auf. Wir sind schließlich Kollegen, sind Freunde.«

Milan sagte nichts mehr, sie stand noch immer abgewandt. Mehrere Autos waren inzwischen an ihnen vorbei zu den Zapfsäulen gefahren.

»Was soll ich jetzt machen?«, murmelte Milan eher für sich.

»Und Šárka? Was soll Šárka machen?«

»Wir sind seit über zwanzig Jahren zusammen, und du weißt ja, was das mit einem so macht …«

»Ich bitte dich, fang bloß nicht damit an! Kaum hab ich mich da selber irgendwie herausgewurstelt und bin froh, dass bei meinen Freunden alles in Ordnung ist, dass es überhaupt jemandem in meinem Alter gibt, bei dem die Ehe funktioniert, und da kommst du jetzt …«

»Gerade weil ich so aus der Nähe sehen konnte, wie allein du jetzt bei allem warst, und wie großartig du das geschafft hast, wollte ich dir immer näher und näher sein. Bereit, dir zu helfen.«

»Damit hilfst du mir in der Tat.« Marie wandte sich zu ihm um. »Damit hilfst du mir wirklich ganz gewaltig.«

»Ich hab gar keine Aussichten?« Er sah sie an, kippte geradezu nach vorn, war in den Schultern wie gebrochen.

»Willst du alles kaputt machen? Reiß dich zusammen, verdammt noch mal.«

Da erst merkte sie, dass sie die Autoschlüssel hielt. Sie waren in ihrer Hand geblieben, als sie sich aus seinem Griff befreit hatte. Unter der Tankstellenüberdachung zitterte die abgassatte Luft in der Mittagshitze.

»Ich fahr nach Hause, Milan. Ich dank dir sehr für diesen Vormittag.« Sie lächelte ihn an.

Er gab die Fahrertür frei, sie setzte sich hinters Steuer.

»Nächste Woche irgendwann gehen wir Mittagessen, wenn du Zeit hast. Noch einmal vielen Dank.«

Sie schlug die Tür zu und beobachtete im Rückspiegel, wie Milan zu seinem Auto schlich. Dann fuhr sie langsam los. Sah gerade noch, wie Milan die Hand leicht hob, zu einem zögerlichen Gruß.

*

Am Herd stehen und für die Handwerker kochen. In der Miniaturküche der Mutter, ununterbrochen mit der Schwester überkreuz kommen, in der Schürze schwitzen und die Dämpfe aus den Töpfen atmen. Marie hatte für das letzte Aprilwochenende sowieso keine anderen Pläne, also schälte sie Kartoffeln, schleppte riesige Töpfe und schnitt Fleisch und Zwiebeln klein. Die Mutter tauchte ab und an in der Tür auf und sagte ein Wort, brachte ein frisches Geschirrtuch, zeigte, in welchem Schub der gemahlene Paprika für das Gulasch war.

Auf dem Hof arbeiteten seit dem Morgen drei Männer in grünen Overalls, auf deren Rücken ein Firmenschild aufgenäht war. Derselbe Schriftzug prangte in großen Buchstaben auf dem Lieferwagen, der im Hof stand. Stück um Stück zerlegten sie den Dachstuhl der Scheuer und schichteten die Überreste der alten Balken neben dem Holzschuppen auf einen Haufen. Der Vater verfolgte alles genau, mit Falkenblick, stand im Flanellhemd daneben, während die Frühlingssonne ihm aufs schüttere Haar brannte. Er überwachte lediglich, sprach kaum, gab, falls nötig, kurze Anweisungen. Der fünfte Mann auf dem Hof war sein Schwiegersohn; ihm hatten die Frauen im Haus aufgetragen, auf den Schwiegervater ein Auge zu haben. Damit ihm ja nicht einfiel, den Handwerkern beim Balkenschleppen zu helfen oder auf das durchgebogene Dach zu klettern.

»Vorsicht, dass ich dir die Bluse nicht schmutzig mache«, sagte Veronika, als sie mit dem von Kartoffelschalen und anderen Küchenresten überquellenden Abfalleimer an der Schwester vorbeischlängelte.

Marie schaute in der Küche umher, die Mutter war sich offenbar ausruhen gegangen.

»Ich hab eine Schürze um. Und überhaupt, könntest du das freundlicherweise lassen?«

»Was?«

»Soll ich einen Kartoffelsack anziehen, damit du zufrieden bist?«

Veronika ging schweigend mit dem Abfall zur Tür, aber Marie verstellte ihr den Weg.

»Verča, ich möchte nicht, dass wir uns ständig anbelfern. Ich möchte hier gerne herkommen, lass uns reden, damit ich endlich erfahre, was dich an mir dauernd so stört.«

»Dafür habe ich keine Zeit.« Veronika schüttelte den Kopf.

»Dann nimm sie dir. Da schau, ich hab eine alte Bluse an, die hat deine Kinder noch zur Schule gehen sehen.«

»Willst du vielleicht über Klamotten reden?«

»Ja, warum nicht. Ich werde dir mal was sagen, ich habe mir das erkämpft: als Dame zu gelten, wie du es nennst. Und gerade deswegen ist es für mich von Bedeutung, weil ich es mir von Kindheit an ertrotzt habe, gegen alle hier im Haus und im Dorf. Schon irgendwann in der siebten sind Mirka und ich zur Nachbarin, zur Straková, und die hat uns nach den Schnitten in der Burda das Nähen beigebracht, als es in den Läden nichts Ordentliches zu kaufen gab. Dich hat das nicht interessiert, zumindest hast du so getan, denn du warst von uns beiden die Ältere, der Boss, der das Sagen hatte und immer alles besser wusste. Du wolltest einfach nicht zugeben, dass auch du von mir etwas lernen kannst und nicht nur umgekehrt …«

Vom Flur her waren Schritte zu hören, und Veronika warf Marie einen wütenden Blick zu.

»Es steht schon alles fertig auf dem Herd, Mama«, rief Veronika über die Schulter der Schwester. Die Mutter erschien in der Tür, und Marie gab den Weg frei.

Gegen elf Uhr vormittags legten die Männer in den Overalls das gestapelte Blockholz auf der Wiese aus. Sie vermaßen es und berieten sich über den Bauplan gebeugt. Der Vater kam in die Küche, um nachzusehen, ob das Mittagessen für die Handwerker rechtzeitig fertig wäre. Er setzte sich kurz. In den Töpfen blubberte es, damit das Essen Punkt zwölf auf dem Tisch stünde. Auf einmal ein Aufkreischen, das die Stille zerschnitt, ein Motor jaulte sich in höchste Höhen hinauf und pendelte sich schließlich in etwas tieferer Tonlage ein. Der Vater auf seinem Stuhl fuhr zusammen.

»Was ist denn das?«

»Tja, was wohl, Papa?«

»Sakra, was ist das?«

»Eine Motorsäge?«, antwortete Veronika.

Und ein zweiter Verbrennungsmotor stimmte mit seinem Kreischen ein, und die Ketten beider Sägen fraßen sich in das Holz.

»Was zum Teufel soll das bedeuten?« Der Vater sprang auf und stürmte zur Tür hinaus. Die Drei in der Küche tauschten besorgte Blicke. Marie stand am nächsten beim Fenster und sah den Vater, wie er mit energischen Schritten auf die an den Balken sägenden Männer zuging. Er ruderte mit den Armen und überschrie das Gebrüll der Motorsägen, bis die beiden ihre Arbeit unterbrachen und die Motoren abstellten.

»Das soll Handwerkerarbeit sein!?«, hörte Marie schließlich die Stimme des Vaters in aller Deutlichkeit.

Der Dritte in grüner Montur kam gerade vom Lieferwagen zurück, und auch Veronikas Mann erschien auf der Bildfläche.

Marie folgte dem Geschehen, als wäre es eine Inszenierung auf einer hell ausgeleuchteten Kammerbühne mit fünf männlichen Darstellern. Sie hörte die Stimme des Vaters, wo sie ihr Werkzeug hätten, schrie er, und die Männer hoben ihre Sägen. Láďa wollte vermitteln, das war ersichtlich, doch nahm der Vater nicht die geringste Notiz von ihm, sondern palaverte weiter von Handwerkerehre, während die drei in Grün nur ihre Köpfe schüttelten und mit den Achseln zuckten. Marie sah selbst aus der Entfernung, dass der Vater rot anlief. Noch immer schimpfte er auf die verdutzten Arbeiter ein, wo sie ihr Zimmermannsgerät hätten, und den Schwiegersohn, der ihn beruhigen wollte, stieß er wutschnaubend von sich.

»Ich geh mal schauen«, sagte Veronika.

»Lass sie.« Die Mutter führte mit der Hand einen entschlossenen Streich durch die Luft und sank ächzend auf einen Stuhl.

Veronika fügte sich ausnahmsweise, blieb in der Küche und versuchte hinter Maries Rücken hervor, etwas von dem Schauspiel auf dem Hof zu erhaschen. Marie verdeckte das Fenster fast ganz, sie sah, wie der Vater mit ausgestrecktem Zeigefinger zum Tor wies.

»Was passiert denn da jetzt?«, wollte Veronika wissen.

»Sie laden die Sägen ins Auto.«

»Und weiter?«

»Der Vater hat sich umgedreht, offenbar will er gehen … aber jetzt macht er wieder kehrt und sagt irgendwas. Schreit nicht mehr.«

»Und Láďa, was macht der? Ich kann ihn nicht hören.«

»Láďa steht daneben und …«

»Und glotzt und tut nichts, wie immer, Herrgottnochmal …«, ließ Veronika ihren Dampf ab.

»Ach nee, jetzt steigt einer ein. Ja so was, die fahren ab!«

»Um Himmels willen, was hat unser Vater da wieder angestellt«, war die Mutter vom Tisch her zu hören.

Draußen startete der Motor des Lieferwagens.

»Der Vater ist verschwunden«, vermeldete Marie.

»Wohin verschwunden?«, wollte die Mutter wissen.

»Er ist zum Tor hinaus und nach links, Richtung Dorfplatz.«

»Sakra, Láďa soll sofort hinterher«, sagte Veronika. »Ich geh auch.«

»Láďa spricht mit den Handwerkern. Er zahlt sie aus. Und jetzt steigen auch die beiden anderen ein, der Wagen schleicht sich rückwärts vom Hof«, referierte Marie. Als sie sich umsah, verschwand Veronika in der Tür.

*

Gegen zwei Uhr nachmittags war das Essen in den Töpfen auf dem Herd kalt geworden. Láďa kam von seiner zweiten Runde durchs Dorf, und in der Küche wurde beratschlagt, was nun zu tun sei und wo man den Vater suchen könne.

»Im Wirtshaus ist er nicht?«, fragte Marie.

»Das hat noch zu.« Veronika warf einen verdrossenen Blick zur Decke. »Und überhaupt, das Trinken haben ihm die Ärzte schon lange verboten. Daran hält er sich auch.«

»Wartet mal«, sagte Láďa, »vielleicht ist er zum alten Rubeš. Der war Zimmermann, und der Vater hat mir gestern gesagt, dass er mit ihm über das neue Dach gesprochen hat.«

»Er wird schon wiederkommen«, meinte die Mutter ergeben.

»Und das Essen, was machen wir damit?«, warf Veronika ein. »Das reicht für eine ganze Kompanie.«

»Marie, tu allen etwas Suppe auf, danach essen wir das Gulasch«, entschied die Mutter. »Der Vater kann essen, wenn er zurückkommt.«

»Mittags müsste er seine Medikamente nehmen«, erinnerte Veronika.

»Jetzt werde ich eine Woche lang Gulasch fressen«, meinte Láďa, als er den Deckel des riesigen Topfes hob, und stupste Marie, die mit der Schöpfkelle in der Hand am Herd stand, sanft in die Rippen.

*

Um halb vier schreckten die Schläge im Hof das Haus aus seiner nachmittäglichen Ruhe. Veronika sah aus dem Fenster.

»Nicht zu fassen.« Sie drehte sich zur Mutter und zu Marie. »Der Vater ist wieder da. Schaut euch das bloß mal an.«

Auf dem Hof draußen ließen zwei alte Männer in offenen Hemden ihre Breitbeile um die Wette sausen, die stattlichen Schneiden sprühten helle Blitze aus Sonnenlicht. Und die beiden hieben auf die Balken ein, dass die Späne nur so flogen.

MAI 2018

Marie hatte ihre freien Nachmittage und manchmal auch die Abende in ihr Dejvicer Lieblingscafé verlegt. Dort kam sie sich weniger einsam vor als in der Wohnung. Man konnte eine Kleinigkeit zu sich nehmen, und natürlich durfte ein Tee oder Kaffee oder ein Apfelstrudel nicht fehlen. Lesen, Telefonate oder das Abarbeiten von Mails, per Handy oder per Notebook – das ließ sich von hier ebenso gut erledigen wie von zu Hause. Auch ihre Vorlesungen, Seminare und Sitzungen bereitete sie am Caféhaustischchen vor. Und hatte sie etwas vergessen, waren es in die Wohnung nur fünf Minuten zu Fuß.

In den letzten Wochen hatte sie eine lästige Neurose ausgebildet, eine Aversion gegen die Tonsignale ihres Mobiltelefons. Gegen einen eingehenden Anruf oder die Meldung einer angekommenen SMS. Schuld daran waren die durchweg schlechten oder eben noch schlechteren Nachrichten. Zunächst änderte sie in den Einstellungen den Klingelton. Um ihr ein neues Jingle zu verleiden, reichte in der Regel jedoch ein einziges Gespräch. *Morning Flower* – Anruf der Schwester: der Vater hatte einen cholerischen Anfall, der Blutdruck war explodiert. *Over the Horizon* – Anruf des Schwagers: Sie würden den Vater ins Krankenhaus bringen. *Paper Guitar* – Anruf der Mutter, dass man den Vater mindestens noch ein Woche im Spital behalte. Und *Crossing the River* oder *Dance Party* konnten ebenfalls keine Abhilfe schaffen. Auch den Signalton für eingegangene Textnachrichten hatte sie mehrfach geändert. *Jazzy* – Entschuldigungs-SMS von Milan. *Knock* – Veronika beschwert sich über die Mutter, die ihre Medikamente vergisst und die Diät nicht hält. *Jump* – eine zweite Entschuldigung von Milan, *Pure Bell* – eine lange, gekränkte Nachricht von Luboš, dass Lenka sich immer noch weigere, mit ihm zu telefonieren, und er einfach nicht mehr glauben könne, dass Marie ihre Finger da nicht im Spiel habe. Marie beschloss, das Handy einfach für ein paar Tage auszuschalten.

Eines Nachmittags stöberte Katka Marie an ihrem Ecktischchen auf und schüttelte schon beim Eintreten vorwurfsvoll den Kopf. Das Café war voll, sie setzte sich zu Marie.

»Was ist mit dir? Wo hast du denn dein Smartphone?«

»Hier«, sagte Marie, »aber es ist ausgeschaltet.«

»Du hast mir einen ganz schönen Schrecken eingejagt.«

»Es war einfach zu viel des Guten.«

»Du hast ja gar kein Make-up aufgelegt«, bemerkte Katka.

»Na und?«

»Du hast nicht etwa vor, aus dem Fenster zu springen, oder?«

Marie lächelte.

»Oder vor einen Zug?«

»Aus einem Flugzeug.«

»Hör schon auf.«

»Willst du zuschauen?«, fragte Marie.

*

Seit jenem Aprilsamstag beim Autoservice war es jetzt das dritte Mal, dass Marie aus Prag hinausfuhr. Es war schon Ende Mai, und sie spürte noch immer den Zigarettengeruch im Wagen. Das verschwitzte T-Shirt. Eine Zeit lang überlegte sie, ob ihre Sinnesnerven das alles nicht einfach gespeichert hatten. Milan hatte seine rechte Hand mit der Zigarette schließlich die ganze Fahrt über aus dem Fenster hängen lassen. Hatte den Rauch hinausgeblasen. Und Marie hatte lange gelüftet. Aber der schale Nachgeschmack dieses Samstagvormittags mit Milan klebte ihr noch auf der Zunge, brannte mit jedem Atemzug in der Nase. Das hatte ihr schon die erste Autofahrt nach Südböhmen zu den Eltern verdorben, dabei hatte sie sich auf eine befreiende Wirkung dieser ersten Fahrt gefreut – sie allein hinter dem Steuer, kein Bus wie sonst und keine dämlichen Filme, ob im Monitor oder in ihrem Kopf.

Als sie unterwegs Katka auflud, verflüchtigte sich die störende Wahrnehmung für einen Moment. Die aufdringliche Erinnerung wurde von Katkas Parfüm übertüncht. Sie trug ein helles Sommerkleid mit blauen Blümchen, dazu einen Hut und einen Picknickkorb aus rotem Rattan. Auf dem Beifahrersitz behielt sie den Korb kurz auf den Knien, hob den Deckel und führte Marie vor, was er geladen hatte. Kleine Gedecke, Besteck, Tassen und Schüsselchen, ein zusammengelegtes Geschirrtuch, eine Thermoskanne mit Kaffee. Alles stimmig, stimmig zu einer Picobello-Vierzigerin mit nettem, fürsorglichem Ehemann, zwei Söhnen und einer guten Adresse in Prag 6.

»Und, verrätst du mir endlich, wohin wir fahren?«

»Lass dich überraschen.«

»Das halt ich nicht aus!«, protestierte Katka. »Aber wart«, frohlockte sie, »das Navi wird dich verraten.«

Sie beugte sich zu dem Mini-Bildschirm im Armaturenbrett und musterte den Pfeil und die verschlungene Trasse aus dem Zentrum Prags zum Ort der Bestimmung.

»Also gut. Wir fahren nach Příbram. Den Rest erfährst du dort.«

»Du bist eher sportlich gekleidet. Und ich romantisch.«

»Das passt schon, Katka. Das passt wunderbar …«

Katka saß eine Weile brav auf ihrem Platz und folgte dem Weg, der vor ihnen lag, dann warf sie wieder einen prüfenden Blick zu Marie.

»Du kommst mir irgendwie aufgeregt vor. Gibt's einen Grund?«

Marie schwieg, ihre Hände ruhten auf dem Lenkrad. Sie fuhren auf der Strakonická stadtauswärts, Pferde, vor Sulkys gespannt, trabten über die Rennbahn in Chuchle.

»So einige.«
»Und der erste wäre? Na los, raus damit.«
»Findest du nicht, dass es hier nach Zigarette riecht?«
Katka schnupperte und schüttelte den Kopf.
»Riechst du wirklich nichts?«
»Nein.«
»Ich hab Milan mitgenommen, vor fast zwei Monaten. Und ich riech ihn hier immer noch.«
»Und?«
»Er hat sich an mich rangemacht.«
»Red keinen Quatsch …«
Marie bremste leicht, die weibliche Profi-Stimme aus dem Navi hatte zum Abbiegen aufgefordert.
»Als er gemerkt hat, dass meinerseits kein Interesse besteht, hat er Ruhe gegeben. Aber jetzt ist alles kaputt.«
»Du musst das irgendwie ins Reine bringen, ihr kennt euch doch schon so lange.«
»Ja eben. Das war damals an dem Samstag. Die ganze nächste Woche ist er mir an der Fakultät aus dem Weg gegangen.«
»Hat keinen weiteren Versuch unternommen?«
»Er hat mir zwei SMS geschickt. Dass er sich entschuldigt und so.«
»Na siehst du, wenigstens das.«
»Aber trotzdem ist alles im Eimer. Ich bin dann schließlich zu ihm ins Büro und hab ihn wenigstens zu einem Mittagessen abgeschleppt.«
»Und?«
»Wir haben beide versucht zu tun, als wäre nichts, aber ich merke ihm an, dass er befangen ist, sich verschmäht fühlt, es ist einfach kaputt. Und ich bin jetzt noch einsamer. Sowieso hab ich nur wenige Freunde, an die ich mich wenden kann, wenn's ein Problem gibt, aber jetzt hab ich noch einen weniger.«
»Ach ja. Und was macht dich noch nervös?«
»Das wirst du gleich sehen …«

*

Eine weite grüne Wiese, an der Seite flache Hangars, ein hoher Mast mit Windfahne. Flugzeugflügel, Fensterovale in metallenen Leibern, sich drehende Propeller und hin und wieder das Aufdröhnen eines Motors. Und über allem Blau und Sonne und Wolken in dramatischen Weißgrauschattierungen. Marie musste wieder an Milan Koutský denken, fühlte sich in ein Bild von Kamil Lhoták versetzt. Die Luft prickelte, roch nach verbranntem Benzin, und Marie schritt in einem roten Overall auf ein kleineres weißes Flugzeug zu. Die Gurte griffen zwischen den Schenkeln durch und schlossen sich über der Brust, auf dem Kopf hatte sie einen Helm. Neben ihr ein Mann mit Fallschirm auf dem Rücken, imposante Statur, gebräuntes Gesicht. Hynek, sagte er, als sie sich vorstellten. Er frotzelte Marie ein bisschen, lächelte amüsiert, aber seine Schritte waren fest und entschlossen. Marie sagte sich, dass ihr nichts anderes übrig bliebe, als ihm zu vertrauen und ihre Schwindelgefühle zu ignorieren. Ihnen voraus gingen drei weitere Tandems. Bevor sie ins Flugzeug kletterte, sah sie sich ein letztes Mal um. Sie winkten ihr, das Häufchen Studentinnen und Studenten und mitten unter ihnen Katka mit Hut und hellem Sommerkleid.

In dem engen, niedrigen Rumpf des Fliegers würgte sie mit einem Mal Angst. Und sie versuchte sich einzureden, dass das, was sie fühlte, keine Angst wäre, sondern Aufregung. Die Aufregung angesichts eines Abenteuers. Angesichts des Neuen, des Unbekannten. Mit der linken Schulter berührte sie den Oberarm des Instruktors, sie hatten sich alle auf die längliche Sitzbank gezwängt, und plötzlich hoben sie ab. Sie merkte es am Schüttern der Bank und den Berührungen mit Hynek.

»Ich hab Höhenangst.«

»Heute steigen wir fast vier Kilometer hoch«, sagte er.

»Und das ist hoch?«

»Ziemlich hoch. Der freie Fall dauert dann länger. Wir werden etwa fünfzig Sekunden fliegen.«

Offenbar wurde ihm sein ernster Tonfall bewusst, er lächelte Marie erneut zu und zwinkerte mit dem linken Auge. Ein gut erhaltener Vierziger, schätzte Marie, doch ihre Gedanken kreisten jetzt anderswo.

»Da ist wirklich nichts, Marie, wovor du Angst haben müsstest. Und jetzt steh auf.«

Sie folgte gehorsam, ihr Kopf rührte fast an die Decke des Rumpfs.

»Dreh dich mit dem Rücken zu mir und setz dich.« Er klatschte dabei auf seine Knie.

Sie blickte über die Schulter, konnte aber aus seinem Gesicht nicht ablesen, was er ernst meinte und was nur Spaß war. »Ich soll mich auf deinen Schoß setzen?«

»Willst du lieber alleine springen?«

»Nein …«

Das alles amüsierte ihn sichtlich.

»Dann mach, was ich dir sage.«

Sie wandte sich wieder nach vorn, fühlte, wie er sie um die Taille fasste und an sich heranzog. Sie plumpste auf seine Schenkel, mit geübten Griffen straffte er die Gurte und schnallte Marie an sich fest. Sie fühlte sich völlig gelähmt, so dicht waren sie aneinandergefesselt. Sie schaute zu den anderen Tandems, da war es dasselbe, und das beruhigte sie.

»Unten bist du die Lehrerin, und hier oben bin ich es, klar?«

»Woher weißt du denn, dass ich Lehrerin bin?«

»Das haben deine Studenten im Anmeldeformular ausgefüllt.«

Sie gingen aus der Hocke nach oben, und der Instruktor zurrte Marie noch fester an sich. Breitbeinig stand er da, und sie fühlte sich zwischen seine Schenkel gepresst.

»Das ist viel zu eng«, protestierte sie.

»Wenn du's besser kannst, bitte.«

»Ist ja gut, ich bin ja schon still …«

Die Verschlüsse der festgezurrten Gurte zwackten. Zum Ausstieg marschierten sie Schritt für Schritt wie siamesische Zwillinge.

»Der rote Overall steht dir gut«, sagte er in ihr Ohr.

Sie wusste nichts zu entgegnen. Wahrscheinlich wollte er ihr diesen Moment etwas erleichtern.

»Zieh die Brille noch auf.«

Sie zog die Brille über den Helmrand. Die geöffnete Luke hielt ihre Augen in Bann, dieser brausende Raum da draußen, nichts anderes nahm sie mehr wahr.

»Hör noch mal her!«

»Ja?«

»Mach ja die Augen nicht zu!«

»Warum sollte ich das?«

»Das machen die Leute ganz instinktiv, aus Angst. Also denk dran, lass sie beim freien Fall von Anfang an offen. Sonst entgeht dir unglaublich viel.«

Es ging rasch voran, vor ihnen nur noch zwei Paare, sie verschwanden im Nichts und gaben den Raum für sie frei.

»Halt dich mit den Händen an den Schultergurten fest.«

Die Tiefe unter ihr brauste, sie spürte die Festigkeit seines Körpers.

»Und lehn deinen Kopf an meine Schulter, so, bleib so, bis ich dir ein Zeichen gebe …«

Sie standen vor der Öffnung im Rumpf. Plötzlich füllte sich ihre Brille mit Licht, trotz des Helms ohrenbetäubendes Dröhnen, und dann flogen sie frei. Sie wollte schreien, merkte, dass sie schon schrie. Seine Hand mit dem Smartphone streckte sich über ihre Schulter nach vorn, er machte Fotos, das alles gehörte vermutlich zu seinem Job, und Marie rauschte, fest gebunden an ihn, mit mehr als zweihundert Stundenkilometern zur Erde hinab und meinte dennoch, schwerelos durch die Lüfte zu schweben. Ihre Augen hinter der Brille, weit aufgerissen, registrierten, wie sie durch eine Wolke sanken. Sie schlugen durch den Widerstand der Luft, er riss an den Gurten über der Brust, zerrte am Overall, der sich um ihren Körper spannte, rauschte am Helm vorbei, und sie verspürte auf einmal den Wunsch, noch lange, sehr lange frei zu fallen. Aber kurz danach schrie ihr Hynek von hinten ins Ohr, sie solle an der Schnur ziehen, die er ihr in die Hand drückte. Und als sie zog, machten sie einen Schaukler. Unter sich sah sie die Erde, das dunklere Grün der Baumkronen, das hellere der Wiese und das Band der Teerstraße. Ohnmächtig sah sie zu, wie sie zurückschwebte in ihre Welt.

»Du warst Spitze«, sagte Hynek nach der Landung und löste die Gurte, die sie aneinandergefesselt hatten.

»Danke.«

»Und wie war's?«

»Unbeschreiblich. Mir zittern noch die Beine.«

»Mit mir ist das immer so.«

»Lass das.«

Sie gingen über die Wiese zurück, wo Leute in der Reihe hockten und Fallschirme zusammenlegten. Zum Flugzeug war schon eine neue Gruppe unterwegs, Marie schaute in den Himmel hinauf, und einen Moment lang wurde ihr schwindlig. Hynek fasste sie sofort unter. Sie schlüpfte aus dem roten Overall und nahm den Helm ab. Stand wieder mit beiden Beinen fest auf dem Boden, wenigtens schien es ihr so. Dann sah sie schon eine Gruppe Mädchen und Jungen winken, mit Fotoapparat und Mobiltelefonen, und auch Katkas Hut tauchte auf.

»Da schau, die Studenten warten auf mich.«

»Wollten sie dich loswerden, mit diesem Sprung ins Nichts?«

»Die kriegen mich sowieso bald los«, lächelte Marie, »die haben demnächst Staatsexamen.«

Sie winkte.

»Ich hab jetzt noch einen Sprung, dann werden die Zertifikate vergeben. Da sehen wir uns. Später bekommst du dann noch das Video und die Fotos.«

Die Studenten umringten sie, Schulterklopfen, Gratulationen, Katka zog einen Pikkolo aus dem Korb. Marie war zu Tränen gerührt.

*

Hynek fand sie in dem kleinen angenehmen Restaurant am Flugplatz und schleppte sie ab zur Bar.

»Du hast versprochen, mit mir auf einen Drink zu gehen.«

»Ich muss mit dem Auto zurück nach Prag.«

»Dann eben auf eine Limo. Du hast es versprochen.«

»Wirklich? Da oben, da hätte ich alles versprochen.«

»Und auf der Erde unten zählt das dann nicht?«

Sie fühlte sich irgendwie unfrei. Unter dem Druck seiner Aufmerksamkeit. Seiner Unverblümtheit. Und bemühte sich, ebenso ungezwungen zu sein.

»Wie alt bist du?«

»Fünfundvierzig«, sagte er.

»Ich habe noch ein paar Semester mehr auf dem Buckel, weißt du.«

»Weiß ich, dein Geburtsdatum steht in der Anmeldung.«

Sie sog an ihrem Strohhalm, von ihrem nichtalkoholischen Cocktail. Hynek stand zu ihr gewandt, mit seinem gebräunten Gesicht, dem hellen, kurz geschnittenen Haar. Das weiße Shirt betonte den dunklen Teint, konturierte die kräftigen Oberarme, die durchtrainierten Muskeln.

»Du bist eine Göttin.«

Sie lachte.

»In meinem Kopf herrscht völliges Durcheinander. Das ist wegen dir.«

»Das ist wegen der Höhe.«

»Die bin ich gewöhnt. Es ist wegen dir.«

»Das sagst du zu jeder, was?«

»Zu jeder nicht. Das schon mal gleich gar nicht. Ganz zufällig hab ich mir dich ausgesucht, unter allen Anmeldungen.«

»Wie lange machst du das schon?«

»Du meinst – das Fallschirmspringen? Ich hab viertausendzweihundert Sprünge hinter mir.«

»Und Mädels hinter dir, wie viele?«

»Marie, ich hätte dich gerne auf der Erde hier unten als Lehrerin.«

»Lass das.«

Er hatte denselben nichtalkoholischen Cocktail vor sich und neigte sich von seinem Barhocker zu ihr hinüber.

»Das war erregend, dir so nahe zu sein.«

»Ach Gott, sprichst du wegen mir auch noch Schriftsprache? Du brauchst dir echt keine Mühe zu geben, wenn's dir nur um das eine geht.«

»Nein, wirklich nicht. Ich möchte dich näher kennenlernen. Und außerdem: Wenn es so wäre, was wäre daran so schlimm? Du trägst keinen Ring, ein Ehemann hat dich hier nach dem Sprung nicht in die Arme geschlossen, oder täusch ich mich da? Und ich bin nicht verheiratet. Und frei. Das ist mein Credo.«

»Du vertust hier deine Zeit, Hynek, die Nachmittagssprünge warten auf dich.«

»Kann ich dich anrufen, Marie?«

»Meine Nummer bekommst du nicht.«

»Die steht im Formular«, sagte er und seine Lider schlossen sich leicht.

Er drückte ihr zum Abschied die Hand, und Marie gewährte einen Kuss auf die Wange.

»Ich ruf dich an.« Hynek drehte sich am Ende des Tresens noch einmal zu ihr um. »Am Abend.«

»Ich schalt mein Telefon aus«, rief sie ihm hinterher, als er schon in der Tür verschwand.

*

Sie hatte die Wohnung aufgeräumt, hatte von der Leine auf dem Balkon die trockene Wäsche genommen, sich etwas Kleines zu Abend gemacht. Sonntagabend. Draußen war es noch hell. Sie setzte sich in den Lesesessel im Wohnzimmereck. Legte das Smartphone auf die gepolsterte Seitenlehne und heftete ihren Blick auf das tote, erloschene Ding. Zum zweiten Mal innerhalb von zwei Wochen hatte sie es ausgeschaltet. Hatte die Verbindung zur Welt gekappt. Sie zählte an den Fingern ab, für wie lange das Telefon verstummt war. Eigentlich kaum drei Tage. Länger hielt sie es nicht aus. Wegen der Eltern. Obwohl sie wusste, dass ihre Schwester auch die Nummer an der Fakultät hatte. Sie drückte die seitliche Taste und das Einschaltsignal erklang.

Sie war sich nicht sicher, was schwerer erträglich wäre: weitere Hiobsbotschaften aus Přídonice oder die Tatsache, dass niemand sie zu erreichen versucht hatte, nicht einmal ihre bockige, ständig meckernde Schwester? Keine neuen Nachrichten, lediglich drei entgangene Anrufe. Von einer unbekannten Nummer, von Katka, der dritte vom Vater.

Das ließ sie aufmerken. Der Vater hatte sie vielleicht zweimal im Leben angerufen. Das erste Mal, als Veronika ihm ihr altes, ausgemustertes Handy vermacht hatte und er damit üben wollte. Das zweite Mal etwa vor fünf Jahren, als er und Luboš die Flügeltür in der Dejvicer Wohnung richteten. Der Vater verstand sich auf Holzarbeiten. Damals war er das letzte Mal in Prag gewesen. Und jetzt starrte sie auf seinen Versuch, mit ihr in Verbindung zu kommen. Das war vor zwei Tagen gewesen. Sie wusste, aus dem Krankenhaus war er zurück und sein Zustand passabel, sie hatte die Mutter gerade erst von der Fakultät aus angerufen. Der satte Ton klingelte in der Tat lange, bis sich die raue Stimme des Vaters meldete.

»Grüß dich, Papa. Du hast mich angerufen?«

»Nein.«

»Doch, vorgestern.«

Er wirkte etwas verwirrt. Er fühle sich gut, sagte er. Eine Zimmermannsaxt werde er nicht mehr zur Hand nehmen und überhaupt, er mache jetzt wirklich gar nichts mehr. Marie antwortete ihm nun schon zum dritten Mal, dass es ihr gut ginge, und wartete ab, womit er schließlich herausrücken würde. Sie spürte förmlich, wie er um eine nicht ausgesprochene Frage schlich und das Gespräch absichtlich in die Länge zog.

»Papa, brauchst du was?«

»Ich?«

»Na ja, wenn du schon mal von dir aus anrufst, da hab ich mir halt gedacht, dass du was brauchst?«

»Ja, also eigentlich schon, ich wollte fragen … Bei uns unterm Dach sind doch irgendwelche Sachen, von dir oder Lenka, ich glaub aus der Schule, die habt ihr letztes Jahr aus Prag hergebracht …«

»Was meinst du denn da?«

»Na, Lenička hat doch so einen Malkurs besucht, oder? Und einmal hast du gesagt, dass da nicht nur Bücher und Hefte wären … sondern auch Farben …«

»Meinst du die Temperafarben?«

»Kann sein.«

»Ja, ich glaube, da sind auch Temperafarben. Luboš und ich haben damals zwei große Kisten mit Sachen von mir und Lenka zu euch gebracht.«

»Dann schau ich da mal nach.«

»Und wozu brauchst du die Farben?«

»Meinst du, dass die auf Holz halten?«

»Willst du damit was anstreichen? Dafür ist das zu wenig …«

»Ob das auf einem Brett halten würde?«

»Von Holz blättern die Temperafaben wahrscheinlich ab. Da wären Acrylfarben besser, Papa.«

»Aha.«

Marie hörte im Hintergrund die Stimme der Mutter und der Vater änderte mit einem Mal seinen Ton.

»Gut dann, Marie …«

»Höchstens, Papa … bist du noch da? Höchstens wenn du die Temperafarben bindest. Mit einem Bindemittel, verstehst du? Früher haben die Maler ihre Farben zum Beispiel mit Eiweiß gebunden, für ihre Tafelbilder und so … dann würde das auf dem Holz wohl halten …«

»Ja, und die Mutter lässt dir noch sagen, ob du … wenn du wieder zu uns kommst, ob du vielleicht nicht aus Prag diese, na diese … sakra, was soll sie mitbringen? Die guten Haarnudeln …«

In Vaters Telefonat hatte sich die Mutter gemischt, das hatte Marie sofort begriffen.

»Klar, Papa, mach ich.«

»Die Mutter meint die, die sie hier im Geschäft nicht haben, und in Krumlov kann Veronika sie auch nicht bekommen.«

Sie war tief in ihren Sessel gesunken, wendete das Handy hin und her, das Telefonat hatte sie einigermaßen verwirrt. Der Vater wollte nicht weiterreden, sobald die Mutter aufgetaucht war. Das überraschte sie. Und noch etwas fiel ihr auf. *Also eigentlich, kann sein, ob du vielleicht.* Wörter, in denen sie ihren Vater nicht wiedererkannte. Wie das Alter nicht nur den Körper und die Gesichtszüge eines Menschen krümmt, dachte sie, sondern auch seine Sprache, seine Ausdrucksweise. Der Vater, dieser aufrechte, handfeste Kerl. Immer hatte er gradheraus und energisch gesprochen, wie ein Soldat. In kurzen, abgehackten Sätzen. Unmissverständlich.

Marie verlor sich allmählich im Dämmerlicht des Wohnzimmers, das Dunkel kroch aus den Ecken bis zu den Fenstervorhängen. Und wieder ein Panikgefühl. Diese Angst vor Vereinsamung. Ihr Blick glitt noch einmal über die entgangenen Anrufe. Blieb an der unbekannten Nummer hängen. Irgendetwas daran war ihr zuwider. Vielleicht die Reihung der Ziffern. Mit der Fingerkuppe tupfte sie auf die Zeile darunter. Katka meldete sich sofort. Ihre Stimme war wieder fröhlich. Eines der lustigen Weiber von Windsor. Marie musste schmunzeln bei der Erinnerung an den Picknickkorb und das Sommerkleid, das sich so eng um ihren Körper gelegt hatte. Über diesen leicht in die Breite gehenden Körper, den Katka so verzweifelt von seinen überflüssigen Pfunden zu erlösen versuchte.

»Hat er dich angerufen?«, klang es neugierig ins Telefon. »Und frag mich bloß nicht, wer, du weißt, nach wem ich frage?«

»Katka, bitte …«

»Er hat angerufen, stimmt's?«

»Ich will nicht allein bleiben, aber was soll das denn? Entweder Milan, der nicht infrage kommt, ich mag ihn gern, aber eben als Freund, alles andere ist ausgeschlossen. Oder irgendein Abenteurer mit Fallschirm, ein einfach gestrickter Typ, der nur meinen Körper will.«

»Hör mal, selbst wenn das so wäre, in unserem Alter ist das nicht so schlecht, oder?«

Marie konnte eine Zeit lang mit Katka lachen und witzeln, aber sobald sie aufgelegt hatte, war alles wieder präsent. Nicht so sehr die Angst, eher eine Misslaunigkeit. In den Händen eine Tasse Tee, über den Knien ein Plaid, vom abendlichen Fenster heranziehende Kühle. So saß sie verlassen vor ihren Bücherregalen. Ein Teil ihres Lebens und ihr ganzer Beruf. Doch war es, als würden die Bücher ihr nicht mehr zur Seite stehen. Ihre Bücherwelt war wie verschwunden, früher hatte sie ihre Freude daraus bezogen. Jetzt bezog sie nur noch das Salär für ihre routinierte pädagogische Berufstätigkeit. Aber sie konnte sich nicht vorstellen, etwas anderes zu tun – das war das Schwierige. Fast schien es, als ob all die Bücher in ihrer gegenwärtigen Situation, in ihrem Hier und Jetzt, nicht das Geringste bedeuteten. Aber ohne sie – was wäre sie noch? Es war nicht das erste Mal, dass ihr Entschluss, die Universität zu verlassen, ins Wanken geriet. Die vollmundigen Reden vor Milan, vor Katka, dass sie ihr Leben ändern würde. Verärgert stand sie auf und ging hinüber ins Schlafzimmer. Sie öffnete den Kleiderschrank, die Türinnenseite war von oben bis unten verspiegelt. Sie prüfte sich und gestand sich Auge in Auge ein, dass sie noch keinen Plan B parat hatte. Allein und in Hauspantoffeln. Als ob sie nicht vor vier Tagen in viertausend Metern Höhe den Ausstieg aus einem kleinen weißen Flugzeug gewagt hätte. Als ob sie nicht im freien Fall durch eine Wolke geschwebt wäre, atemlos, staunend. Die Leute schließen aus Angst instinktiv ihre Augen, hatte der Instruktor ihr da oben ins Ohr gesagt.

JUNI 2018

Katka stand unterm Fenster unten und schrie, dass es in der ganzen Straße zu hören war. In Sport-Shirt, Shorts und Jogging-Schuhen.

»Jetzt komm schon, wir laufen unsere Runde.«

Marie beugte sich aus dem Fenster und schüttelte den Kopf.

»Du musst wieder anfangen. Jetzt ist Schluss mit dem Sich-Zuhause-Vergraben!«

»Ich bitte dich, mach hier nicht so ein Geschrei!«

»Mach ich aber. Letztes Mal hast du mich hier stehen lassen wie die letzte Pfeife, und ich bin schließlich allein gelaufen. Und das vorletzte Mal auch.«

»Ich bin müde von der Arbeit …«

»Spar dir die peinlichen Ausreden, zieh dich um und komm laufen!«

»Keine Lust.«

»Ich werde hier so lange schreien, bis du runterkommst.«

»Bist du verrückt?«

»Komm runter, Marie!!!«

»Nein, komm ich nicht.«

»Ich rühre mich nicht vom Fleck, bis du nicht in Sportschuhen und Top vor mir stehst. Du hast doch vom letzten Jahr noch die schönen Jogging-Sachen …«

»Um Himmels willen, hör auf zu schreien, ich komm ja schon …«

Katka lehnte an der Bank gegenüber vom Eingang, Marie zog die Schnürsenkel fest.

»Ich hab schon gedacht, ich krieg dich nicht raus.«

»Warum hast du nicht angerufen?«

»Du bist ja nicht erreichbar.«

»Ich hab das Telefon wieder an.«

»Das ist ja supernett von dir. Du kannst dich nicht dauernd in deiner Wohnung einigeln, Marie!«

»Ich igel mich nicht ein.«

»Und dann diese digitalen Selbstmordversuche, Handy abschalten.«

»Das halte ich ja sowieso nie länger als zwei Tage aus.«

Sie liefen los. Marie band sich das Haar zum Pferdeschwanz, der beim Laufen über ihrem weißen Shirt auf und nieder wippte.

»Du hast lange pausiert, vielleicht kürzen wir lieber ab«, sagte Katka zwischen zwei Atemzügen. »Und warum willst du eigentlich nicht mehr laufen?«

»Wozu soll das gut sein? Das hat keinen Sinn.«

»Hör schon auf, Marie. Ich dachte, du hättest die Sache schon irgendwie hinter dir, und jetzt redest du so was.«

»Mir geht's ganz gut. Mehr oder weniger ist alles in Ordnung.«

»Nichts ist in Ordnung. Und dir geht's auch nicht gut.«

Sie liefen in den Park hinein, schnauften im Gras zwischen den Bäumen ordentlich aus.

»Und wie hast du das mit der Uni entschieden? Du bleibst, oder?«

»Ich weiß noch nicht.«

»Mach keinen Quatsch.«

»Das sagt ihr alle: mach keinen Quatsch.«

»Also gut, mach Quatsch. Vor allem mach was …«

Schießlich bewältigten sie die übliche Runde vom vorletzten Jahr. Im Gartenrestaurant gönnten sie sich ein Bier.

»Die Männer drehen sich nach dir um«, Katka neigte sich über das Tischchen, »also greif zu.«

»Kein Interesse.«

»Marie, was willst du dann? Im Juli fahren wir gemeinsam ans Meer, was meinst du? Du kannst dir einen Stoß Bücher mit an den Strand nehmen, und abends gehen wir aus …«

»Ich kann nicht weg. Der Vater hat eine Herzoperation, und die Mutter ist auch nicht besonders gut dran. Da lass ich die Schwester nicht hängen, Katka.«

»Du hast schließlich zwei Monate frei.«

Marie schwieg.

*

Lenka hatte in letzter Sekunde Bescheid gegeben. Marie machte sich sofort nach der Arbeit ans Kochen, an ein Festessen. Lasagne, überbacken mit Fleisch und Bechamel, Lenkas Lieblingsgericht. Außerdem machte sie einen Rührkuchen. Und plötzlich stand die Tochter vor ihr in der Tür. Sprühend vor Energie, voller Erlebnisse von der Fahrt und aus Wien. Wie Luboš, dachte Marie. Sie umarmte Lenka, und auf einmal schien das ganze letzte halbe oder dreiviertel Jahr Quälerei wie weggewischt.

»Wo hast du denn deine Taschen, den Koffer?«

»Ich war schon zu Hause. Petr hat mich am Bahnhof abgeholt. Ich hab kurz geduscht, hab die Koffer gar nicht erst ausgepackt, und jetzt bin ich hier.«

Das Wort »zu Hause« hatte Lenka wie selbstveständlich und ohne zu zögern gesagt, obwohl sie mit ihrem Freund vor ihrer Abreise nach Wien nur wenige Monate zusammengelebt hatte. Das registrierte Marie sehr wohl, ein gewöhnungsbedürftiges Gefühl: die Tochter nur noch auf Besuch zu Hause zu haben.

»Ich konnte dir nicht mal eine Torte zu den bestandenen Prüfungen backen.«

»Mach dir deswegen keinen Kopf, Mami. Morgen Abend steigt eine Riesenparty.«

»Und wo?«

»Bei uns zu Hause. Petr hat es auch eben erst erfahren«, lachte Lenka.

»Und warum so auf die Schnelle?«

»Das war meine Idee. Eine große Abschlussfeier in Prag.

Bevor die anderen nach Hause fahren, kommen sie alle aus Wien erst nach Prag, und wir feiern. Da wirst du Leute aus Deutschland kennenlernen, aus der Schweiz, Ungarn, Belgien …«

»Ich?«

»Klar, du bist eingeladen.«

»Nein, bitte …«

»Aber klar doch, Mami. Du bist der Star des Abends.«

»Was redest du denn da?«

»Natürlich. Niemand von meinen Kommilitonen hat eine Mutter, die Dozentin an einer Philosophischen Fakultät ist. Die freuen sich alle schon sehr auf dich.«

»Ach du liebe Zeit …«

»Ich habe ihnen dein Foto gezeigt, keiner wollte glauben, dass die junge Frau meine Mutter ist. Sie haben gedacht, meine ältere Schwester …«

Sie saßen am Tisch, und Marie kam ihrer veränderten Rolle auf den Geschmack. Die Tochter redete auf die Mutter ein. Dass sie sich aus dem gesellschaftlichen Leben nicht ausklinken sollte, etwas ändern sollte an ihrer allzu gesetzt professoralen Garderobe, an ihren musikalischen Vorlieben, und wenn sie wieder einmal zum Friseur ginge, könnten Schnitt und Farbe ruhig auch gewagter ausfallen. Nach dem Abendessen machten sie einen Spaziergang zum Loreto und zur Aussichtsterrasse auf dem Hradschin. Marie legte immer wieder ihren Arm um Lenkas Schulter, ab und zu lief sie voraus, um die junge Frau im Tweed-Sakko zu betrachten, die auf sie zukam, mit wehendem Haar, glücklich. Irgendetwas hatten sie an ihr doch verändert, diese zwei Semester im Ausland.

»Ruf die Großeltern an und sag ihnen, dass du die Prüfung bestanden hast und wieder da bist …«

Beim Kapuzinerkloster setzten sie sich eine Weile.

»Wir könnten beim Schwarzen Ochsen ein Bier trinken«, schlug Marie vor.

»Ich hab eher Lust auf ein Eis.«

Marie überlegte lange, aber dann fragte sie doch.

»Den Papi hast du morgen auf die Feier nicht eingeladen?«

»Nein.«

»Aber wenigstens meldest du dich bei ihm, ja? Dass du wieder in Prag bist.«

»Das hab ich nicht vor, Mami.«

Sie erreichten die Aussichtsterrasse beim Hradschin und setzten sich, um ein Eis zu essen. Ein überteuertes Eis in einem kleinen überfüllten Touristenlokal.

»Kann ich dir noch was erzählen, eine Erinnerung, weißt du?«

»Klar.«

»Eine Erinerung an deine Geburt.«

Rundherum ein Wabern aus Italienisch, Deutsch, Französisch. An einem runden Tischchen saßen sie sich gegenüber.

»Ich hab dir das, glaub ich, nie erzählt. Deine Geburt hat zwölf Stunden gedauert, und ich war völlig erschöpft und hatte keine …«

»Mami?«

»…und hatte überhaupt keine Kraft mehr, und als du endlich da warst, wollte ich schlafen. Nur noch schlafen. Mein einziger Wunsch war, die Augen zu schließen und keinen Schmerz mehr zu fühlen. Der Papi war die ganze Zeit bei mir gewesen, bei uns, und ich hab …«

»Mami … Du wirst doch jetzt nicht weinen?«

»Ich hatte nicht mal mehr die Kraft, dich an mich zu schmiegen, und der Papi hat dich hierhin gehalten, hier an meine Brust, aber ich hab mich geweigert, die Augen zu öffnen, und da hat er seine Stimme ein bisschen gehoben: ›Marie, das hier ist unser Mädchen!‹ Und ich bin auf einmal erwacht und hab dich endlich auf mir gespürt, hab dich wahrgenommen …«

Die Touristen an den Nachbartischchen sahen herüber, Lenka hielt die Hand der Mutter und reichte ihr ein Taschentuch. Die kitschig bedruckte Papiertischdecke, der Kellner mit seiner Kellnerbörse, der zwischen den eng stehenden Tischchen nur so hindurchflog. Das alles dauerte nur Sekunden, Marie atmete tief durch, sie lächelten sich an, nahmen die langstieligen Löffel und aßen das Eis auf.

Auf dem Rückweg über die Prager Burg hinunter zur Metrostation gingen sie lange schweigend.

Dann fragte Lenka: »Wie ist das eigentlich, ein Kind zu haben?«

»Wie meinst du das?«

»Na, wenn es so ganz klein ist, gerade geboren.«

»Das ist schon so lange her. Aber ich kann mich erinnern, dass ich mich in den ersten Wochen mit allem fürchterlich einsam fühlte. Natürlich, dein Papi war da. Aber das ist so ... so unglaublich intensiv. Und ich weiß noch, dass du in den ersten Wochen, bevor du lächeln konntest, bevor du einen Gesichtsausdruck hattest ... da hast du mich immer nur angeguckt. Und ich wusste nicht, was dieser Blick bedeutet. Ich hab mich bemüht, alles so gut wie möglich zu machen, für dich da zu sein, jede Sekunde bei dir zu verbringen, aber ich dachte mir immer: Sie mag mich wahrscheinlich nicht. Sie tut nichts, sie weint nur oder beobachtet mich, diese Augen schauen mich an, ohne Ausdruck, sonst nichts. Du hattest noch keine Mimik, das ist bei Neugeborenen so, aber ich hatte das Gefühl, dass mich dieses kleine Wesen nicht mag ...«

»Und wie lange hat das gedauert?«

»Das war in den ersten sechs Wochen, und auch nur manchmal, natürlich war das dann ganz schnell vorbei ...«

Marie stand mit Lenka noch lange vor dem Eingang zur Metro. Dann machte sie sich zu Fuß auf den Weg nach Dejvice.

*

In die abendliche Stille hinein klingelte das Telefon.

»Der Vater hat das Varfarin abgesetzt, das ist zur Blutverdünnung. Einfach so, aus eigenem Entschluss. Die Mutter nimmt nur die Hälfte der vorgeschriebenen Medikamente, weil sie ihre Brille zertreten hat und nichts mehr sieht und weil es ihr auch egal ist. Ich dreh hier noch durch …«

»Und was soll ich machen, Verča? Soll ich mich stante pede ins Auto setzen und kommen?«

»Ist es dir vielleicht auch egal?«

»Verdammt noch mal, nein, es ist mir nicht egal! Aber jetzt ist es neun Uhr abends, ich sitze zu Hause im Pyjama auf der Couch …«

»Und außerdem – noch eine erfreuliche Nachricht – unser Auto ist kaputt. Láďa meint, eine Reparatur käme so an die dreißigtausend. Nach Přídonice fahr ich von hier jetzt mit dem Fahrrad. Gut, das sind nur fünf Kilometer, aber wenn der Vater oder die Mutter nach Krumlov ins Krankenhaus müssten, dann kann ich die Nachbarn abklappern …«

»Dann rufst du halt einen Krankenwagen.«

»Super. Danke für den Tipp.«

»Halt mal, Verča. Die nächsten drei Tage hab ich noch Prüfungen, dann komm ich.«

Einen Moment lang schien die Schwester beruhigt. Dann meldete sich ihre ärgerliche Stimme von Neuem.

»Ach ja, und noch was, was hast du denn dem Vater für einen Floh ins Ohr gesetzt?«

»Was meinst du denn jetzt?«

»Sieht aus, als wär er übergeschnappt. Láďa sollte ihm aus den restlichen Balken fürs Dach Bretter zurechtschneiden. Und innerhalb einer Woche hat er sie alle bemalt. Du hättest ihn angeleitet.«

»Bemalt? Und womit?«

»Tu nicht so, als wüsstest du von nichts. Angeblich hast du ihm geraten, die Temperafarben mit Eiweiß zu mischen. Die Mutter schimpft jetzt, dass kein einziges Ei mehr in der Küche vorhanden ist.«

»Herr im Himmel, und was malt er?«

»Ich weiß nicht. Er hat etwa sieben Bretter bemalt und im Hof aufgestellt. Ich mach inzwischen das Tor lieber zu, damit die Nachbarn nichts sehen.«

»Unser Vater kann malen?«

»Na ja, eigentlich schon. Pferde zum Beispiel.«

»Er malt Pferde?«

»Pferde und Kühe und Schweine, die Fußball spielen. Ich sag dir ja, gut möglich, er ist übergeschnappt …«

*

Erneuter Rollentausch. Diesmal die Kinder im Haus der Eltern. Gegen zehn Uhr abends am Küchentisch. In völliger Dunkelheit. Veronika, ihr Mann und Marie. Beratschlagend, wie es weitergehen sollte, nachdem der jüngste Versuch, die Eltern zu einem Umzug zu überreden, gescheitert war. Sie wollten schlichtweg nicht in die Zweizimmerwohnung in der Platte, wollten nicht in die Siedlung Plešivec und nicht nach Český Krumlov. Die Stimmung war gedrückt, die drei sprachen leise. Regen hatte eingesetzt.

»Wenn sie wenigstens den Winter über dort wohnen würden«, meinte Láďa. »Dort hätten sie es bequem, Zentralheizung, kein Schneeschippen, ums Treppenhaus und die Korridore kümmert sich eine Reinigungsfirma.«

»Die bewegt keiner vom Fleck«, meinte Marie, den Blick vor sich auf den Tisch geheftet. »Das ist vergebliche Liebesmüh.«

»Das ist zum Auswachsen. Wegen ihnen vermieten wir nicht, auch unsere beiden Mädels wären gern eingezogen, aber Verča und ich haben gesagt, nein, vorerst nicht, das ist für die Großeltern reserviert, wenn sie mal wirklich nicht mehr …«

»He, da hat was geschlurft«, horchte Veronika auf, »lauschen die etwa hinter der Tür?«

Marie musste bei dieser Vorstellung lachen, und sie und die Schwester erinnerten sich, wie sie früher heimlich über den Gang zur Tür geschlichen waren, um zu hören, worüber die Eltern sich unterhielten. Meist nach irgendeinem Malheur. Aber Láďa unterbrach sie in mürrischem Ton.

»Das heißt also, wir müssen jetzt über den Sommer Holz für den Winter machen. Der Schuppen ist leer. Mädels, da könnt ihr schon mal die Muskeln massieren.«

»Wie sieht's denn mit eurem Auto aus?«, fragte Marie.

»Das noch mal zu reparieren, hat keinen Sinn. Irgendein halbwegs fahrtüchtiger Untersatz wäre gut, aber dafür haben wir im Moment nicht das Geld.«

»Was planst du eigentlich für den Sommer?«, fiel Veronika ihrem Mann ins Wort und blickte zu Marie.

»Ich habe keine Pläne.«

»Fliegst du nicht nach Mallorca? Oder auf die Seychellen?«

»Auf den Seychellen war ich noch nie. Auf Mallorca war ich mit Luboš mal, aber …«

»Müsst ihr euch wieder streiten?«, fuhr Láďa dazwischen. »Das hör ich mir nicht an.«

Er stand auf und sah zum Fenster hinaus. Auf der Scheibe saßen frische Regenspritzer.

»Unsere Pläne sind im Großen und Ganzen klar«, meinte Veronika. »Der Vater hat demnächst eine Voruntersuchung für die Herzoperation, letztes Mal hat das nicht geklappt, und ich rechne fast damit, dass es nach seinem Extempore mit dem Behaubeil wieder dumm ausgeht. Aber hingehen muss er, der Doktor drängt mit der Operation.«

»Und die Mutter ist mit den Nieren inzwischen schlimmer dran als mit dem Zucker«, ergänzte Marie.

»Klar, mit der Mutter müssen wir auch ins Spital, die Vorbereitungen für die Dialyse sind fällig.«

Veronika stand ebenfalls auf.

»Das hat sich richtig eingeregnet.«

»Ich bring euch mit dem Wagen nach Haus«, bot Marie an.

»Das geht nicht, wir sind mit den Rädern hier«, lehnte Veronika ab.

»Die Räder tun wir ins Auto, ich fahr euch.«

»Zwei Räder kriegst du nicht ins Auto.« Veronikas Stimme klang wieder schärfer.

»In das Auto kriegst du auch fünf«, mischte Láďa sich ein, »das ist das reinste Tankschiff.«

Sie rannten im Regen über den Hof. Láďa lud die Räder in den Wagen und setzte sich nach vorn auf den Beifahrersitz. Veronika lehnte sich auf dem Rücksitz ins Polster. Im Rückspiegel sah Marie ihr müdes Gesicht.

Sie hielt im Nachbardorf vor der unansehnlichen niedrigen Wohnanlage.

»Moment mal«, sagte Marie und hielt die beiden, die schon aussteigen wollten, zurück. »Ich hab eine Idee.«

Die Schwester hinten brummelte irgendwas.

»Ich lass euch mein Auto da, bis das Problem gelöst ist.«

Überrascht blickten die beiden auf.

»Im Ernst?«, fragte Láďa.

»Ihr habt recht, die Eltern sind nicht gut dran, jeden Augeblick muss man darauf gefasst sein, dass sie ins Krankenhaus müssen.«

»Das willst du wirklich machen?«

»Ja, ich lass den Wagen bei den Eltern und fahr morgen mit dem Bus zurück. Die Verbindung Prag – Krumlov ist gut, ich kann kommen, so oft es nötig ist. Und in Prag fahre ich sowieso immer Straßenbahn.«

»Dann bleib doch wenigstens für ein paar Wochen bei den Eltern, wenn du wirklich keine anderen Pläne für den Sommer hast.«

»Ein- oder zweimal werde ich dort vielleicht übernachten, Láďa, aber in der Dachkammer sind im Sommer gut vierzig Grad, da kannst du nicht schlafen.«

»Weißt du was?«, meldete sich von hinten Veronika, die bis dahin geschwiegen hatte. »Du kannst in unserer Wohnung in Krumlov schlafen, wenn schon die Eltern nicht hinwollen. Du kannst da ruhig die ganzen Ferien vor dich hin vegetieren.«

JULI 2018

Marie brach von der Siedlung zum ersten Mal auf in die Innenstadt. Sandalen, langer Sommerrock, weißes Shirt, Sonnenbrille, in der Hand einen geflochtenen Korb. Sie ging am Supermarkt vorbei bis zur Post und weiter zur Stadtverwaltung, dann an der Moldau entlang bis sie auf den kleinen Plešivecer Platz kam. War das der Moment, auf den sie seit dem Winter gewartet hatte? Von einem Neuanfang hatten sie alle gesprochen, Katka und die Kolleginnen an der Fakultät, Milan Koutský, die Mutter, Lenka. Der frühe Vormittag leuchtete geradezu kristallen. Sie versuchte, Hoffnung zu atmen in der Sommerluft. Und verspürte etwas Erfrischendes, vielleicht sogar Erregendes. Sie beschleunigte ihren Schritt, fühlte sich leicht und hatte kein Ziel, keinen Plan, außer einem kleinen Spaziergang vielleicht und ein paar Blumen für die sehr nüchterne, nur halb möblierte Plattenbauwohnung.

Sie war schon an der Brücke, ging über den Fluss, er trug schaukelnde Boote, winkende Paddler. Und schon verschluckten sie die engen Gässchen der Innenstadt. Sie folgte der Kostelní bis zum Portal von St. Veit und kämpfte sich durch den Touristenstrom bis zum Hauptplatz durch.

In der vollen Sonne war kein längeres Bleiben, aber für eine Weile genoss sie das sengende Licht, den häuserumstandenen Marktplatz, den Steinbrunnen mit der Pestsäule, der belagert war von asiatischen Touristengrüppchen. Sonnenschirme, Parapluies, Hutkrempen, Schildmützen, Smartphones mit Selfiestick, Panoramen im Spiegelglas der Sonnenbrillen, die Luft glühte mit jeder Minute mehr. Sie verließ diese kochende, von den Fundamenten der mittelalterlichen Häuser abgesteckte Arena, verlor sich in einem

Seitengässchen, hatte einen Moment ganz für sich, dann brandete eine weitere mächtige Woge neuzeitlicher Eroberer heran. Ihre anfängliche Begeisterung würde sie sich nicht erhalten können, die euphorische Ziellosigkeit schwand dahin, unterschiedlichste Gedanken, bis dahin zurückgedrängt und verschüttet, ballten sich erneut und suchten sich ihren Weg. Marie ertappte sich, dass sie schon wieder einem Ziel folgte, dass ihre Augen Ausschau hielten nach einem Blumenladen. Boutiquen, Juweliergeschäfte, Pensionen, kleine Restaurants, offene Fenster, die den Blick auf Gewölbe freigaben, auf weiß eingedeckte Tische. Souvenirläden, Keramik, Moldavitschmuck, Eis, eine kleine Konditorei und eine Minigalerie, die Bilder und Zeichnungen zum Verkauf bot.

Die Sonne stieg höher und brannte heißer, die Luft wurde schwer, und Marie suchte Wege im Schatten, doch von den Hauswänden strahlte die Wärme der verputzten Ziegel. Und manchmal spülte ein entgegenkommender Touristenstrom sie auch aus dem Schatten an die stechende Sonne. Schließlich hatte sie in diesen glutheißen Gassen nur noch eines vor Augen, dieses eine belanglose Ziel: Schnittblumen. Eine fixe Idee mitten in diesem bunten Chaos um sie herum. Vergeblich versuchte sie sich zu erinnern, wo damals das Blumengeschäft gewesen war, vor dreißig Jahren, als sie mit den Eltern nach Krumlov zum Einkaufen gefahren war. Und sie lachte über die Naivität ihres verzweifelten Einfalls, denn seit damals hatte sich in diesem Städtchen wirklich alles verändert. Nicht lange, und ihr Körper brachte sich in Erinnerung, der Rücken schmerzte leicht, sie spürte, wie ihr der Schweiß herablief, dachte nur noch an ein schattiges Plätzchen, ein gekühltes Mineralwasser und einen schwarzen Kaffee.

*

Je länger sie durch die Stadt kreuzte, durch die Gässchen schlenderte, umso deutlicher fühlte sie, dass ihre Aufmerksamkeit noch einem anderen Dirigat folgte, einem tieferen als dem oberflächlichen Interesse an einem Blumenkauf. Ihr Blick wurde angezogen von Familien mit Kindern, von deren Ferienfreude. Auch von Paaren, älteren, jüngeren, in Ausflugsstimmung, Händchen haltend oder aber von einem Männerarm, der sich um eine Mädchenschulter gelegt hatte. Sie schaute im Vorübergehen, beobachtete um sich herum, rechts, links, und nach einer vierköpfigen Familie drehte sie sich sogar um. Dass sie auf diese Bilder und Szenen wie fixiert war, begann sie zu ärgern. Absichtlich blieb sie vor einem Souvenirladen stehen, und es dauerte, bis sie tatsächlich wahrnahm, was im Schaufenster ausgestellt war.

Schließlich lockte sie der Eingang in ein kleineres Café. Sie setzte sich hinein, an ein Tischchen mit zwei Stühlen. Und wieder: ein Tisch für zwei. Natürlich, nirgends gibt es Tische mit nur einem einzigen Stuhl. Missgelaunt überflog sie das Angebot auf der Getränkekarte. Die Kellnerin war jung und hatte eine weiße Spitzenborte im Haar. Sie brachte Marie einen Kaffee und dazu ein Glas Wasser.

»Sagen Sie bitte, gibt es einen Blumenladen hier in der Nähe?«

Das Mädchen dachte kurz nach.

»Eine Straße weiter oben, aber der wird jetzt renoviert.«

»Kann ich hier wirklich nirgends Schnittblumen kaufen? Gibt es hier gar keinen Markt?«

»Ich bin leider nicht von hier, wissen Sie, ich arbeite hier nur. Märkte gibt es, glaube ich, nur während der Stadtfeste …«

»Gut, danke«, sagte Marie, und obwohl sie es zu vermeiden suchte, klang es ein bisschen säuerlich.

»Aber wissen Sie was«, die Stimme der Kellnerin hellte sich auf, »an der Tankstelle neben dem Busbahnhof, da haben sie so Sträuße in Zellophan.«

Marie blieb sitzen, am Nebentisch hatten die Gäste schon zweimal gewechselt. Sie ärgerte sich über die Hartnäckigkeit ihrer Gedankengänge. Vasenblumen. Nach dem Kaffee war die Enttäuschung dennoch ein wenig abgeklungen. Aber von ihrem Stuhl hoch zog es sie immer noch nicht. Die anfängliche Hochstimmung war verflogen, Müdigkeit hatte sich in ihr breitgemacht, und ihr war tatsächlich heiß. Sommer in Krumlov. Neuanfang. Die Vase in der Wohnung bliebe vorerst blumenlos. Und der Stuhl gegenüber unbesetzt. Um vor sich selber an diesem Tischchen weniger deplatziert zu erscheinen, griff sie ganz automatisch nach ihrem Handy. Unter der Zeit- und Datumsanzeige leuchtete ein kleines Kuvert. In unbestimmter Erwartung tupfte sie mit der Fingerkuppe aufs Display.

VERONIKA
Der Termin für die Mutter in der Nephrologie ist Montag 9.7. um acht Uhr früh. Bringst du sie hin? Das dauert den ganzen Vormittag. Ruf mich zurück.

Vor dem Café steckte die Wucht der prallen Sonne sie geradezu in Brand. In ihm verglühte der Schwung des sorglos leichten Sommervormittags. Sie hielt sich das Smartphone ans Ohr und hörte Veronikas Stimme. Wie immer ein wenig schroff, sachlich, kurz angebunden. Zum zweiten Mal verlauteten die wenigen Worte: Chronische Nierenerkrankung in hoch kritischem Stadium.

»Was hast du gesagt, Veronika? In hoch kritischem Stadium?«

»Im fortgeschrittenen. Das hab nicht ich gesagt, sondern der Arzt im Krankenhaus.«

Marie steckte das Telefon weg. Es war kurz nach Mittag, Angstgefühle und Schmerz hatten sich eingenistet. Sie spürte es in der Magengegend. Die Mutter. An dieser Untersuchung wegen der Dialyse kam sie nicht mehr vorbei. Dieser Schmerz um die Mutter kannte weder Ende noch Anfang. Und verschmolz mit einem anderen ihr inzwischen vertrauten Schmerz. Dem über die Endlichkeit des Lebens und der Dinge. In der Plattenbauwohnung war die Birne durchgebrannt, als Marie gestern Abend das Licht angemacht hatte. Das Waschbecken sah schäbig aus und war nicht mehr sauber zu kriegen. Sie hatte den Staub von dem in die Jahre gekommenen Mobiliar und der Küchenzeile gewischt. Und sich erinnert, wie die Wohnung der Schwester anfangs nach Rigips und frisch verlegtem Linoleum gerochen hatte. Jetzt knarzte das hölzerne Bettgestell, und der Bezug war müffelig. Die Decke auf dem Sofa auch. Sie hatte alles in die Waschmaschine gesteckt, mit Weichspüler übergossen und dann an der Leine auf dem Balkon dem frischen Sommerwind ausgesetzt. Nur in der Vase fehlten noch Blumen. Am Montag fährt sie die Mutter in die Nephrologie. Der Arzt dort wird ihr vermutlich dasselbe sagen wie Veronika vorhin am Telefon. Maries Augen füllten sich mit Tränen. Sie setzte die Sonnenbrille ab, spürte, wie ein Schluchzen ihr Gesicht verzerrte. Und sie setzte die Brille wieder auf, sah sich um, wohin sie sich mit ihren Tränen flüchten könnte. Menschen, die ihr entgegenströmten, Menschen, die hinter ihr schwatzten. Die Geschäfte randvoll mit Touristen. Sie würgte die Tränen ab. Atmete tief durch und lehnte den Kopf zurück, hielt ihr Gesicht der prasselnden Sonne entgegen. Zorn kochte in ihr hoch, Zorn auf diese Stadt, die einem nicht erlaubte, zu weinen.

*

Im glühenden Gewirr der Straßen hatte das Aushängeschild Shakespeare & Sons sie offenbar zu sich hingezogen, die Gässchen waren in der brütenden Hitze offenbar alle in eine einzige Richtung verschmolzen, auf dieses kleine Fenster mit den Büchern zu. Titel in Englisch, Deutsch, Französisch. Marie trat in den kleinen Laden ein, freute sich über den Bücherduft. Auch über das Gefühl, in eine ihr vertraute Welt zu tauchen. Eine offenbar winzige Welt, zwei Räume mit Regalen, verbunden durch einen Gang, ein Verkaufspult, dahinter ein Jüngling mit hellen Locken. Marie schluckte die letzten Tränen hinunter. Begab sich linkerhand zum Belletristik-Regal, griff blindlings und ohne nachzudenken hinein und strich mit den Fingerkuppen über den Rücken eines schmalen Bandes. Zog ihn heraus. In der Dejvicer Wohnung hatte sie den Eindruck gehabt, dass alles sich von ihr abwende, dass selbst die Bücher nicht mehr zu ihr hielten. Aber vielleicht stimmte das gar nicht, vielleicht lebten sie noch immer mit ihr, wussten um das, was sie quälte. Gaben Antworten. Stellten Fragen. Sie schob den Henkel des Einkaufskorbes über den Unterarm, nahm das Buch in beide Hände und schaute auf den Umschlag. Ein alter Bekannter, sie jubelte innerlich, musste lächeln. *Philip Roth: The dying animal.*

»Guten Tag, Sie sprechen tschechisch, nehme ich an?«, kam es vom Pult herüber. Erst jetzt wurde ihr klar, dass sie beim Eintreten gar nicht gegrüßt hatte.

»Guten Tag, wie haben Sie das erkannt?«

Er lächelte. Marie sah ihn zum ersten Mal an. Das Gesicht des Jungen erschien ihr nahezu unwirklich engelsgleich, genau wie sein Lächeln.

»Ich weiß nicht. Vielleicht an dem Korb. Hier kommen vor allem Touristen her, und die haben Rucksäcke.«

Er trug ein feingemustertes pastellgrünes Hemd, oben standen zwei oder drei Knöpfe offen. Hochgekrempelte Ärmel, gebräunte Unterarme.

»Allerdings geh ich meist auch nicht mit einem geflochtenen Korb Bücher kaufen.«

Er sagte nichts mehr, wahrscheinlich war dem auch nichts hinzuzusetzen. Marie überlegte, was sie da eigentlich gesagt hatte, welchen Sinn dieser Satz haben sollte. Und erneut zog sie die inneren Umrisse ihres Schmerzes nach, den sie mit hierhergebracht hatte. Angst vor dem Ende und der Endlichkeit. Vor der Einsamkeit. Ein innerer und zugleich äußerer Schmerz. Man entkam ihm nicht. Sie blickte erneut auf den Umschlag des broschierten Buches, schlug es auf, irgendwo, auf gut Glück, und es verschlug ihr den Atem.

»Can you imagine old age? Of course you can't. I didn't. I couldn't. I had no idea what it was like.«

»Mami?«

Marie fuhr hoch aus ihren Gedanken und wandte sich zu dem jungen Mann am Pult. Er hielt ein Mobiltelefon ans Ohr.

»Mami, hörst du mich???«

Sie wunderte sich über sich selbst, warum sie auf seine Stimme, auf diese Anrede ins Telefon hinein so reagiert hatte, und lenkte ihren Blick rasch wieder auf die geöffnete Seite. Auf die gerade begonnenen Betrachtungen des Protagonisten über das Altern, den Tod, das Sterben. Die Romanfigur kannte sie: Professor David Kepesh.

»… ich hab schließlich gelernt, Mami! Bei meinen besten Scio-Tests hatte ich fünfundachtzig Prozent. Das ist nicht grade wenig. Und für das, was ich wirklich studieren will …«

Sie konnte sich nicht mehr konzentrieren und stellte das Buch zurück ins Regal.

»… nein, ich sage nur, dass ich bei den Tests für Jura nur fünfundsiebzig Prozent habe. Und bei denen von der Wirtschaftswissenschaftlichen Fakultät in Prag nur siebzig. Das zeigt doch einiges …«

Der Verkäufer war im Moment mit seinen Gedanken ganz offensichtlich nicht in der Buchhandlung.

»…ich weiß, für Jura haben sie mich genommen, aber für Journalistik auch. Warum kann ich nicht beides machen? Aber nein, Mami, ich würde Jura nicht schleifen lassen …«

Sie ging hinaus, wieder ohne Gruß, ließ die Bücher und den telefonierenden Jüngling zurück. Die Hitze draußen war um diese Tageszeit schon fast unerträglich.

*

Das satte Grün der Wiese war aus einem Guss, und als sie nah an das Brett heranging, konnte sie den Pinselstrich erkennen. An beiden Enden des Fußballfeldes ein Tor, angedeutet von einem feinen, in Weiß getauchten Pinsel. Ein Pferd, zwei Kühe, eine Ziege, ein Schwein. Marie saß in der Hocke, hörte hinter sich den Vater schwer und vernehmlich atmen. Die rechteckigen bemalten Bretter lehnten an niedrigen Klotzhölzern auf der Erde. Sieben derartige Stationen waren auf dem Weg von der Scheune zum Schuppen installiert. Der Fußballrasen auf dem ersten Bild war rundum von Bäumen gesäumt. Marie dachte über die eigenwillige naive Perspektive nach. Die Bäume waren genauso groß wie die Tiere in der Bildmitte. Und an den kurzen Seiten wuchsen sie in entgegengesetzter Richtung hinaus aus dem Bild. Sie strich über das behobelte Brett, die Oberfläche war glatt, glänzte wie unter einer Lasur.

»Als die Farben getrocknet waren, habe ich das Ganze mit Firnis überzogen«, sagte der Vater, der sich im Stehen über sie beugte, »ich hatte vom Torstreichen letztes Jahr noch eine halbe Dose übrig.«

»Gute Idee, Papa. So macht man das ja auch. Eine Freundin von mir aus dem Wohnheim, eine Kunststudentin, hat ihre Bilder, das weiß ich noch, mit Nagellack überstrichen.«

Er stand auf seinen Stock gestützt, das karierte Hemd über der Brust offen, Schweiß auf der Stirn.

»Verča wundert sich, wie gut du Pferde malst, aber unser Urgroßvater, der Legionär, hat doch auch sehr schöne Zeichnungen in seinem Tagebuch. Das hast du von ihm.«

Der Vater sagte nichts, sein Blick ging nach unten auf das erste Bild, dessen Komposition Marie, die in der Hocke davorsaß, eingehender studierte, jede einzelne kleine Tierfigur nahm sie näher in Augenschein. Menschen waren nicht abgebildet.

»Ich hab nur das gemalt, woran ich mich erinnern kann.«

»Und das hier, Papa, was ist das für eine Erinnerung?«

»Das war während des Protektorats. Die Wirtschaftskommission hatte angeordnet, auf dem Fußballfeld das Vieh aus dem ganzen Dorf zusammenzutreiben. Requirierung fürs Reich. Ich war damals etwa sieben oder acht Jahre. Und hab mit dem Großvater und dem Vater die Kuh und das Schwein hingeführt.«

»Und das Pferd.« Marie zeigte auf das bemalte Brett.

»Das Pferd da war von den Nachbarn. Unsere Pferde haben sie nicht requiriert, weil die Marča und die Helena, unsere beiden Stuten, im Landeszuchtbuch eingetragen waren.«

»Aber du hast doch immer gesagt, dass die Helena von den Deutschen mitgenommen worden ist?«

»Das war erst im Frühjahr fünfundvierzig, da haben die Deutschen alles mitgenommen, da gab es längst keine Regeln mehr. Die Marča konnte mein Vater noch wegbringen, er hat sich mit ihr zwei Tage im Wald versteckt und auf dem Nadelboden geschlafen.«

In Maries Gesäßtasche klingelte das Handy. Sie richtete sich auf, die unbekannte Nummer. Sie nahm das Gespräch an und nannte ihren Namen.

»Grüß dich, Marie, du hast mich immer noch nicht gespeichert? Hier Hynek.«

Sie sah sich unwillkürlich nach dem Vater um. Ging ein paar Schritte Richtung Tor.

»Grüß dich. Was gibt's?«

»Ich bin in Italien, Lago Maggiore, komm nach.«

»Warum sollte ich das?«

»Du hast doch Ferien, oder? Und hier ist es schön.«

»Dann genieß es.«

»Moment mal, ich hab dir doch in der Bar am Flugplatz erzählt, was wir hier alles machen. Rafting, Kanufahren, Outdoor-Klettern, Tauchkurse, Segeln. Das bring ich dir alles bei …«

»Das wären sicher Erlebnisse, danke, aber …«

»Also, ich bin nicht irgendeine dämliche Erlebnisagentur, ich bin Sportler, Abenteurer, und ich bin echt gut.«

»Ja, ja, und bescheiden, ich weiß.«

»Bescheidenheit war nie meine Sache, das geb ich zu.«

»Weißt du was, wir beenden das Gespräch, ja?«

»Kommst du also? Es ist herrlich hier. Sonne, würziger Wind. Segelboote auf blauem Wasser.«

»Du hättest gar keine Zeit für mich, bei deinem Programm.«

»Hätte ich schon. Vor allem dann in der Nacht …«

»Ich muss schon aufhören. Mach's gut.«

»Marie, ich denke die ganze Zeit an dich. Speicherst du meine Nummer? Bitte. Wenigstens ein erster kleiner Schritt auf mich zu … siehst du, jetzt hast du gelacht. Doch, du hast gelacht, ich hab's gehört …«

Sie brach das Gespräch ab und sah sich um, im Gras die Bilder im Halbkreis, aber der Hof leer, der Vater nirgends. Ärgerlich schob sie das Handy zurück in die Hosentasche. Auf so idiotische Weise den seltenen Augenblick väterlicher Mitteilsamkeit zu verpassen. Das kleine Tor des Stalls neben dem Holzschuppen war angelehnt. Innen hingen an Haken noch immer zwei Pferdekummets und ledernes Riemenzeug, völlig vergammelt über die Jahre und brüchig geworden. Der Urgoßvater war winters im weiteren Umkreis die Höfe abgelaufen, und wo Pferde im Stall standen, hatte er die Geschirre geflickt. Das wussten sie und die Schwester vom Vater. Es gab Alltagsgeschirre, Ackergeschirre und auch für Festtage gab es welche, die sogenannten schwäbischen Geschirre. Außen Messingbeschläge, innen Dachsfell.

Die Sonne verzog sich hinter eine Wolke, der Vater blieb verschwunden. Marie stand mitten auf dem Hof und wurde verschluckt vom Schatten und von einer merkwürdigen Wehmut.

*

Sehr früh aufstehen und diese Stadt anders erleben. Marie versuchte es. In den Stunden vor dem Anbranden der mörderischen Julihitze und der Touristenmassen. Der erste Blick ging zur Ostseite hin, zu den Jalousien, durch deren Ritzen die Frühsonne fiel. Den Kopf auf hohem Kissen, die Hände auf der Decke, die Nerven durchpulst von Erwachen. Ein Zurücksinken in Halbschlaf oder die Nebelgefilde der Nacht war unmöglich. Dafür hatten die Gedanken schon zu konturierte, klare Gestalt, waren schon zu sehr im Fluss. Ich lasse mir Krumlov doch nicht gleich zu Beginn der Ferien vermiesen, sagte sie laut vor sich hin.

Sie öffnete die Balkontür und schaute auf die Farben des Morgenhimmels. Dann hinab in die Ferne, wo die Silhouette der Innenstadt sich noch nicht aus den weichenden Schatten der Nacht gelöst hatte. Sie blinzelte mit schlafschweren Augen. Die Sonne, so schien ihr, stieg nicht jeden Morgen in selber Weise über den Horizont, sie nahm sich Freiheiten in den Farbschattierungen, der Tiefenschärfe und in der zeitlichen Dramaturgie ihres Aufgangs. Der Tag entflammte jedes Mal anders.

Sie füllte sich Haferflocken in eine Schüssel und goss Milch darüber. Die Küchenzeile aus den frühen Achtzigern. Die Tür quietschte in den Scharnieren. Sie stand barfuß hier, in einem längeren Baumwollhemd für die Nacht. Die Fenster waren sperrangelweit offen, wohltuende Morgenkühle strömte herein und setzte sich auf das abgetretene Linoleum. Der Strohhut wartete an der Garderobe im Vorraum, Korb und Sandalen standen neben der Tür bereit. Sie setzte sich an den Tisch und schnitt sich mit dem Messerchen, das sie unter dem unvollständigen Set Küchenbesteck gefunden hatte, von einem Apfel herunter. In der Sommerwohnung, einen langen Sonnentag in Aussicht. Sie versuchte sich in etwas hineinzuträumen, merkte aber, dass sie keine Begierde in sich wachrufen konnte, schon lang nicht mehr. Der Sommer von damals, als sie so viele unbekannte Dinge noch vor sich hatte, sie hatte sie nur geahnt, da war sie vielleicht siebzehn gewesen, und der Weg, der sich vor ihr in die Ferne spannte, war wie ein Lockruf, verführerisch. Wohin war das alles verschwunden? Ihr Blick fiel auf den Stoß Rezepte. Medikamente auf Bestellung, die sie gestern, als sie die Mutter von der Untersuchung im Krankenhaus abgeholt hatte, nicht gleich mitbekam. Daneben das Telefon. Es zeigte 5:10. Keine neuen Nachrichten. Sie ließ das Frühstück stehen und zog aus der letzten nicht ausgepackten Tasche ihre Joggingschuhe hervor.

Ich lasse mir diese schöne Stadt doch nicht gleich in der ersten Woche vermiesen, wiederholte sie, während sie in die Shorts schlüpfte und ein Träger-Top überzog. Sie könnte Katka eine SMS schicken, Morgen-Jogging in der UNESCO-Stadt. Ein Selfie vor dem Panorama des Krumlover Schlosses. Aber dafür müsste sie der ersten Touristenhorde zuvorkommen.

Sie legte also vom Plešivecer Hügel in die Stadt hinunter einen Zahn zu. Die Gässchen waren tatsächlich noch leer, lediglich erste Lieferwagen hielten vor den Geschäften, brachten Backwaren zu den Cafés. Sie lief durch die Soukenická, atmete die Morgenfrische in vollen Zügen, lief hinunter bis zu der Stelle, wo die Moldau sich unter den steilen Fels frisst. Bog dann nach links in die Dlouhá und ließ es dann vor der hölzernen Brücke gemächlicher angehen. Im klaren Morgenlicht zeigte sich auf einmal eine bunte Figurengruppe in fast überscharfer Schattierung. Es waren drei. Lange Abendroben auf kleinen Frauenkörpern. Marie hielt an. Lungenbrennen und Seitenstechen. Sie stützte die Handflächen auf die Schenkel, atmete tief und lang aus und verfolgte dabei die Vorstellung. Zwei Frauen posierten, die Dritte fotografierte. Historische Kostüme. Rosa Falbeln, gestickte Mieder, bauschige Röcke, Puffärmel und Sonnenschirme. Die zarten Gesichter der jungen Asiatinnen verloren sich ein wenig in diesem prunkvoll geplusterten Aufputz. Die Damen stützten sich mit den Ellbogen aufs Brückengeländer und spitzten die Lippen zu einem Lächeln. Ein Stück weiter lagen zwei Reisekoffer, und wie auf Befehl trippelten die beiden darauf zu, warfen Blicke nach links, nach rechts, Marie trat in den Schatten der Häuser und blieb unentdeckt. Im Nu waren die Kleider von den beiden Fräuleins herab, die Dritte, mit dem Fotoapparat um den Hals, hatte augenblicks neue aus den Koffern hervorgezogen und half nun der Ersten hinein, die Zweite legte ihr neues Gewand alleine an. Epochenwechsel, diesmal ein Auftritt im rustikalen Stil, Hauben über schnurgrad fließendem schwarzen

Haar. Abermals Posieren vor dem Objektiv mit Schloss im Hintergrund.

Da bin ich also doch nicht als Erste hier, dachte Marie. Die Uhr zeigte zehn vor sechs. Nächstes Mal schneller laufen oder eher aufstehen. Sie trat aus dem Schatten und lief direkt auf die chinesischen, vielleicht auch koreanischen Prinzessinnen zu. Die aber schienen Marie nicht zu bemerken, so vereinnahmt waren sie vom Arrangieren ihrer Bildnisse auf der um diese Zeit noch menschenleeren Brücke.

Marie lief weiter zum Hirschgehege, es fiel ihr schwerer und schwerer. Erst unter den Bäumen am Parkplatz machte sie halt. Ein Jogging-Selfie mit Schlossturm würde es also nicht geben, aber Marie hielt das Smartphone dennoch vor sich hin und lichtete sich ein paar Mal vor der Touristentafel mit der Karte der Krumlover Innenstadt ab. Im Gehen wählte sie das beste Bild aus und schrieb eine Nachricht für Katka darunter:

Du bist eine ganz schöne Lügnerin: ich und schöne Beine, von wegen, mir schaut keiner hinterher, kein Mann, keine Frau, niemand, in dieser närrischen Stadt bin ich offenbar unsichtbar. Und mach, dass du aus dem Bett kommst, es ist schon bald halb sieben …

Sie setzte sich wieder in Trab, ein Knurren im Magen ließ sie an das Frühstück auf dem Küchentisch denken. Sie nahm den Weg ums Schloss, unten am Tor die kleine Bäckerei hatte schon offen. Sie kaufte sich einen Krapfen und tauschte ein Lächeln mit der Verkäuferin im weißen Shirt. Sie hatte nicht auf die Uhr geschaut, hatte aber den Eindruck, dass sie den Rückweg bergauf schneller gelaufen war.

*

Sie war sehr froh, als sie dem Krankenhaus mit seinem sehr speziellen Geruch den Rücken kehrte. Die Apothekentür klappte hinter ihr zu, und sie ging raschen Schrittes Richtung Stadt, die sie trotz der zunehmenden Hitze lockte. Wie verschoben sie ihr auch erschien, aus dem Gleis geraten durch das Touristik-Business, sie lebte jedenfalls, pulsierte, und Marie freute sich plötzlich, in diesen Mummenschanz einzutauchen.

Auf halbem Weg schon fühlte sie den Schweiß am ganzen Körper, machte im Schatten halt und kramte in ihrer Umhängetasche. Noch ehe sie das Deodorant ertasten konnte, hatte sie die flachen Medikamentenschachteln gefühlt. Sie waren auf zwei Plastiktütchen verteilt. In dem einen die Tabletten für den Vater. Vor allem das blutverdünnende Varfarin, das ihm langsam ausging. Für die Mutter mit ihren geschwollenen Knöcheln und der ewigen Müdigkeit wieder andere. Eine dieser Schachteln machte sie auf und entfaltete den Beipackzettel. Zur unterstützenden Therapie, Präparat zur Senkung des Phosphorgehalts im Blut. Sie las bis zu dem Satz: *Der Patient ist auf eine Nierenersatztherapie vorzubereiten.*

Sie seufzte und steckte die Medikamente zurück in die Tasche.

Als sie auf die Buchhandlung zuging, erinnerte sie sich an ihr Versäumnis vom letzten Mal. Sie trat ein und grüßte laut. Der junge Mann saß hinter dem Pult, Marie hatte schon von der Tür aus gesehen, dass er etwas ins Notebook tippte. Er erwiderte ihren Gruß, ohne den Blick zu heben. Sie sah sich um und war selbst überrascht von der plötzlichen Fröhlichkeit, die in ihr aufkam. Von dieser blitzartigen Freude, dass niemand außer ihr hier war. Und schüttelte über sich selbst den Kopf. Aber sie hatte das Gefühl, sie könne sich, solange sie es nicht ausgeprochen hätte, nicht auf die Bücher konzentrieren.

»Wie geht's denn dem Shakespeare?«

Er sah auf.

»Gut.«

»Und was macht sein Sohn?«

Erst jetzt sah er genauer zu ihr herüber. Er stand auf, ließ das Notebook und lächelte.

»Ach, Sie sind das? Wo ist denn Ihr Korb?«

In dem Moment ging die Tür auf. Ein Paar mittleren Alters. Auf der Suche nach einem Baedeker. Amerikaner, wie Marie am Akzent erkannte. Der Verkäufer verständigte sich mit ihnen in einem sehr guten Englisch. Womöglich sogar einem ganz hervorragenden Englisch, wie Marie ihre Einschätzung gleich korrigierte. Als die beiden gegangen waren, erkundigte sich der junge Mann allerdings in einem für Marie enttäuschenden Ton:

»Suchen Sie etwas Bestimmtes?«

Eine professionelle Routinefrage, wie man sie einer Kundin stellt.

»Das letzte Mal haben Sie in Ihrem Körbchen gar nichts weggetragen.«

Das klingt schon besser, dachte Marie, persönlicher, und außerdem schwingt zwischen den Zeilen mit, dass er mich vom letzten Mal eben doch in Erinnerung hat.

»Ich habe ein paar Sätze aus einem Buch weggetragen.«

»Welche denn?«

»Sätze, die ich genau in diesem Augenblick lesen sollte.«

Er überlegte kurz, auf der glatten Stirn erschien eine kaum merkliche Falte. »Haben Sie das Buch zufällig herausgezogen?«

»Ja.«

»Und jetzt können Sie es nicht finden.«

»Ich suche es gar nicht. Heute bin ich wegen anderer Sätze da.«

»Aha. Dann schließen Sie doch die Augen und greifen zu.«

»Nein, ich meine einen ganz bestimmten Satz aus einem Roman.«

»Wir haben nur fremdsprachige Literatur.«

»Der Roman ist im Original auf Französisch.«

Neue Kunden kamen: eine Gruppe asiatischer Touristen. Marie ging vom französischen Regal zum englischen und stand schließlich vor dem deutschen. Sie zog ein broschiertes Buch heraus und blätterte darin.

»*Die Männer drehen sich nicht mehr nach mir um.*«

Sie tauchte ihren Kopf ins Buch, heftete den Blick auf die Seiten vor sich und bekam nur am Rande mit, wie die Kunden an ihr vorbei Richtung Tür zogen. Doch plötzlich machten Schritte neben ihr halt. Sie blickte hoch, der Verkäufer. Sie klappte das Buch hastig zu und schob es zurück in die Lücke.

»Was schreiben Sie?«, fragte sie augenblicklich, um einer Frage seinerseits, zu der er schon angesetzt hatte, zuvorzukommen. Er ließ die Schultern sinken und sah ratlos zum Pult, auf dem das aufgeklappte Notebook stand.

»Einen Brief an die Mutter«, sagte er ernst.

»Aha.«

»Warum lächeln Sie denn?«

»Ich lächle?«

»Ja. Irgendwie leicht amüsiert.«

»Der junge Franz Kafka hat einen Brief an den Vater geschrieben.«

»Ja, stimmt. Den haben wir hier«, und er zeigte auf das Regal mit den deutschen Büchern, vor dem sie standen.

»Ist das nicht seltsam, der Mutter einen Brief zu schreiben?«

»Warum?«

»Wie wär's, mit miteinander zu sprechen?«

»Sie ruft mich jeden Tag an«, sagte er. Und seine Stimme klang genervt.

»Hat sie denn einen Grund?«

»Sie hat Angst, dass ich wieder nicht mit dem Studium anfange, wie letztes Jahr.«

»Warum wollen Sie denn nicht studieren?«

»Ich will studieren, aber will mir selber aussuchen was.«

Er winkte ärgerlich ab.

»Lesen Sie mir diesen Satz vor?«, bat er.

»Nein, das tu ich nicht, auf keinen Fall …«

»Dann les ich ihn eben selber, wenn sie gegangen sind.«

Marie ging ein paar Schritte weiter, entfernte sich von dem Band, den sie gerade zurückgeschoben hatte.

»Sie wissen nicht, in welchem Buch er steht.«

»Doch, in dem hier«, und er zeigte auf den Rücken des Buches, in dem Marie gerade geblättert hatte.

»Haben Sie es gelesen?«

»Nein, ich kann kein Deutsch.«

»Das ist auch auf Englisch erschienen.«

»Und worum geht's darin?«

»Um eine Frau namens Chantal und ihren Mann. Der heißt Jean-Marc und schreibt Chantal Briefe, anonym.«

»Und was schreibt er ihr?«

»Liebesbriefe. Und dann beobachtet er, wie Chantal sich verhält.«

Er hatte graublaue Augen, das hellblonde Haar reichte knapp über den Kragen und fiel in Locken über Stirn und Schläfen.

»Warum schauen Sie mich denn so an?«

Ihre Augen flüchteten zu den Regalen. Er war keineswegs schüchtern. Aber herausfordernd hatte die Frage auch nicht geklungen.

»Sie erinnern mich an eine Figur in einer Novelle«, sagte sie rasch und drehte sich zum Regal.

»An welche?«

»In der Novelle gibt es zwei Hauptfiguren. Den Schriftsteller Aschenbach und einen jungen Polen namens Tadzio.«

»Was ist das für eine Novelle?«

»Dieses Rätsel müssen Sie selber lösen. Ein Literatur-Quiz.«

»Sie kennen sich aus in der Literatur?«

»Ein bisschen.«

»Ich schreibe nämlich.«

»Einen Brief an die Mutter.«

»Na ja, das auch, aber ich schreibe an einem Roman.«

»Sehr gut.«

»Wollen Sie ein Stück lesen?«

Marie verspürte das wachsende Bedürfnis, zu gehen. Der Situation zu entfliehen. Sich aus dem Kraftfeld dieses so berückenden jungen Mannes zu befreien. Und sagte, sie müsse schon los.

»Und was ist mit dem Rätsel? Mit dem Romanhelden?«

»Ein zukünftiger Schriftsteller sollte die Klassiker kennen.«

»Ich werde es rausfinden. Und das nächste Mal sag ich's Ihnen. Sie kommen doch noch einmal, oder?«

*

Schon die zweite Woche sank die Temperatur tagsüber nicht unter dreiunddreißig Grad im Schatten. Marie nahm beide Badeanzüge aus dem Koffer, den schwarzen Einteiler und den hellen gemusterten Bikini, aber sie sah sich die Sachen nur an, im Sessel sitzend, aus dem tiefen Schatten des Zimmers heraus. Die Wohnung der Schwester gab ihr mehr und mehr ein Gefühl von Verbannung. Von Einzelhaft. Einige wenige Bücher, gestapelt neben dem Bett, zwei längst gelesene Zeitungen, im Smartphone die Internet-Nachrichten. Nichts davon konnte sie länger fesseln.

Die Jalousien waren herabgelassen, sie aß, nur in Unterwäsche, in einem Sessel, der ächzte. Sie hielt sich das Telefon ans Ohr, und es klingelte lange, bis Katka sich meldete.

»Katka, wann kommst du endlich? Ich freu mich wahnsinnig aufs Schwimmen. Komm so bald wie möglich.«

»Und wie lassen die Ferien sich an?«

»Das Arbeitsprogramm hab ich schon hinter mir. Zu Haus ist alles vom Boden bis zum Keller geputzt. Gestern hab ich das Gras gemäht, dann hab ich für die Eltern gekocht, alles Diät. Abends fahr ich immer den Garten gießen. Aber das Wasser im Brunnen wird weniger …«

»Aber danach frag ich doch nicht. Es tut sich was, oder? Das hör ich an deiner Stimme.«

»Ich kenn ein paar gute Badeplätze, ein Stück außerhalb, an einem Baggersee.«

»Hey, lenk nicht ab. Hast du wen aufgetan?«

»Aber ich komm da nicht hin, mein Auto ist bei meinem Schwager und der Schwester. Komm und hol mich hier raus.«

»Gut, aber aus Prag komm ich erst am Freitag los.«

»Prima. Komm schon am Vormittag. Du kannst übers Wochenende bei mir bleiben.«

»Und deine Entdeckung?«

»Es gibt keine.«

»Du hast aber letztes Mal so was angedeutet. Geht da was vorwärts?«

»Nicht das Geringste. Ich war da zwei Wochen nicht mehr.«

»Wo?«

»In der Buchhandlung. Ich geh da nur hin und schau ihn mir an.«

Sie hörte die Freundin ins Telefon prusten. Marie lachte auch.

»Den hast du nur zum Anschauen.«

»Lach bloß nicht zu früh. So was hast du noch nicht gesehen.«

»Du meinst, einen so hübschen?«

»Das kannst du laut sagen.«

»Wie alt? Blond? Groß? Klein?«

»Das wirst du schon sehen. Vor allem, denk an die Badesachen …«

Der kurze alberne Schwatz hatte Maries Laune gehoben. Aber sie schämte sich auch ein wenig vor sich selbst. Sie sprang aus dem Sessel hoch, um dieses schleichende Gefühl abzuschütteln. Nur Aktivität könnte es ganz verscheuchen. Anstelle des glasklaren Wassers in der ehemaligen Sandgrube nahm sie vorlieb mit einer kalten Dusche im Rigipskern der Plattenbauwohnung. Dann wählte sie ihre Kleider, schminkte sich halb nackt vor dem Spiegel, am Garderobenschrank im Vorraum fiel ihr Blick auf den geflochtenen Korb. Wäre das ein gutes Accessoire? Was sollte sie dazu anziehen? Oder hätte das schon keinen Witz mehr und würde eher peinlich wirken? Strohhut ja, Riemensandalen auch. Naturfarbene Leinenbluse und dazu einen langen Sommerrock. Nach den ersten Metern draußen wollte sie kehrtmachen und sich umziehen, ließ es dann aber sein. Hier in Krumlov hatte sie bereits zwei neue Bekanntschaften, eine Friseuse und die Inhaberin der kleinen Bäckerei, in der sie sich nach ihrer Morgenrunde etwas zum Frühstück holte. Dennoch, es war, als würden alle Gässchen in einer zusammenlaufen. Nur noch wenige Dutzend Meter hier hinab und schon würde sie von fern Shakespeare auf dem Aushänger lesen, da klingelte das Telefon auf dem Boden des Korbes.

»Verča, ist was passiert?«

Die Stimme der Schwester im Telefon klang fürchterlich. Panisch, dann wieder eisig streng.

»Wo bist du denn grade?«

»In der Stadt, im Zentrum.«

»Wenn du Vater noch lebend sehen willst, dann …«

Marie hörte sie atmen.

»Um Gottes willen, Verča, was ist denn?«

»Es sieht schlecht aus.«

»Dann bringt ihn doch hierher ins Spital.«

»Das war nicht möglich. Der Doktor ist zu uns gekommen.«

»Und was sagt er?«

»Ich schick Láďa mit dem Auto, er soll dich holen, wart auf dem Parkplatz unterm Schloss.«

Das Gespräch wurde unterbrochen. Marie stockte der Atem. Irgendwie stolperte sie die Gasse hinunter, nahm die Auslagen der Buchhandlung gar nicht wahr, eilte über die Brücke bis zur Fernstraße. Sie verspürte ein leichtes Unwohlsein. Und es erschien ihr wie eine Ewigkeit, bis unter all den anderen ihr schwarzer Wagen auftauchte, rechts blinkte und an den Randstreifen heranfuhr, Láďa winkte ihr aus dem Fenster zu.

Auf einmal stand sie samt ihrem leeren Korb am Bett des Vaters. Er hatte die Augen geschlossen und schien ihr bleicher als sonst, er hatte die leichte Decke bis halb über die Brust gezogen, den Pyjama offen. Maries Augen wanderten mit einer flehentlichen Frage von einem zum anderen. Veronika, noch gebeugter als sonst, die Mutter wie erstarrt an der Bettkante, und der Schwager mit hängenden Armen neben die Schlafzimmertür gelehnt.

»Der Puls ist schwach.« Veronika drehte sich zu Marie. »Den fühlst du kaum.«

»Bist du ein Arzt, oder was?«, knurrte Láďa.

Marie schaute zur Mutter, die sich nicht rührte, Anspannung im Gesicht.

»Ich find auch, er atmet nur ganz schwach«, fing Veronika wieder an, »irgendwie flach …«

»Herrgott, hör schon auf«, rief ihr Mann dazwischen.

»Der Doktor hat gesagt, dass alles gut wird«, meinte die Mutter, »sonst hätten sie ihn in die Ambulanz geladen.«

»Aber warum hat er uns nichts Genaues gesagt?«

»Das hat er doch, Verča«, mischte sich Láďa ein.

»Wer weiß, warum sie ihn nicht mitgenommen haben? Der Doktor verschweigt uns einfach, wie's um den Vater steht …«

»Werd bloß nicht hysterisch«, blaffte ihr Mann mit gedämpfter Stimme, »der Doktor hat ihn abgehört, hat Blutdruck gemessen, gesagt, das wäre nichts Ernstes und dass er bei dieser Hitze einfach mehr Flüssigkeit braucht.«

Marie legte ihre Hand auf die rechte Hand des Vaters, die auf der Decke ruhte. Sie wollte seine Wärme spüren und hörte zugleich den pfeifenden Atem der Mutter. Sie stand über beide gebeugt, über die sitzende Mutter, mit dem grauen seitwärts gekämmten Haar, dem Vater, dessen Gesicht so reglos auf dem Kissen lag. Der vorgezogene Vorhang ließ nur wenig Tageslicht ein, siebte es durch seinen gelben Stoff. Die Luft im Schlafzimmer stand unbewegt und aus den Wänden drückte die gespeicherte Wärme. Auf dem Nachttischen ein Glas Wasser und die Tablettenschachtel.

»Er hat alles«, sagte die Mutter.

Marie überlegte, welche Bedeutung dieser Satz hatte. In diesem Moment schien er den Zustand des Vaters zu erfassen, so unklar dieser auch für sie war.

Auf den Kacheln im Gang war es ein bisschen kühler. Alle vier standen sie hier. Und redeten. Redeten auf einmal alle durcheinander, und Marie verspürte Erleichterung.

»Wozu hast du denn diesen Korb?«, fragte Veronika.

»Damit geh ich zum Markt.«

»In Krumlov gibt's einen Markt?«

»Etwa nicht?«

»Nee, da gibt's nur überteuerte Cafés und Restaurants und Läden mit sinnlosem Geraffel für die Touristen«, Veronikas Stimme spannte sich in die Höhe.

»Ruhe«, sagte Láďa mit einem Blick zu Veronika.

Das knappe Wort zeitigte offenbar Wirkung, sie standen im Halbdämmer versammelt, und jeder dachte für einen Moment an das Seine, vielleicht jeder auch an dasselbe. Marie fand es irgendwie merkwürdig, dass sie wie in einem Warteraum hinter der Tür standen. Sollten sie nicht besser wieder hinein? Und da horchte sie auf, erstarrte durch ein Geräusch von drinnen. Die Mutter zuckte, sie tauschten einen Blick. Noch ehe sich einer von ihnen gerührt hatte, stand der Vater in der Tür. Der Pyjama schlotterte an ihm hinab, die nackten Füße traten über die Schwelle.

Als Erste stürzte Veronika auf ihn zu.

»Papa, was … was machst du denn da?«

Er schaute ein wenig abwesend auf dem Gang herum.

»Ihr seid ja alle da, dann geh ich euch einen Kaffee kochen.«

Veronika war völlig verstört, die Mutter eher verweint. Sie führten den Vater zu seinem Lager zurück.

Jeder für sich zogen sie ab in die Küche hinüber. Saßen dort, bis es dunkel geworden war, Láďa, Marie und die Mutter. Konnten einander gar nicht mehr richtig erkennen. Als wollte sich einfach keiner von der Stelle rühren und Licht machen.

»Wo ist denn Veronika?«, fragte Marie.

Láďa ging nachschauen. Und kehrte unverrichteter Dinge wieder. Dann ging die Mutter, auch sie kam allein zurück.

»Hier ist sie nicht, wahrscheinlich ist sie raus.«

»Ist sie nicht vielleicht weggefahren?«

»Das Auto steht doch auf dem Hof«, sagte Láďa, »und die Schlüssel hab sowieso ich.«

Marie stand auf, ging leise über den Gang durch die halb geöffnete Tür ins Schlafzimmer. Sie hörte den Vater schwach atmen. Dann ging sie hinaus auf den Hof, ging, sich ihres Zieles gewiss. Ihr altes Versteck in der Nische, drinnen in der Scheune. Ein Schutzort, an den sie sich als Kinder trotzend zurückgezogen hatten. Dort herrschte schon völliges Dunkel, Marie trat absichtlich laut auf, stampfte beinah, schlurfte. Stille.

»Bist du da, Verča?«

Sie blieb vor der Mauernische stehen und schaute, aus dem Schwarz schälte sich langsam die Silhouette der sitzenden Schwester. Ersticktes Schluchzen. Marie konnte sehen, wie Veronika sich mit dem Handrücken beide Augen rieb und sich aus der Hocke in den Stand schob, ihr Rücken schürfte über die Ziegelwand. Und Marie wünschte, ihre Schwester würde sich ganz und gar aufrichten, würde den Rücken grade strecken. Eine Welle der Zärtlichkeit überkam sie, ein Mitfühlen, es kitzelte erst, dann würgte es im Hals. Veronika sah vor sich hin und malte mit der Schuhspitze kleine Bögen auf den verstaubten Dreschboden.

»Alles in Ordnung?«

»Irgendwie ist das alles zu viel für mich«, flüsterte sie und ihre Stimme brach ein.

Marie schluckte, nickte mit dem Kopf. Veronika schaute nicht auf.

»Die Mutter hat Alarm geschlagen, dass der Vater im Sterben liegt, und Láďa hat eingestimmt ...«

Die Schwester stemmte die Hände in die Hosentaschen und ging an Marie vorüber auf das offene Tor zu.

»Weinen ist erlaubt, Verča.«

Aber die Schwester ging einfach weiter.

»Hörst du?«

Verča blieb stehen, schnäuzte sich ins Taschentuch.

»Ich weiß, dass uns der Vater unterschiedlich erzogen hat, aber Weinen ist erlaubt«, wiederholte Marie noch einmal in Veronikas Rücken hinein.

*

Sie ließ den Morgenlauf ausfallen, es war weit nach acht, und das Licht traf durch das zugezogene Fenster schmerzhaft in ihre verschlafenen Augen. Der Traum, der mit dem Erwachen abriss, hatte sich nicht verflüchtigt, in der flachen Erinnerung nach dem Schlaf hatten sich Bilder verfangen, und ein schwer zu beschreibender Nachgeschmack. Die Essenz sich ineinander verschlingender Traumgeschichten. Ausschließlich besetzt mit Männern. Der Vater mit ernstem Gesicht, sterbend und auferstehend. Luboš, lachend in seinem neuen Auto, das jetzt Marie gehörte. Und der unbekannte junge Adonis. Blond, mit unwiderstehlichem Lächeln.

Die Wohnung war von morgens an aufgeheizt, durch die vorangegangenen Tage und tropischen Nächte. Sie stand am Spülbecken, in nichts als einem weißen Slip, und machte sich Frühstück. Hatte den Eindruck, sie versuchte die letzten Chancen und Hoffnungen ihres Lebens mit einem Teesieb einzufangen. Das Handy meldete eine einzige neue Nachricht, Katka entschuldigte sich, dass sie den Sommerausflug nach Krumlov um eine Woche verschieben müsse. Milan hatte schon Anfang der Ferien geschrieben, dass er mit Šárka nach Krumlov käme, sich schon freue, und seither Funkstille. Vielleicht für uns beide auch besser, dachte Marie. Die Einsamkeit würde also dauern. Sommerbrände drohten irgendwo hinter den Bauplattenwänden, und Marie schob Wache, mit einem Operngucker. Der letzte vage Traumfetzen, der reglos in dieser windstillen Schwüle hing. Einsamkeit, wie sie ihr vertraut war aus einem der Romane von Jack Kerouac, der sich als Feuerwächter auf dem Desolation Peak in Kontemplation versucht hatte. Aus Langeweile hatte er Haikus verfasst und davon geträumt, wie er sich mit den Freunden nach seiner Rückkehr besaufen geht. Marie dachte daran, sich in den Bus zu setzen und sofort nach Prag zurückzufahren. In eine andere leere Wohnung? Katka sah dort nach dem Rechten, lüftete, goss die Blumen. Ihre Gedanken schwankten über die schmale Kante der Entscheidung.

Lange stand sie vor dem Spiegel im Bad und prüfte ihr Gesicht. Spuren des Alterns. Sie legte Make-up auf. Kleidete sich im Schlafzimmer an und im Vorraum wieder aus, so ging das fast eine Stunde, bis der Kleiderschrank nichts mehr zu bieten hatte, und die beiden Koffer waren auch ausgepackt.

Der Weg von der Siedlung hinunter in die Innenstadt zog sich. Sie schlich an den Mauern entlang und versuchte, sich in den Schatten der Häuser zu drücken. In der Buchhandlung herrschte reger Betrieb, sie griff sich wahllos einen Band aus der englischsprachigen Abteilung und entdeckte die beiden Stufen in den schmalen Gang, wo an der Wand ein in die Jahre gekommenes knarzendes Sofa stand. Sie setzte sich, das Licht hier war deutlich schlechter und reichte nicht wirklich zum Lesen. Gegenüber befand sich eine schmale geschlossene Tür, rechts hatte sie Durchblick bis hinunter zum Pult. Dorthin richtete sie ab und an ihren Blick, wandte sich wieder ab, hielt das Buch geschlossen vor sich auf den Knien. Und als er mit einem Mal vor ihr stand, wusste sie nicht einmal, was sie da hielt.

»Welche Sätze sind Sie denn heute holen gekommen?«

Das war etwas Neues, er auf dem schmalen Gang so dicht vor ihr.

»Ist Ihnen aufgefallen, dass die Dame auf dem Porträt Ihnen ähnlich sieht?«

Sie hatte nicht die geringste Ahnung, nach welchem Buch sie gegriffen hatte. Sie blickte auf den Umschlag. Dann zu ihm. Er trug wieder das feingemusterte Hemd vom ersten Mal, ein fließender weicher Stoff, der ins Grüne spielte.

»Darum haben sie Henry James gewählt?«

»Warum darum?«

»Wegen des Porträts?«

Als wäre sie nicht in der Lage, mit ihm zu konversieren. Das Gefühl, als spräche statt ihrer wer anders.

»Sie, als Adept der Schriftstellerei, wissen vermutlich, dass Henry James zu seinen Romanen umfangreiche Vorarbeiten geleistet hat? Manchmal waren seine Notizen länger als der Roman selbst.«

»Ich habe den Satz in Kunderas Roman gesucht, in dem Sie das letzte Mal hier gelesen haben. Da stehen natürlich sehr viele drin«, lächelte er, »aber gut möglich, das ich weiß, welcher es war.«

Marie stand auf, huschte mit gesenktem Blick an ihm vorbei und stieg die Stufen hinunter. Ging mit dem Buch in der Hand zum Pult. Und er kam hinterher.

»Mir ist bewusst geworden, dass ich keine besonders gute Kundin bin. Aber diesmal nehme ich tatsächlich ein Buch mit.«

»Sehr gut. Einen Henry James. *The Portrait of a Lady.*«

Sie zahlte und wandte sich zur Tür.

»Sie gehen schon? Ich kenne die Antwort auf Ihr Literatur-Quiz.«

»Im Ernst?« Sie drehte sich um zum Kassenpult. »Und wie war noch mal die Frage?«

»Tun Sie nicht so, als wüssten Sie es nicht mehr. Aschenbach, Tadzio …«

»Aha. Und Ihre Antwort?«

»*Tod in Venedig*, Thomas Mann.«

»Richtig.«

»Jetzt sind Sie wie so eine Lehrerin.«

Sie lachte.

»Ich weiß auch, warum ich Sie an diesen polnischen Jungen erinnere.«

»Warum?«

»Wenn in Krumlov die Pest ausbricht, würden Sie abreisen? Oder würden Sie bleiben?«

»Warum sollte ich bleiben?«

»Um in meiner Nähe zu sein.«

Jetzt kam ihr sein Blick fast schon herausfordernd vor. Aber unangenehm war es ihr nicht.

»Aber in Venedig ist keine Pest ausgebrochen.«

»Ich weiß, die Cholera. Und Aschenbach hatte Angst, ist aber wegen Tadzio doch nicht abgereist.«

»Und in Krumlov droht eine Pest?«

»Das ist aus der Stadtgeschichte, früher hat es hier immer wieder mal eine Epidemie gegeben.«

»Woher wissen Sie denn das?«

»Von den Mädchen, die im Schloss führen. Ich wohne im selben Wohnheim.«

Er hatte nicht eine Falte im Gesicht, kein Riffelchen um die Augen. Marie rührte unwillkürlich mit den Fingerkuppen der rechten Hand an ihr Make-up.

»Würden Sie also abreisen und sich vor der Pest retten? Oder würden Sie mit mir hierbleiben?«

»Sie haben gesagt, dass ich die Lehrerin bin, das heißt: Die Fragen stell ich.«

»Fragen Sie.«

»Gut. Wie heißen Sie?«

»Filip.«

»Das wäre alles. Ich muss schon los.«

»Und wie heißen Sie?«

»Marie.«

»Das gibt es nicht ... schauen Sie mal.«

Er hielt ihr sein Smartphone vor die Nase. Auf dem Display leuchtete ein koloriertes Bild.

»Sie haben die heilige Jungfrau auf dem Schirm?«

»Genau, die hab ich auf dem Schirm. Ich schreibe einen Roman über sie.«

»Hm, interessant. Aber ich muss wirklich schon los.«

»Lesen Sie ein paar Seiten vom Manuskript.«

»Vielleicht das nächste Mal.«

»Und wann ist das?«

*

Am Morgen ging Marie von der Bushaltestelle zum Dorfplatz. Sie öffnete das Tor, ihr Auto stand im Hof, wie sie es mit dem Schwager und der Schwester ausgemacht hatte. Die Mutter saß schon in der Küche bereit, hatte eine kleine Tasche gepackt, Pyjama, Morgenmantel, Handtuch, Zahnbürste, Zahnpasta, Pantoffeln.

»Ich hab lieber mein Eigenes dabei«, sagte sie.

Sie tat Marie leid, wie sie da saß, mit der Tasche auf den Knien, und in der Küche umherschaute.

»Ist das nicht übertrieben, Mama? Morgen hole ich dich doch wieder ab.«

»Das weiß man nie.«

»Das ist wirklich nur ein kleiner Eingriff.«

»Etwas Angst hab ich schon.«

»Eine kleine Operation am Handgelenk, nach einer Stunde bist du wieder zurück auf dem Zimmer.«

»Die Frau Doktor hat das letzte Mal gesagt, dass sie mir kein Schlafmittel geben werden.«

»Das tun sie nicht, Mama. Sie betäuben lokal.«

»Für den Vater hab ich heut vorgekocht«, sagte die Mutter besorgt, »und Verča kommt am Abend mit dem Rad vorbei, das hat sie versprochen.«

»Klar, mach dir keine Sorgen. Und sollte etwas sein, dann bin ich von Krumlov in einer Viertelstunde beim Vater hier.«

»Hier hab ich ihm aufgeschrieben, wie er seine Arznei nehmen soll. Mit großen Buchstaben, Augen hat er ja wie ein Maulwurf«, sagte die Mutter noch, da stand sie schon mit der Tasche in der Tür. Auf dem Zettel standen große Druckbuchstaben, daneben Ziffern.

MORGENS 11
MITTAGS 5
ABENDS 11

»Verča wird auf ihn aufpassen, Mama.«

»Nicht nur, dass er nichts mehr sieht, ihm zittern die Hände, und er schüttet die ganzen Tabletten aus …«

Sie schauten zum Vater ins Schlafzimmer.

»Heute sieht er recht frisch aus«, lobte die Mutter.

Und als sie im Hof ins Auto stiegen, sahen sie noch, wie er den Vorhang zurückschob und ihnen winkte.

Die Ärztin im Krankenhaus hatte wenig Zeit, Marie verabschiedete sich und versprach der Mutter, gegen Abend vorbeizuschauen. Sie fuhr in die Siedlung hoch, ließ die Jalousien herab und setzte sich ans Notebook. Sie versuchte, im Netz mehr über die Operation zu erfahren, über die Legung eines dauerhaften Gefäßzugangs für die spätere Dialyse. Hitze, Beklemmungen. Der Schweiß trat ihr auf die Stirn, sie musste aufstehen und sich die Füße vertreten. Sie trank einen Schluck Wasser und begriff, länger würde sie es in der Einsamkeit und Enge der Wohnung nicht aushalten können. Sie würde mit jemandem sprechen müssen, so schnell wie möglich. Sie griff zum Handy und rief Lenka an. Ahnte schon, dass sie sie nicht würde erreichen können, denn sie war mit ihrem Freund zum Wandern in den rumänischen Karpaten. Die Schwester war in der Arbeit. Und alle anderen waren in Prag oder sonstwo. Schließlich fiel ihr Petra ein, ihre neue Bekanntschaft, die Friseuse aus Krumlov. Petra nahm sofort ab, Kundinnen habe sie nur bis zwei Uhr nachmittags, dann könne sie ruhig zusperren. Zumal fünfunddreißig Grad im Schatten vorausgesagt seien. Um halb zwei packte Marie ein großes Badetuch in die Strandtasche, Sandalen, Sonnenbrille und Sachen zum Umziehen, rannte die Treppe hinunter und setzte sich ins Auto. Sie werde Petra abholen und in zwanzig Minuten wären sie schon am Baggersee. Unterwegs musste sie immer wieder diesen seltsamen medizinischen Fachbegriff vor sich hinsagen. Arteriovenöse Fistel.

Das Wasser war unglaublich sauber, vom Sand geklärt, und hinter der Tafel, die ein Badeverbot verkündete, zeigte sich der Saum der erwärmten Sandgrube reich besetzt mit

Handtüchern und Decken, Wasserratten und Sonnenanbetern. Marie erinnerte sich, wie sie vor Jahren eine amerikanische Kollegin, die sich für sechs Monate in Prag aufhielt, mit hierhergenommen hatte. Was auf der großen Tafel stünde, hatte sie gefragt. Marie hatte es ihr übersetzt: BADEN VERBOTEN. Und die Kollegin hatte sich sehr gewundert über die vielen Leute.

»Du bist hier in Böhmen«, sagte Marie laut.

Petra drehte sich zu ihr um, und Marie erzählte ihr die Episode, bevor sie sich ein Plätzchen im Schatten suchten. Langsam schwammen sie zur anderen Seite und wieder zurück. Das Gras an den Ufern war schütter, vom Sommer verbrannt. Unter der Krempe des Strohhuts konnte man die Augen geschlossen halten, auch wenn die Sonne direkt auf sie und das Gezweig der Bäume herabgleißte. Marie lag auf ihrem Badetuch, fühlte sich wohlig müde vom Schwimmen, sie schmeckte den Duft des Wassers, der Erde, der Sonnencreme, und doch klebte ihr der Krankenhausgeruch irgendwie noch in der Nase, sie hatte ihn sich bis hierher mitgebracht. Wann genau die Operation stattfinden würde, wusste sie nicht. Vielleicht jetzt im Moment. Sie stützte sich auf die Ellenbogen und betrachtete ihre Handgelenke. Sie waren glatt, die Haut makellos, darunter schimmerten blau ein paar Venen. *Shunt.* Im Netz hatte sie diesen Begriff gelesen. Die Ärzte verbinden eine Vene mit einer Arterie, um den Blutdurchfluss zu erhöhen. Das mit der Arterie verbundene Gefäß vergrößert sich, ist unter der Haut zu sehen und gut zu ertasten.

Petra machte bei sich auf der Decke Platz für Marie, und sie zeigten sich die Fotos ihrer Kinder. Petra war um einiges jünger als Marie, vollschlank, blondiert, seit zwölf Jahren verheiratet, beide Söhne noch in der Grundschule.

»Ich hab das Auto jetzt ein paar Tage, morgen können wir wieder herkommen.«

»Prima. Aber erst nach vier«, sagte Petra. Sie lag auf dem Rücken und trug in den Gläsern ihrer Brille ein Stück Himmel mit Wolken.

»Ich frag die Irena, die mit der kleinen Bäckerei unterm Schloss«, sagte Marie, »vielleicht kommt sie auch mit. Kennst du die? Nicht? Ich mach euch bekannt.«

Marie kam es entgegen, dass das Gespräch träge und ungezwungen vor sich hin plätscherte, mit Pausen, und jede sagte nicht mehr, als sie grad eben wollte. So sieht eine Unterhaltung aus, wenn zwei sich schon Jahre kennen. Aber ganz vergessen konnte sie die Zeit dennoch nicht. Sie blinzelte nach dem Telefon, wann würde sie die Mutter endlich anrufen können. Die Sonne war weitergezogen, sie stand jetzt über dem nahen Wald, und für Sekunden verspürte Marie ein Gefühl der Beruhigung, vielleicht auch des Glücks, empfand eine Erfüllung, die aus der Leere des Augenblicks kam. Der wandernde Schatten, die Lichtung der Wasserfläche, der Lichtstrahlenreigen im Filter der dunklen Brillengläser.

»Was ist denn das Schwerste, bei einer Scheidung nach so vielen Jahren?«

Marie nahm die Brille ab, explodierende Helligkeit, der Widerglanz der Sonne auf der nahen Wasserfläche war für die Augen fast unerträglich. Sie schloss die Lider. Und war auf einmal nicht imstande, laut auszusprechen, was ihr als Erstes durch den Kopf schoss. Du bist einfach allein, einsame, sich ziehende Abende, du hast Angst, dass das für immer so bleibt, und du schämst dich dafür. Du starrst stumpf auf den Fernsehbildschirm oder liest und ertappst dich dabei, dass du überhaupt nicht registrierst, was. Niemand umarmt dich.

»Das Seltsame daran ist«, antwortete sie schließlich, »dass er trotzdem der Mensch ist, der dich am besten kennt. Er erscheint dir im Traum. Viele Sachen erinnern an ihn.«

»Ein halbes Jahr ist wahrscheinlich auch eine kurze Zeit«, sagte Petra.

»Auf einmal weißt du nicht mehr, wo du zu Hause bist. Ist das die dir vertraute, jetzt aber leere Wohnung? Und dann kommst du dahin, wo du früher einmal zu Hause warst. Und stellst fest, dass das schon lange vorbei ist. Und dass du nicht einmal deine eigene Schwester, die Mutter, den Vater richtig kennst.«

»Wie lange warst du mit deinem Ex denn zusammen?«

»Mehr als dreiundzwanzig Jahre. Seit der Uni.«

Und Petra tat genau das, was Marie sich in diesem Augenblick wünschte. Sie gab ihm Leichtigkeit. Erzählte irgendeinen abgedroschenen, uralten Witz über die Ehe, und beide lachten los, zwei schmiegsam matte Körper auf einer Decke schüttelten sich vor Lachen.

»Und noch etwas hab ich festgestellt«, sagte Marie zur Freundin hin. »Nach all den Jahren geordneten Ehelebens habe ich das Flirten verlernt. Ich hab völlig verlernt, wie man das macht …«

AUGUST 2018

Das Tor stand weit offen, und der Tankwagen schob sich rückwärts in den Hof bis zum Brunnen. Der Fahrer kletterte aus der Kabine, in Arbeitshosen, mit nacktem Oberkörper. Er half Láďa den Betondeckel wegzurücken, dann hängten sie die Mündung des silbernen Schlauches in den Brunnen ein. Zu viert standen sie hier in der Mittagshitze. Der Vater noch, auf seinen Stock gestützt, vor der Schwelle, und Marie, die in der prallen Sonne unter ihrem Strohhut hervor das Geschehen verfolgte. Das in den Brunnen platschende Wasser empfand sie in dieser Glutluft über dem verbrannten Gras wie Erfrischungsmusik aus einer Oase.

»Dass man Wasser in einen Brunnen füllt, das hab ich auch noch nie erlebt.«

»Da rufst du einfach beim Wasserwerk an, zahlst die Gebühr und die Anlieferung«, sagte Láďa. »Das ist alles.«

»Diese Trockenheit dauert jetzt schon das zweite Jahr. Was machen wir, wenn das so weitergeht?«

»Was kannst du schon machen, wenn sie von hier nicht wegwollen«, meinte Láďa und wies mit dem Kopf Richtung Haus und Vater.

»Sollte für Wasser nicht die Gemeinde sorgen?«

»Letztes Jahr haben sie einen Tank auf dem Dorfplatz abgestellt, und wir haben das Wasser in Milchkannen und Eimern hierhergeschleppt. Da scheint mir das hier jetzt besser.«

Als der Tanklaster weg war, blickte Marie über den geleerten Hof. Die Bildergalerie des Vaters hatte Láďa abbauen müssen. Der Schwager schob ab, zu Maries Auto hin. Sie holte ihn ein, bevor er den Motor anlassen konnte.

»Ich hab gedacht, du hilfst mir, die Bilder zurückzustellen.«

»Pfeif drauf.«

»Die Bretter sind sauschwer.«

»Ich muss zurück auf die Arbeit, ich hab für diesen Affenzoo keine Zeit ...«

Die bemalten Bretter waren an die Seite gestellt, lehnten an der Wand des Schuppens und des früheren Stalls. Die Sonne stach grell auf sie ein. Marie überlegte. Die Rundhölzer, die die Bretter gestützt hatten, könnte sie allein über die Wiese zurückrollen, aber die Bohlen mit den Malereien des Vaters waren für sie zu schwer. Sie sah sich um, der Vater löste sich aus dem Schatten auf dem Außengang, kam über den von der Sonne gefluteten Hof auf sie zu. Er hatte erraten, worüber sie nachdachte.

»Lass sie ruhig da.«

»Láďa und ich tragen das alles wieder zurück, Papa, aber du schlepp das ja nicht ...«

»Ich werd mir die schiefen Visagen nicht ansehen, Verča, Láďa und die Mutter ...«

»Sollen sie reden, Papa. Ich finde die Bilder jedenfalls interessant.«

Der Vater zeigte mit seinem Stock auf das Bild vor ihnen. Ein Pferd schritt durch ein Tor. Die perspektivische Darstellung der Tierfigur mutete modernistisch an. Kopf und Vorderbeine präsentierten sich frontal, der Rest des Körpers seitlich. Marie sah zum Tor hin, das Láďa hinter dem Tankwagen geschlossen hatte. Die obere Linie der beiden Flügel entsprach der Darstellung.

»Das ist Helena, stimmt's?«, antwortete Marie. Wie in der Schule, wenn der Lehrer mit seinem Zeigestock agierte.

»Woher weißt du das?«

»Du hast es Verča und mir doch hundertmal erzählt, als wir klein waren. Dass Helena zurückgekommen ist, vom Staatsgut, wo man sie hingebracht hatte.«

»Zuerst konnte ich es nicht glauben, das war fünfundvierzig. Ein marianisches Jahr. Die Mutter und ich waren gerade zurück von der Prozession in Římov. Ich geh auf den Hof hinaus und seh unsere Stute im Tor, die ist denen auf und davon …«

»Und ihr habt euch gefreut?!«

»Der Vater nicht, weil er wusste, dass er sie sowieso wieder hergeben müsste. Aber ich … und dann hab ich mich jeden Tag gefreut, hier von der Schwelle aus habe ich abends nach der Arbeit zum Tor geschaut, hab es absichtlich ein wenig offen gelassen und mich auf den Moment gefreut, wenn die Helena wieder im Tor stünde …«

Marie ließ den Vater einmal mehr all das erzählen, was sie längst kannte. Insgesamt dreimal war die Stute heimgekehrt.

»Dann haben sie die Helena schrecklich geprügelt, da drüben vom Hanzal der Vater selig. Und fest angebunden.«

»Und die Pferde hier?« Marie zeigte auf das nächste Bild, »was ist das? Eine Herde wie in der Prärie.«

»Als fünfundvierzig die russischen Bataillone abzogen, haben sie ihre Pferde zurückgelassen, die sind hier über die Wiesen gelaufen, in einem erbärmlichen Zustand und meist auch verletzt. Und die Leute haben sie eingefangen …«

»Aber hier waren doch die Amerikaner. Selbst in Krumlov.«

»Ja ja, aber die Demarkationslinie verlief schließlich hinter dem nächsten Dorf Richtung Krumlov. Da waren schon die Russen. Und der Vater und der Großvater haben dort oberhalb des Waldes einen Walach gefangen. Wir waren begeistert, aber dann hat er am Kopf und am Hals einen Ausschlag bekommen, wie Grieß. Der Dorfschmied hat gemeint, die Mücken im Wald hätten ihn zerstochen, aber es wurde nicht besser, also kam der Tierarzt aus Krumlov, und der hat gesagt, es wär Räude.«

Marie wandte sich nach dem Vater um und bemerkte die dunklen Flecken auf seinem Hemd, sie sogen sich in den Stoff. Ihr Augen wanderten nach oben, aus seiner Nase lief Blut. Sie reichte ihm ein Taschentuch.

»Setz dich hier in den Schatten und leg den Kopf zurück.«

»Für einen Hof ist das ein großes Unglück, die Räude. In den Stall durfte niemand außer dem Großvater und mir, wir haben den Walach und unsere Stute mit einem Gemisch aus Naphtha, kalkhaltigem Wasser und einem Öl eingerieben, so hatte der Tierarzt es uns gesagt …«

»Nimmst du deine Medikamente auch alle nach Vorschrift, Papa?«

»Ja, ja, mach ich … Unsere Helena hatte sich das nämlich von dem Kriegswallach eingefangen …«

»Ich hab dich gefragt, ob du die Tabletten richtig dosierst. Du musst das genau nach der Anleitung machen, so wie es dir der Doktor auf die Kärtchen geschrieben hat. Und die Mutter schreibt es dir immer noch extra heraus.«

»… und ich und der Großvater haben die Pferde eingerieben, zuerst den Kopf und den Hals, am nächsten Tag den Bauch und die Beine, am dritten den Rücken. Auf einmal ganz einreiben durften wir nicht, sie wären sonst angeschwollen. Und sie haben sich am Gatter gerieben und an der Wand, weil's gejuckt hat …«

»Und nächste Woche musst du wieder zur Kontrolle nach Krumlov.«

»Ja, gut.«

»Diesmal komm ich mit, nicht Veronika. Am Mittwoch. Nur dass du Bescheid weißt.«

»Gut … und hör zu. Zwei Tage haben wir's einwirken lassen und dann mit Kernseife abgewaschen. Diese Sachen gab's nach dem Krieg alle nur zugeteilt, manches war unter der Hand zu bekommen, aber für teures Geld. Ein elendes Gefrett …«

Der Vater saß an das Mäuerchen gelehnt und hielt sich das blutige Taschentuch unter die Nase. Als er auf einmal verstummte, schien es Marie, als wäre der Faden gerissen, aus dem seine Augen Kraft und Licht bezogen. Und es tat ihr leid.

»Mit dem Wallach hat es kein gutes Ende genommen, das weiß ich, das hast du uns auch schon erzählt.«

»Eines Morgens kommen wir in den Stall, und der Wallach will nicht mehr aufstehen«, setzte der Vater fort, aber Marie hörte in seiner Stimme die Müdigkeit. Ein Absinken, einen plötzlichen Höhenverlust, als hätte er selbst alles Interesse verloren.

»Der Tierarzt hatte gesagt, sofort notschlachten. Der Großvater und ich haben die ganze Nacht nicht geschlafen, haben hier im Stall auf dem Stroh gelegen, und der Großvater hatte das Messer bereit. Aber der Wallach hat es bis zum Morgen geschafft. Wir haben ihn auf den Wagen gezogen und an den Schlachter verkauft. Der Hanzal hatte eh schon im Dorf herumposaunt, dass bei den Boučeks die Räude auf dem Hof sitzt, und im Wirtshaus ist er vom Großvater und vom Vater abgerückt, damit es auch alle sehen …«

Gegen Abend ging Marie durch ebenjenes geöffnete Tor hinaus. Und wie immer in eine andere Welt hinein. Sie überlegte, wohin sie eher gehörte. Auf den elterlichen Hof oder in die Welt hinter dem Mäuerchen. In die sie von klein auf fliehen wollte. Und sie dachte an Mirka. Zur Bushaltestelle auf dem Dorfplatz nahm sie den Umweg an ihrem Garten vorbei. Sie hatte Glück, entdeckte Mirka im Schatten ihrer Veranda und rief. Und dann standen sie jede auf einer Seite des Zauns.

»Wie geht's daheim?«, fragte Mirka. »Alle Augenblicke seh ich die Ambulanz da drüben, und jedes Mal bleibt mir das Herz stehen.«

»Noch geht's irgendwie.«

Marie war es unangenehm, über das Drahtgeflecht hinweg mit Mirka zu sprechen. Aber sie hätte ganz um den Garten herumgehen müssen.

»Komm doch rein, auf einen Kaffee.« Mirka lächelte.

»Danke, mein Bus fährt in fünf Minuten.«

»Vašek bringt dich mit dem Auto nach Krumlov, es sei denn, er hat schon ein Bier getrunken …«

»Lass nur, Mirka. Ich könnte auch bei den Eltern schlafen, aber ich komm ein andermal, ich versprech's. Ich bin jetzt jeden zweiten Tag hier.«

Mirka war ihr ganzes Leben hinter diesem Zaun geblieben, dem Zaun ihres Elternhauses. Vašek hatte eingeheiratet. Sie hatten sich das Dachgeschoss ausgebaut. Die Kinder waren schon lange groß.

»Weißt du, woran ich manchmal denke, Mirka? Bin gespannt, ob du dich daran noch erinnerst?«

»Was aus der Schule?«

»Nicht direkt, aus der Schulzeit aber. Wie wir mal nach Budějovice gefahren sind, das heißt, ich bin mit dir und deinen Eltern gefahren, ich weiß gar nicht mehr, warum eigentlich …«

»Ich weiß! Die Eltern wollten irgendwas kaufen, einen neuen Boiler oder so … und du bist mit uns mitgefahren.«

»Wie alt waren wir da? Dritte Klasse?«

»So in etwa. Ein Halbtagsausflug. Der Vater hat den Einkauf erledigt, und wir zwei kleinen Mädchen vom Dorf sind mit der Mutter durch die Stadt spaziert.«

Beide lachten bei dieser Erinnerung, der erste Ausflug in die Großstadt České Budějovice.

»Wir waren damals schon schrecklich schlau, und weißt du noch, worüber wir uns in der Küche dann unterhalten haben?«, fragte Marie.

»Das weiß ich nicht mehr. Über die Milchbar, in die uns die Mutter geführt hat, wo es Pudding in Plastikbechern gab?«

»Das war irgendwann im Herbst, und wir haben uns gewundert, warum die Leute in der Stadt Äpfel kaufen. Das wollte uns nicht in den Kopf, wo doch bei uns alles voll davon lag, bei uns im Garten, in eurem Garten …«

»Ja klar«, rief Mirka, »ich weiß wieder. Für uns war es unbegreiflich, dass man deswegen in ein Geschäft geht, und wir haben uns gesagt, dass die Leute in der Stadt ganz schön blöd sind, die kaufen Äpfel und Kartoffeln im Laden …«

Noch im Bus musste Marie lächeln, wenn sie daran dachte. Hinter dem Fenster flogen die Wiesen vorüber, längst bar aller von den Truppen zurückgelassenen Pferde. Sie sah das blutige Taschentuch des Vaters vor sich und rief die Schwester an.

»Das ist nichts Neues, das mit dem Bluten.«

Die Schwester sagte das im üblichen Tonfall leicht herablassender Selbstverständlichkeit. Dass sie das alles schließlich schon lange wisse, während Marie ständig nur Amerika neu entdecke.

»Aber das hat ziemlich lang angehalten«, sagte Marie.

»Das ist das Mittel zur Blutverdünnung.«

»Er sagt, dass er die Medikamente nach Vorschrift nimmt. Aber ich besprech das nächste Woche mal mit dem Arzt, vielleicht kann er an der Dosierung was ändern.«

»Der Vater ist schon so verdünnt, dass ihm das Blut einfach aus der Nase läuft. Wenn er sich irgendwo schürft, wird's schon gefährlich, und du verstehst jetzt vielleicht, warum wir so hinterher sind, dass er im Haus bleibt, und wirklich jede Arbeit sein lässt?«

»Ich versteh das durchaus, Verča, du brauchst gar nicht so zu schreien.«

Schweigen.

»Na dann Entschuldigung, gnädige Frau«, vermeldete das Handy nach einer Weile.

»Verdammt noch mal, Verča, warum bist du nur so? Ich mach auch meine Arbeit bei den Eltern, fahr ins Krankenhaus nach der Mutter sehen …«

»Das kannst du nicht mehr schaffen, dass du das abarbeitest«, ein Lachen gurgelte ins Telefon, »all die Jahre, die ich bei den Eltern für dich geschuftet hab.«

»Ich hab schließlich auch ein eigenes Leben.«

»Das zieht sich schon ewig, meine Liebe, die ganze Arbeit im Obstgarten und auf dem Acker hinter der Scheune, Apfelernte, Kartoffelernte, Heumachen im Sommer, und im Herbst den Garten umgraben, während du dich in Prag im Wohnheim geräkelt hast. Studentin! Und ich hab mich im Haus jedes Jahr mit dem Frühjahrsputz abgeschuftet, die Fenster, die große Wäsche, und wenn es hereingeregnet hat, dann war ich es, die mit dem Vater aufs Dach rauf ist, weil unsre Marie, die kann das nicht, die ist nicht schwindelfrei …«

»Verča, ich war schließlich in den Ferien immer in Přídonice und hab geholfen …«

»Jaja, in deinen Ferien. Da bist du für eine Woche angerückt, mit einer Heerschar Studenten im Schlepptau, Sommerintensivkurs, und ihr habt eure Literatur gelesen, und die Mutter und ich haben für euch gekocht und sind nur so gesprungen.«

»Das ist nicht wahr, verdammt noch mal!«

»Nicht? Dann hab ich wohl auf einem anderen Planeten gelebt? Und in einer anderen Zeit als du?«

Plötzlich war das Gespräch unterbrochen. Marie nahm das Mobiltelefon vom Ohr. Überprüfte den Empfang, den Akku. Alles in Ordnung. Sie seufzte. Ja, mit dem Telefon alles in Ordnung. Der Bus fuhr hinunter in die Stadt, der mehrfarbige Schlossturm wirkte im Licht der auf den Horizont zuwandernden Sonne unwirklich. Ein Postkartenpastell für Touristen.

*

»Mami, du bringst mich noch um den Verstand …«

Marie stöberte schon gut zehn Minuten in den Regalen, und der junge Verkäufer ging immer noch mit dem Telefon am Ohr hinter dem Pult auf und ab.

»Das meinst du wohl nicht ernst?«

Wie oft hatte Marie solche Sätze von ihrer Tochter gehört? Sie versuchte sich zu erinnern und hoffte, nicht allzu oft. Vielleicht während der Pubertät.

Jeans, schwarzes Shirt, er war schlank, aber hatte doch Schultern. Sie stellte sich vor, wie eine antike Statue wohl wirken würde, zöge man ihr diese Kleider an. Und senkte den Blick lieber wieder ins Buch. Den Roman von Graham Greene hatte sie absichtlich aus dem Regal gegriffen, jedoch dem Zufall überlassen, auf welcher Seite sie aufschlagen würde. Das Gespräch zwischen dem alternden Journalisten Thomas Fowler und seinem Gegenspieler, dem Geheimdienstagenten Alden Pyle, einem jungen Mann aus gutem Hause, der zugleich auch Fowlers Kontrahent in der Liebe ist. Sie wusste sehr wohl, auf welche Pointe der Dialog hinauslief.

»Have you had a lot of women, Fowler?«

»I don't know what a lot means?«

In der Ferne sind Schüsse zu hören, und Fowler erklärt dem jungen Pyle in einem Wachtturm Dutzende Meilen vor Saigon, dass Promiskuität bei Männern in jungen Jahren normal sei. Filips Stimme störte sie aus der Lektüre auf.

»Ich bitte um Entschuldigung, Marie, ich weiß, dass Sie hier sind, aber …«

»Die Mami nervt immer noch?«

»Ja«, er lächelte, »könnte man so sagen.«

Sie stand mit dem geöffneten Buch vor ihm.

»Wieder ein wichtiger Satz?«

»Ich weiß noch nicht, ob er wichtig ist.«

»Lesen Sie ihn mir vor?«

»Nein.«

Sie wollte das Buch gerade zurückstellen, da fasste er sie an der Hand und zog sie mit sich zum Pult. Das Buch fiel zu Boden und Marie, überrascht, drückte seine Hand sanft und ließ sich zum Notebook neben der Kasse ziehen. Dort ließ Filip sie los und bedeutete ihr, sie solle sich setzen, was sie auch tat.

»Sie haben versprochen, einen Abschnitt aus meinem Roman zu lesen.«

Die Spontaneität des jungen Mannes hatte sie etwas aus dem Gleichgewicht gebracht. Und er schritt jetzt eben so unruhig vor dem Pult auf und ab, wie soeben beim Telefonieren. Marie versuchte, sich auf die dicht beschriebene Seite im Texteditor zu konzentrieren. Sie las langsam, setzte immer wieder neu an, und Filips Schritte liefen immer rascher und rascher zwischen den Regalen hin und her. Dann blieb er stehen, bohrte die Fäuste in die Hosentaschen und wippte in Erwartung des Urteils vor und zurück.

»Ein historischer Roman?« Marie sah vom Computer auf.

»Ja. Spielt Ende des vierzehnten Jahrhunderts, im Königreich Böhmen.«

Marie las die Seite zu Ende und erhob sich.

»Und? Wie finden Sie es?«

»Ich kenn den Kontext nicht…«

»Natürlich nicht. Aber die Seite, die Sie gelesen haben. Was sagen Sie dazu?«

»Sie schreiben lausig. Mindestens fünf dicke Böcke, Interpunktion grauenhaft, Wortstellung einigermaßen seltsam.«

Er blickte sie verdattert an.

»Sie haben mich gefragt, und das war meine Antwort.«

»Aber hier geht es doch nicht um Böcke …«

»Aha, wieso denn nicht? Ein Schriftsteller kann sich grammatische Fehler erlauben?«

»Ja, kann er ruhig. Dafür hat er andere. Korrektoren, Redakteure und so …«

Lächelnd verfolgte sie, wie er in Fahrt kam, sich andeutende Stirnfältchen, auf den Wangen ein Hauch von Purpur.

»… hier geht's doch um die Geschichte.«

»Die kann ich aber aus einer einzigen Seite nicht herauslesen.«

»Ich erzähl sie Ihnen. Ich erzähl sie Ihnen von Anfang bis Ende. Hätten Sie heute nach sieben Uhr Zeit, wenn ich hier zusperre? Dann können wir das besprechen, gern auch bei einem Wein.«

Und dann stand sie auf einmal vor der Buchhandlung, und die Sonne prasselte ihr auf die Stirn. Sie dachte an das Ende der Konversation, als wäre nichts, dabei hatte sie sich mit diesem jungen Mann verabredet. Sie stieg hinunter zum Fluss, Lärmen und Schreie drangen herauf, grüppchenweise zogen Boote vorbei, die Paddler riefen sich etwas zu und winkten den Touristen am Ufer. Sie nahm das ganze Treiben nicht wahr und stützte sich auf das Brückengeländer.

»Mein Gott, was machst du denn da?!«, hörte sie es auf einmal rufen. Sie schrak zusammen, als gelte es ihr. Als hätte man sie erwischt, und sei es auch nur bei ihren Gedanken. Die Paddler unter der Brücke waren es, ein verzweifelter Schrei, dann kippte das Boot.

Ihr blieben noch zwei Stunden, sie kehrte zurück in die Wohnung, duschte und zog sich um. Filip wartete, wie vereinbart, bei der Pestsäule auf dem Marktplatz. Die Touristen schienen nicht weniger zu werden. Er kannte ein Café, und sie fanden einen freien Zweiertisch. Zwei Gläser mit Rotwein.

»Ich bin Marie, zum Wohl.«

Er zögerte trotz allem. Das Duzen ging ihm nicht gleich von den Lippen. Er verhedderte sich ein wenig in die Geschichte der christlichen Tafelmalerei, Thema »Schöne Madonnen«. Man schreibt das Jahr 1398, ein alter Priester, Mitglied der päpstlichen Kommission, reist mit seinem jungen Adlaten, dem Diakon Matěj, durch die Länder der Böhmischen Krone, sie sind auf der Suche nach Tafelbildern der Schönen Madonna, die während der Gottesdienste die Aufmerksamkeit der Männer aus dem einfachen Volk auf sich lenkt. Das Klerikergespann entfernt die verführerischen Bilder, um die Moral in den Pfarreien zu heben. Sie wandern zu Fuß durch das Königreich, und alles läuft bestens, bis zu dem Augenblick, wo der junge Diakon sich in ein einfaches Mädchen vom Land verliebt, das ihm schöner erscheint als die schönste unter all den verbotenen Madonnen.

»Dieses Mädchen vom Land hat etwas Animalisches, Unmittelbares, und sie verführt den Diakon, nachts im Stroh. Sie wirft sich auf ihn …«

»Halt, halt, mach mal langsam.«

»Dann kommt eine eher leicht erotische Passage. Das stört dich?«

»An sich nicht, was mich stört ist, dass ich das schon mal irgendwo gelesen habe.«

»Wie, gelesen?«

»Und du auch, oder?«
»Wie meinst du das?«
»Na ja, halt so.«
»Was soll ich gelesen haben?«
»Umberto Eco? *Der Name der Rose*?«
Er schaute missmutig, trank von seinem Wein.
»Macht dir das Spaß?«, fragte er, und die amüsanten Fältchen gruben sich in seine Stirn.
»Was?«
»Offenbar ja.«
»Was soll mir Spaß machen?«
»Mich so zu zerhäckseln.«
»Sei nicht gleich so eingeschnappt.«
»Für dich bin ich also ein Plagiator.«
»Das hab ich nicht gesagt. Das Thema gefällt mir, aber du solltest daraus eine Geschichte machen, die wirklich von dir ist, originell.«
Er saß da und blickte in sein Weinglas.
»Du lachst über mich.«
»Das tu ich nicht.«
Es dauerte eine Weile, bis sich seine düstere Miene aufhellte. Schließlich lächelte er sogar.
»Ich hab dich gewarnt, Filip. Dass du dich mit einer Dozentin für Literatur nicht einlassen sollst.«
Als sie das Café verließen, war er immer noch ein bisschen verstimmt.
»Ich begleite dich. Wo wohnst du eigentlich?«
»Ich vermute, dass du mich nach dem heutigen Tag eher nicht mehr sehen willst.«
»Also, wo wohnst du?«
Seine Stimme hatte sich leicht gehoben. Und es klang ein wenig herrisch. Oder besitzergreifend. Sie blickte ihn erstaunt an. Seine Augen wichen aus.
»Im Schlossgraben, beim Bären. Mach's gut.«

*

Marie sah zum Fenster ihrer Plattenbauwohnung hinaus. Aus dem zweiten Stock hatte sie Milan, Šárka und ihr kleines blaues Auto von oben bestens im Visier. In Milans Mähne à la Bohémien zeichneten sich die Umrisse einer Tonsur ab. Šárka war unter der breiten Krempe ihres weißen Hutes versteckt. Marie eilte die Treppe hinab.

»Das hat ja echt gedauert! Fast die ganzen Ferien.«

Milan, ein begeisterter Anhänger jeder technischen Neuerung, führte Marie mit Überschwang seine kürzlich für das Smartphone erstandene Navigationssoftware vor, von der geleitet sie ohne herumzuirren oder jemanden fragen zu müssen, bis unter das Fenster von Maries Sommersitz gelangt seien. Den Rest des Tages gab er sich weitaus weniger gesprächig als sonst. Beim Spaziergang durch die Innenstadt hielten er und Šárka sich an der Hand, hatten die kleinen Finger ineinander verhakt, und mittags unter der Pergola des Restaurants war er sehr aufmerksam zu seiner Frau und überließ ihr auch meist das Wort. Marie mit ihrem Strohhut kam sich vor wie eine Landbewohnerin, die sich erkundigt, was in der Großstadt so los ist. Verteilte ihre Blicke zwischen Milan und Šárka. Als die Reihe an ihr war, versuchte sie ihnen zu erklären, was ihr in diesem Sommer in Krumlov und Přídonice bewusst geworden sei. Fasste es damit auch für sich selbst in Worte. Ein trister Januar und Februar in Prag. Im Frühling die Fahrten nach Süden und wieder zurück in die Stadt. Die unerwarteten Ferien in der Wohnung der Schwester, die Besuche bei den Eltern.

»Und deine Idee mit dem Häuschen auf dem Land?«, fragte Šárka. »Milan hat mir davon erzählt.«

»Nee. Das war nur … ein Augenblicksgedanke.«

»Du bleibst also in Prag?«

Sie nickte.

»Du hast also nicht vor, die Fakultät zu verlassen?«, fragte Milan.

»Ich hab gemerkt, dass ich es nicht schaffe, den Kurs völlig zu ändern, das Steuer um hundertachtzig Grad rumzuwerfen.«

Nach dem Mittagessen nahmen sie noch einen Kaffee und beobachteten das Getümmel in den überfüllten Krumlover Gassen. Marie hatte letztendlich ein gutes Gefühl, obwohl sie dieses Urlaubstreffen doch auch gefürchtet hatte. Endlich, so schien ihr, war sie imstande, sich ganz der Gegenwart hinzugeben. Der Ferienstimmung, dem lässigen Sommergeplauder mit Freunden. Sie fuhren zum Baggersee, und als sie die beiden in ihren Badesachen zum Wasser ziehen sah, Milans sich wölbenden Bauch, Šárkas blasse nachtschattige Haut, erschien ihr alles genau so, wie es sein soll, und sie schlummerte tatsächlich für einen Moment auf ihrem Badetuch ein.

FILIP
FILIP
FILIP

Dreimal kurz hintereinander war der Name auf ihrem Display erschienen. Milan hatte es jedes Mal registriert. Das flache Gerät lag neben ihrem Kopf auf dem Handtuch, gleich neben der gemeinsamen Decke von Milan und Šárka. Er stützte sich auf die Ellbogen, auf seinem Rücken glänzten die frischen Wassertropfen, da ging das Handy schon wieder. Er drehte sich nach ihm um, sah zu Marie. Ihre Blicke trafen sich. Marie lächelte vage und ignorierte das Gerät, schloss die Augen und legte sich mit dem Gesicht nach unten aufs Badetuch. Milans Blick verlosch unter ihren Lidern. Als die beiden sich dann noch einmal ins Wasser aufmachten, griff Marie nach dem Handy. Als ahnte sie, was passieren würde, blickte sie den sich Entfernenden nach. Milan wandte sich um, sah, wie sie ihre Nachrichten las. Sie fing seinen Blick auf.

Und wenn ich es mit einem anderen Thema versuchen würde? Einem aus Krumlov, zum Beispiel der Pest.

Marie las diese dritte Nachricht. Und tippte gerade die Antwort ein, als die beiden zurückkamen.

»Wir brechen schon auf, Marie.«

Sie schaute Milan überrascht an. Er und Šárka wirkten seltsam entschlossen, fast ernst.

»Aber wir wollten doch in Krumlov noch gemeinsam zu Abend essen.«

»Milan ist eingefallen, dass er am Abend noch einen Termin in Prag hat«, sagte Šárka.

Ein Krumlover Thema hätte ich schon. Ich ruf dich am Abend an.

Sie schickte die SMS ab und sah schweigend zu, wie ihre Gäste sich mit den Handtüchern rubbelten, als hätten sie nicht einmal mehr die zehn Minuten, um in der Sonne zu trocknen.

Auf der Rückfahrt nach Krumlov geriet das Gespräch gänzlich ins Stocken. Der kleine Peugeot hatte keine Klimaanlage. Marie saß hinten, durch das offene Fenster brandete die Luft asphaltglutgeladen auf sie herein, eine sengende Flut, die ihr offenes Haar wirbelte wie ein Fön. Sie ließ sich am Stadtrand absetzen, Milan und Šárka fuhren weiter nach Prag.

*

Es war Vormittag, aber Marie war schon in aller Morgenfrühe auf. Sie erreichte soeben, mit etwa einer Viertelstunde Verspätung, die Siedlung Plešivec. Parkte gegenüber des Archivs und stieg aus; Filip saß im Schatten auf dem Randstein. Sie dachte daran, wie sie ihm vor ein paar Tagen vor der Tür des Cafés den Rücken gekehrt hatte.

»Entschuldige, ich hab die Eltern ins Krankenhaus gebracht, wir mussten an der Anmeldung lange warten …«

Dieses Mal trug er kein Hemd, sondern ein weißes Shirt mit Aufdruck. Ein strahlendes Lächeln. Er kam ihr noch jünger vor, als er war. Und sie spürte immer noch den

Krankenhausgeruch an sich kleben. Noch bevor sie ausgestiegen war, hatte sie versucht, ihn mit ein paar Spritzern aus dem kleinen Flakon zu überdecken.

»Du hast ein Superauto«, sagte er bewundernd. »Kann ich mal schauen?«

Sie öffnete mit der Fernbedienung und ermunterte ihn, sich hinter das Steuer zu setzen. Er schlug die Tür zu und bedeutete ihr, sie solle auch einsteigen. Sie umrundete die Kühlerhaube und setzte sich auf den Beifahrersitz.

»Fahren wir eine Runde?«

»Nein, wir gehen doch ins Archiv.«

Seine Hände lagen auf dem Lenkrad, seine Sonnenbrille hatte verspiegelte Gläser.

»Wie seh ich aus?« Er wandte sich zu Marie.

»Wie James Dean.«

»Wer?«

Er untersuchte das Armaturenbrett, Marie lehnte sich in den Sitz zurück und begann mit leiser Stimme zu erklären, warum sie eigentlich ins Archiv gingen. Wie wichtig Recherchen für die Art von Prosa seien, die Filip zu schreiben beabsichtige. Er hörte brav zu, das Thema, das Marie ihm vorgeschlagen hatte, interessierte ihn auch. Egon Schiele und Český Krumlov. Eine österreichisch-ungarische Kleinstadt und der junge Maler und Bohemien, der aus der Wiener Akademie davongelaufen war und mit seinem Modell Wally auf Sommerfrische in den Geburtsort seiner Mutter fuhr.

»Danke für die Vorlesung, Frau Dozentin. Aber ich würd lieber eine Runde drehen.«

»Wir steigen schön aus, mein Junge, sonst braten wir hier noch durch.«

»Mein Entschluss, Marie, steht fest. Ich werde Literatur unterrichten. Ich will nämlich auch so ein Auto.«

Sie musste aufrichtig lachen.

»Dann hör mal lieber auf deine Mami, und geh Jura studieren.«

Vormittags war es draußen noch ganz gut auszuhalten, dafür war es in dem niedrigen Innenraum schwül und heiß. Sie setzten sich an einen Tisch, die Archivarin, die auf sie zukam, beäugte sie vom ersten Moment an misstrauisch.

»Egon Schiele? Gehen Sie doch in die Bibliothek, da finden Sie über ihn alles.«

»Aber wir möchten etwas Neues herausfinden, was noch nicht in den Büchern steht«, sagte Marie freundlich.

»Sie machen wohl Scherze?«

»Warum?«

»Hier hat Herr Wischin längst schon alles gefunden.«

»Wer?«

»Franz Wischin aus Österreich. Vor etwa vierzig Jahren schon.«

»Uns würden Dokumente aus den Jahren 1911 und 1912 interessieren.« Marie ließ sich nicht beirren.

»Ich kann Ihnen kopieren, was wir hier haben. Aber das finden sie sowieso alles in den Schiele-Monographien ...«

Nach einiger Zeit brachte sie eine Kopie, die den Aufenthalt Schieles im Hotel Stadt Wien verzeichnete, und drei dicke Bände aus dem Archiv, die Filip und sie erbeten hatten. Die Seiten wirkten gammelig, müffelten, der Staub, der daran haftete, setzte sich an den Fingerkuppen ab. Sie blätterten sich durch die Geschichte der Stadt, Protokolle von Stadtratssitzungen aus den Jahren vor dem Ersten Weltkrieg. Filips jungenhaft ausgelassene Stimmung behauptete sich auch hier zwischen den Wänden des Archivs und steckte Marie an. Sie versuchten, das unwillkürlich aus ihnen hervorbrechende Lachen zu zügeln, und die Archivarin musste sie ermahnen. Als sich die Blicke der beiden Damen ungefähr gleichen Alters begegneten, spürte Marie die unausgesprochene Frage in den Augen der anderen: ›*Meine Güte, wie alt bist du denn eigentlich?*‹ Marie blickte in die von den Brillengläsern vergrößerten Augen, spürte zugleich Filip neben sich auf dem Stuhl und noch etwas: die strengen Vorwürfe der Archivangestellten waren ihr gleichgültig. Obwohl sie im Lesesaal allein waren, kam die Archivarin erneut und wies darauf hin, dass die hier geltenden Regeln unbedingt zu beachten seien, vor allem dürfe man andere Wissenschaftler nicht durch lautes Lachen und Reden stören.

»Ich hab keine Lust mehr«, erklärte Filip nach nicht ganz zwei Stunden. Sein Notizblock war, abgesehen von ein paar sinnlosen Kritzeleien, vollkommen leer.

Unter den strengen Blicken der Archivarin brachen sie auf, trugen sich in das Besucherbuch ein und hörten zum Abschied hinter sich herrufen:

»Alle sind wie verrückt hinter diesem Schiele her, dabei war das ein sehr problematischer Mensch, erst in letzter Zeit hat man ihn großgeredet.«

Filip prustete los, aber da standen sie schon vor dem niedrigen Archivgebäude in der sengenden Mittagssonne. Als sie über die Schwelle getreten waren, hatte das Lachen aufgehört. Es war jetzt nicht mehr verboten.

»Tja, erfolgreicher als die Bauern bei Chlumec waren wir mit unseren Recherchen auch nicht.«

Marie streckte den Rücken durch und warf einen Blick auf die Uhr. Sie sahen sich an, und wieder lachten sie los.

»Wie man's nimmt, Filip«, meinte Marie, als sie sich beruhigt hatten. »Jaroslav Hašek nennt so was einen moralischen Sieg. Wir haben zwar eins auf die Gosche bekommen, aber der Geist ist ungebrochen.«

»Und was machen wir jetzt?«

»Du musst nicht ins Geschäft?«

»Eins der Mädchen springt für mich ein. Ich geh das dann nur kontrollieren …«

»Eine von den Schlossführerinnen?«

»Ja, Zuzka. Sie hat heute frei.«

Fast hätte sie es schon ausgesprochen, schluckte es aber doch wieder hinunter und ließ das Ganze noch ein bisschen in sich garen. Ein zu kühner Vorschlag? Und im selben Augenblick fühlte sie Hass auf sich selbst, auf ihre ewige Bedenkenträgerei, die Angst vor den Konsequenzen. Und sprach es aus.

»Und, fahren wir baden, an den Baggersee?«

In der Wohnung, wo sich die überhitzte Luft staute, riss sie gar nicht erst eins der Fenster auf, nur den Kleiderschrank. Im Bad streifte sie alles von sich, stellte den Hahn auf kalt, aber aus der Dusche plätscherte es trotzdem lau. Nackt vor dem Spiegel. Dann in Badesachen. Jetzt war keine Katka zugegen, keine anderen, unparteiischen Augen, hier war einzig und allein ihr Blick auf sich selbst. Liebe deinen Körper, hatte Katka ihr immer geraten, die sich selbst als »hängebäuchig« bezeichnete. Marie war sich nicht mehr sicher. Der Bauch hängt ein bisschen. Oder nicht? Ganz sicher hatte er vor zehn Jahren noch anders ausgesehen. Und die Brüste? Liebe deinen Körper, wirklich ein guter Rat. Und auch im Hier und Jetzt zu leben, hatte Katka Marie geraten. Wir geben uns gegenseitig Ratschläge, nach denen wir sowieso nicht zu leben verstehen. Sie behielt den Bikini an, schlüpfte in ihre Shorts und streifte ein Shirt über.

Sie hupte vor dem Wohnheim am Stadtrand. Filip kam aus der Tür, mit weißer Baseballmütze und der verspiegelten Sonnenbrille, in der sich ein Stück Himmel und das Geäst der Straße zeigten.

»Ich würd gerne fahren.«

»Nein.«

»Warum nicht? Marie …«

»Also steigst du jetzt ein, oder gehst du zu Fuß?«

Er ging um das Auto herum, warf seinen Rucksack in den Fond. Und setzte sich dann mit mürrischem Gesicht nach vorn.

»Du ziehst ein Gesicht wie ein beleidigter kleiner Junge«, sagte Marie nach zehn Minuten Stille. Sie waren schon auf der Straße hinter der Stadt, die Mähdrescher fraßen das überreife Getreide von den letzten Feldstreifen, und über den Himmel zogen nur vereinzelte Weben, die gar nicht an Wolken erinnerten.

»Gute Sache, so eine Klimaanlage.«

»Hurra, der Herr spricht wieder.«

Sie gingen das Förderband entlang, das früher den Sand transportiert hatte, die Stahlkonstruktion rostete vor sich hin, Unkraut und Anflug hatten es über die Jahre eingewuchert. Die Sonne prügelte von oben herab, und das verdorrte Gras raschelte unter den Sandalen. Sie breiteten ihre Handtücher im Schatten unter den Kiefern aus. Etwa zehn weitere Leute waren da. Und der See mit glasklarem Wasser. Der Sand am Ufer war glutheiß und reflektierte das Licht. War wie zu Glas zerschmolzen und brannte die nackten Sohlen, bevor sie das Wasser erreichten. Sie schwammen nebeneinander her inmitten einer ruhigen, durchwärmten Fläche.

»Ich bleibe bei meinem Thema, bei den Schönen Madonnen«, sagte über dem Wasser ein Kopf mit blauen Augen und nassen blonden Haaren, die sich um eine braun gebrannte Stirn ringelten.

»Warum nicht? Dazu findest du Material in Hülle und Fülle.«

»Lass uns einen Ausflug nach Zlatá Koruna machen.«

»Warum?«

»Da gibt es doch einen Altar mit Madonna. Im Kloster, ich brauch eine Inspiration, verstehst du …«

Die Augusthitze hatte ihre Körper getrocknet, kaum dass sie sich auf die Badetücher gelegt hatten.

»Ich creme dir den Rücken ein.« Filip richtete sich auf seinem Handtuch auf. Sie reichte ihm die Tube.

»Darf ich?«

Er öffnete die Spange ihres Bikini-Oberteils. Sie fühlte seine Hände, wie sie die Creme in die Haut rieben, fühlte die Finger sanft ihre Schultern massieren. Die Handflächen fuhren an der Wirbelsäule entlang und verweilten in der Mulde über dem Kreuzbein. Dann fassten die Finger behutsam nach dem Stoff und zogen ihn langsam nach unten, bis halb über das Gesäß hinab, und sie wandte sich über die Schulter.

»Das reicht, Filip.«

Als Marie Filip den Rücken einrieb, meldete ihr das Handy den Eingang einer SMS.

VERONIKA
Im Supermarkt an der Tanke haben sie Pillenboxen im Angebot. Hohe und flache. Kauf von beiden je eine.

Marie streckte sich auf dem Badetuch aus und hielt das Telefon ans Ohr. Die Schwester nahm sofort ab.

»Wie sieht denn so eine Pillenbox aus?«

»Du weißt nicht, was eine Pillenbox ist?«

Wieder dieser angespannt ironische Ton.

»So ein Dosierer mit Fächern für die Tabletten. Die Mutter ist sklerotisch, der Vater sieht ohne Brille nichts und hat zittrige Hände. Da füllen wir für jeden Tag in der Woche die richtige Dosis ein, und sie können dann nichts verwechseln.«

»Gut, kauf ich.«

»Wie ist es im Krankenhaus gelaufen?«

»Wir mussten lange warten. Die Mutter liegt im zweiten Stock auf der Station I, der Vater im dritten auf der K...«

Vom Wald herüber wehte das Rascheln der Blätter, das Knarren der Bäume, im Gras spielte ein Insektenorchester, und Marie versuchte, ihr Gehör darauf einzustimmen, sie schloss die Augen, und ihre Gedanken und ihr Bewusstsein entschwebten für einen Moment. Aber der steinige, unebene Boden drückte sich durch das Tuch, eine physische Misslichkeit, die sich Geltung verschuf und sie wieder auf die Erde zurückholte.

»Hast du die Erzählung gelesen, die ich dir per Mail geschickt hab?«

»Ja.«

»Und?«

Sie drehte sich zu ihm. Er lag auf dem Rücken, die Augen gegen die Helle der Sonne geschlossen.

»Vom Stil her erinnert mich das an den jungen Truman Capote.«

»Von dem hab ich nichts gelesen.«

»Du hast Capote nicht gelesen? Das ist ein Fehler.«

»Ich hatte eher Lob erwartet.«

»Wofür? Dafür, dass du die amerikanischen Klassiker nicht kennst?«

»Dass ich kein Plagiator bin. Wenn ich von ihm nichts gelesen hab, dann heißt das …«

»Komm runter.«

»Dauernd belehrst und ermahnst du mich nur. Merkst du das eigentlich?«

»Deine Mami hat dich zu wenig gelobt?«

»Hör auf damit, Marie.«

Sie rollte sich auf den Rücken und beobachtete eine Zeit lang sein erzürntes, makelloses Gesicht. Er tat, als würde er schlafen, doch war unverkennbar, dass er die Lider nur wegen ihr geschlossen hielt. Sie schloss die Augen auch.

»Zu etwas ist diese Hitze wenigstens gut. Ich fahre zu den Eltern Wäsche machen, und wenn ich sie draußen aufhänge, ist sie in einer halben Stunde trocken.«

»Ich will kein dämliches Jurastudium. Ich will Literatur und Kunstgeschichte studieren.«

»Stell dir mal vor, meine Mutter kann nicht auf der linken Seite schlafen. Sie kann ihren Kopf nicht auf den Arm legen, in dem die Dialysefistel gelegt ist. Weil sie dann hört, wie das Blut rauscht.«

»Ich wollte an die Philosophische Fakultät. Aber meine Mutter ist Unternehmerin, ist im Business. Die hat nur gespottet. Die Philosophie, die bringt so richtig was ein, da ist die Zukunft gesichert …«

»Früher sind wir mit der Mutter nur einmal im Vierteljahr in die Nephrologie. Jetzt schon jeden Monat.«

»Ich pfeif auf eine gesicherte Zukunft. Ich hab es dann an der sozialwissenschaftlichen Fakultät versucht. Ich will etwas studieren, was mir Spaß macht, ich will mein Leben leben. Ich habe außer für Jura heimlich auch noch die Aufnahmeprüfungen für Journalistik gemacht.«

»Keine Ahnung, wie es um die Mutter bestellt sein wird, wenn die Ferien zu Ende gehen. Und um den Vater. Sie sind nicht mal mehr in der Lage, ihre Medikamente richtig zu nehmen. Können beide die Tabletten fast nicht mehr sehen, und sie nach den Farben unterscheiden, können sie auch nicht mehr …«

»Ich will mich beweisen. Einen großen Roman schreiben oder eine Reportage über eine Weltreise. Verstehst du? Ich will meine eigene große Geschichte und nicht mich in einer blöden Anwaltskanzlei durch Paragrafen wühlen und nichts als Geld verdienen. Meine Mutter hat Angst, dass ich wieder nicht mit Jura anfange, wie letztes Jahr. Sie weiß noch gar nicht, dass die Buchhandlung in einem Monat schließt.«

»Der Schwager fährt auf Montage, die Schwester hat zwei Arbeitsplätze. Und die Eltern wollen aus ihrem Haus auf dem Dorf auf keinen Fall weg.«

»Ich würde gern in deine Vorlesungen kommen, Marie. Ich werde in der ersten Reihe sitzen und dich geradezu aufsaugen, jedes Wort, und überhaupt dich und …«

»Könntest du deine Hand da wegtun?«

Widerwillig zog er die Hand zurück, die er auf ihren Bauch gelegt hatte.

»Ich wär dein Student. Das wär schön, oder?«

»Es gibt inzwischen einen Kranken-Service, den man anmieten kann. Die kommen, dosieren die Medikamente, bringen das Essen. Räumen auf. Aber meine Schwester will das nicht.«

»Mir schwirrt der Kopf von dir, Marie. Ein Jahr lang war ich jetzt in der Buchhandlung, aber deinetwegen habe ich größere Pläne. Und Journalistik ist doch nicht so weit weg von der Literatur, na, sag schon?«

»Filip, ich glaub, du hast einen Sonnenbrand.«

»Kann ich deine Hand halten?«

Sie zog die Hand zur Seite, lag immer noch mit geschlossenen Augen unter einem Himmel, aus dem die Helligkeit brach. Er tastete auf dem Sand nach ihren Fingern. Auf dem Rücken nebeneinander lagen sie da, bis Schatten sich über das sandige Ufer legten. Da machten sie sich auf, schwammen noch einmal und ließen sich trocknen.

»Lass mich wenigstens das Stück auf dem Feldweg fahren. Bitte.«

»Nein.«

Im Auto roch es nach Sonnencreme und nach dem Wald ringsum. Filip schwieg, er war gekränkt. Als Marie sich zu ihm drehte, sah sie ihr Gesicht im Spiegel seiner Gläser.

»Du benimmst dich wie ein kleiner störrischer Junge.«

Erst kurz vor Krumlov begann er wieder zu reden. Als das Auto vor dem Wohnheim anhielt, wandte er sich zu Marie, fasste sie an den Schultern und küsste sie rasch auf den Mund. Stieg aus und winkte ihr von der Wohnheimtür. Weißes Shirt, Sonnenbrille. James Dean, der nie von James Dean gehört hatte.

*

Marie trug den letzten vollen Sack vom Rasenmäher zum Kompost. Über dem schütteren Gras zwischen den Obstbäumen schwebte immer noch Benzingeruch. Während der ganzen gemeinsamen Gartenarbeit hatte sie Veronikas prüfenden Blick auf sich gefühlt.

»Das haben wir schnell geschafft«, merkte Marie an, als sie der Schwester half, den Rasenmäher unter das Scheunendach zu bugsieren.

»Hm«, stimmte Veronika zu, »wir können froh sein, dass es bei dieser Hitze gar nicht so sehr wächst.«

»Wer wird denn das Holz sägen, das Láďa hergebracht hat.«

»Rat mal, Schwester. Hast zwei Versuche.«

»Mensch, Verča, das meinst du nicht ernst?«

»Láďa wird bis in den Oktober hinein unterwegs sein, auch an den meisten Wochenenden. Und die Eltern kleben noch immer an ihrem Haus, also brauchen sie im Winter was zu heizen.«

»Und du kannst mit der Motorsäge umgehen?«

»Klar«, grinste Veronika.

Marie schaute über den Hof, die Bilder des Vaters lehnten seitlich am Mäuerchen. Die Schwester musterte Marie wortlos.

»Warum lächelst du denn heute die ganze Zeit so komisch?«

Veronika sagte nichts, nahm von Marie die Plastikflasche mit dem Wasser. Trank in vollen Zügen, ihr Shirt war durchgeschwitzt.

»Wen hast du denn bei dir in der Wohnung?«

»Wie bitte?«

»Als ich dich gestern Abend angerufen hab, hast du dort was zu jemandem gesagt.«

»Ach ja, das war Katka. Die ist gerade bei mir aus Prag auf Besuch. Die kennst du doch, die war schon ein paar Mal in Přídonice.«

»Warum ist sie dann jetzt nicht mitgekommen?«

»Meinst du hierher? Die vergnügt sich ein bisschen in Krumlov.«

»In Krumlov kenne ich ziemlich viele …«

»Na und?«

»Da hab ich was gehört …«

»Was denn?«

»Mit wem treibst du dich da in der Stadt herum? In Plešivec, beim Schloss, im Café …«

Marie schüttelte nur den Kopf.

»Was ist das für ein Bubi?«

Marie bedachte die Schwester mit einem ärgerlichen Blick.

»Streit bloß nichts ab. Wie heißt er?«

»Filip.«

»Ah, da schau an. Und das ist wer?«

»So ein Adonis.«

Die Schwester verstummte. Das kannte Marie – Veronika reagierte allergisch, wenn Marie ein Fremdwort gebrauchte. Sie sah das als Überheblichkeit. Auch jetzt drehte sie einfach ab, ging weg. Marie folgte ihr langsam und fand sie in der Küche. Ohne die Eltern wirkte der kleine Raum mit seinem

Fenster zum Hof ungewohnt leer. Die Hitze drinnen war unerträglich.

»Meinst du nicht, dass wir diese Spielchen schon lassen könnten?«, fragte Marie. »Dafür sind wir beide zu alt.«

»Wovon redest du?«

»Das weißt du sehr wohl.«

»Weiß ich nicht.«

»Zum Beispiel von deinem ständigen Beleidigtsein.«

»Aha. Und was mach ich sonst noch falsch? Was passt dir nicht an mir?«

»Du hältst dich nicht grade.«

Veronika stand am Spülbecken und blickte über die Schulter.

»Du bist gekrümmt, und weißt du warum?«

Veronika ließ von ihrer Arbeit ab und stellte sich vor Marie hin. Der Ton ihrer Stimme glitt in dunkle Abgründe.

»Nein, verrat es mir. Mein kleines, kluges, hübsches Schwesterlein …«

»Verča, ich hab dich lieb … ich will mich nicht ständig mit dir streiten.«

»Spuck's aus, wenn du schon angefangen hast.«

»Darüber haben wir doch so oft gesprochen. Du weißt selber längst …«

Marie schien es, als hätte alles in diesem Haus auf dem Dorf nur dann einen Sinn, wenn die Eltern da wären, die mit diesen Räumen verwachsen waren. Ihre Anwesenheit war in den Putz gesickert, saß in den Bodenbrettern, in den Vorhängen, in allem war ihr Körper, ihre Seele zu schmecken. Auch jetzt, wo beide in Krumlov im Krankenhaus lagen, konnte Marie sie spüren, hier in diesen vier Wänden der Küche, die von jeher Mittelpunkt des häuslichen Lebens gewesen war. Aber sie und auch Veronika gehörten schon lang nicht mehr hier herein. Und doch war es so, als stünde der Vater eben jetzt zwischen ihnen.

»Du warst die ältere Schwester, ich hab dir gehorcht, du warst mein Vorbild, aber nur bis zu einem bestimmten Moment, bis ich erlebt habe, dass es geht.«

»Dass was geht?«

»Sich dem Vater entgegenzustellen, was du nicht geschafft hast.«

»Dramatisier bloß nicht«, fiel Veronika ihr ins Wort, »du warst das Hätschelkind, du hattest es beim Vater viel leichter.«

»Ja, glaubst du? Aber einen Bub wollte er trotzdem aus mir machen.«

»Du übertreibst.«

»Du hast das eben akzeptiert. Du hast dich sogar dafür geschämt, dass du Brüste bekommst, hast die Schultern ständig nach vorn gedrückt, damit man deine Brüste nicht sieht, und das ist dir bis heute geblieben …«

»Dafür hast du sie geradezu vor dir hergetragen. Ewig die tiefen Ausschnitte und die hautengen Shirts.«

»Ja, bis mir der Vater ein paar gescheppert hat, ich sollte mich umziehen gehen, da war ich sechzehn oder so. Aber ich bin nicht gegangen, ich hab das durchgekämpft, verstehst du?«

»Natürlich, dir ist einfach alles geglückt, selbst einen reichen Mann hast du dir noch geangelt.«

»Ich versteh nicht, was du mir jetzt noch neidest? Den miesen Lohn an der Uni? Und gegen Luboš hast du immer gestichelt, hast ihn nicht ausstehen können. Na gut, ich hab ihn nicht mehr, ich bin allein, keiner mehr da, der mir teure Klamotten kauft, zufrieden?«

»Und da kreuzt du dann auch bei uns im Dorf wieder ab und zu auf?«

»Verča, ich weiß, dass alles hier im Großen und Ganzen an dir hängt, aber ich kümmere mich doch auch, bin hier den ganzen Sommer, koche, wasche, putze …«

»Schon gut. Wenigstens kommen die Männer im Dorf dann ein bisschen auf ihre Kosten.«

»Was meinst du damit?«

»Wenn du in deinen hohen Stiefeln von der Bushaltestelle kommst, Rock bis zum Knie, enger Pulli …«

»Ja, und im Sommer trage ich Pumps mit hohen Absätzen. Hier hat also jemand ein Problem damit, wie ich mich kleide?«

»Die Männer hecheln das manchmal im Wirtshaus durch.«

»Und kommentieren es sicher sehr pikant?«

»Was weiß ich.«

»Was sagen sie denn, dass ich extravagant bin?«

»Solche Fremdwörter kennen die nicht.«

»Was für Wörter hagelt es dann an meine Adresse?«

»Ziemlich gpfefferte.«

»Und du?«

»Was ich?«

»Du stimmst mit ein.«

»Warum denn?«

»Hast du mich je verteidigt, Verča? Vor ihnen?«

»Hör schon auf.«

»Mich würde das aber interessieren.«

Und derart standen sie noch eine Weile mitten in der Küche gegeneinander.

»Was stört dich denn so sehr an mir?«, fragte Marie leise. »Außer der Kleidung.«

»Was? Zum Beispiel das ewig Beherrschte.«

»Ich und beherrscht?«

»Wie du dich immer so völlig im Griff hast. Von dir hab ich nie ein vulgäres Wort gehört.«

Marie spürte den Schweiß unter ihrem Shirt hinablaufen. Sie setzte sich an den Tisch, fühlte die Schwester im Rücken, dann plötzlich erschien sie vor dem Fenster im Hof. Sie saß auf dem Betondeckel des Brunnens und biss in einen gelben Sommerapfel. Warum eigentlich muss immer ich diejenige sein, die sich am Schluss versöhnen geht, dachte Marie. Kopfschmerzen setzten ein, in der stickigen Küche ließ sich an diesem Augustnachmittag fast nicht atmen. Sie nahm den Tischkalender von der Kredenz. Blätterte zurück und wieder vor. Termine im Krankenhaus, beim Kreisarzt, Blutdruckkontrolle, Nephrologie, Apotheke. Seltsamer Sommer. Sie stellte den Kalender zurück und trat in den dunklen Gang, aber auch er vermochte nicht mehr zu kühlen. Sie ging hinaus in die Glut des Hofes.

»Ich fahr dann. Katka wartet in Krumlov auf mich. Zu den Eltern ins Spital geh ich morgen Vormittag nach der Visite.«

Veronika kaute langsam ihren Apfel und blickte abwesend zur Scheune. Die sich neigende Sonne brannte ihr auf den Scheitel.

»Ich ruf dich an, wie's steht«, sagte Marie noch, wandte sich und ging zum Auto, das sie diesmal vor dem Tor gelassen hatte.

»Wart«, hörte sie hinter sich.

Im Gesicht der Schwester bemerkte sie den ihr nur allzu vertrauten gelangweilten Ausdruck. Sie kannte diese Maske, unter der Veronika verbarg, dass ihre Gedanken um etwas Bestimmtes kreisten.

»Was bedeutet das eigentlich?«

»Was?«

»Dieses Wort.«

»Welches Wort?«

»Ado … Adonis?«

Marie lächelte. »Das interessiert dich wirklich?«

»Das ist der Name von wem, oder was?«

»Das ist eine Gestalt aus der griechischen Mythologie.«

»Aha«, Veronika zuckte die Schultern. »Da hab ich wahrscheinlich grad in der Schule gefehlt.«

»Das war ein schöner Jüngling, der Sohn des Königs von Zypern.«

»Und was war mit dem?«

»Zwei Göttinnen haben sich gleichzeitig in ihn verliebt, Aphrodite und Persephone, die Gemahlin des Unterweltgottes.«

»Und dann?«

»Beide wollten ihn zum Geliebten, und da sie sich nicht einigen konnten, hat ein Gericht entschieden.«

»Und wie?«

»Sie mussten sich ihn teilen. Jede konnte ein Drittel des Jahres mit ihm verbringen. Das letzte Drittel hatte er frei, um sich zu erholen.«

»Eine schöne Geschichte«, grinste Veronika, »hast du da zu Hause irgendein Buch?«

»Fragst du im Ernst? Du liest doch nur Krimis und Thriller …«

*

Ein widerwärtiger Morgen. Klebrig träge, merkwürdig verhangen von Schweigen. Aus den Plattenbauwänden strahlte die angesammelte Sommerwärme. Katka erklärte in die Stille beim Frühstück hinein, sie würde schon früher fahren. Wich mit dem Blick ein wenig aus.

»Aber wir sind am Nachmittag doch bei der Friseuse bestellt …«

»Könntest du das bitte absagen? Das heißt, was mich betrifft. Du hast doch Petras Nummer, oder?«

»Ich geb sie dir, ruf sie selber an.« Marie langte nach dem Telefon. »Aber wir wollten doch mit Petra und Irena noch mal zum Baggersee baden.«

»Du hast sowieso keine Zeit für mich«, wandte Katka ein.

»Natürlich hab ich Zeit. Ich bring nur die Eltern aus dem Krankenhaus nach Přídonice zurück und bin kurz nach Mittag wieder da.«

Katka speicherte die Nummer ins Handy, die Marie ihr diktierte und ging zum Telefonieren ins Nebenzimmer. Marie sah ihr überrascht hinterher. Auf der Küchenzeile lag die große grüne Melone, die Katka aus Prag mitgebracht hatte. Und Marie ging der vorangegangene Abend durch den Kopf und das Gespräch beim Wein. Katka hatte auf ihrem Nachmittagsspaziergang durch das alte Krumlov in der Buchhandlung vorbeigeschaut. In der Wohnung waren sie erst bei Einbruch der Dämmerung wieder zusammengekommen, saßen bei einem Glas Rotwein, und Marie traf immer wieder auf einen fremden Blick, auf ein verschlossenes Gesicht. Dir ist damit ernst? Mehrmals hatte Katka diese Frage gestellt. Wie alt ist der denn überhaupt? Einundzwanzig? Die Empörung in Katkas Stimme hatte Marie überrascht. Und noch mehr überrascht hatte sie, dass sie in Streit gerieten. Nach allen Regeln der Kunst. Zum ersten Mal in all den Jahren. Marie versuchte im Nachhinein zu ergründen, worum dieser Streit sich gedreht hatte? Letztlich wohl darum, wer von beiden die größere Spießerin war. Marie hatte nicht einschlafen können, hatte sich in der Hitze hin und her gewälzt, hatte Katka im Zimmer atmen hören und überlegt, ob sich die Sache wieder einrenken würde.

Beim Frühstück hatte Katka als Erste davon angefangen.

»Kannst du dir eine gemeinsame Zukunft vorstellen?«

»Nein, gar nicht. Ich lebe in der Gegenwart. Das hast du mir unlängst selber ans Herz gelegt, erinnerst du dich?«

»Ich hab nur versucht, dir zu helfen.«

»Wie gut wir doch andern immer zu raten wissen? Sätze aus esoterischen Handbüchern, nach denen wir sowieso nicht zu leben verstehen.«

Marie verspürte keine Lust, Katka zum Bleiben zu überreden. Sie stieg hinter ihr die Treppe hinab, trug ihr die Badetasche, alles andere hatte Katka genommen und schweigend ins Auto gepackt. Beide bemühten sich um ein nettes Lächeln zum Abschied.

Marie kehrte zurück in die Wohnung, die Riesenmelone war alles, was von Katka geblieben war. Marie schrieb rasch eine SMS an Lenka, deren Urlaubsreise bald enden würde. Dann verdunkelte sie die Fenster und eilte wieder nach unten. Hinter dem Steuer hatte sie das Gefühl, dass sie den Weg von Plešivec ins Krankenhaus inzwischen auch mit verbundenen Augen hätte zurücklegen können.

Beide im Auto zu haben, war irgendwie eigentümlich. Der Vater setzte sich nach vorn und fragte während der Fahrt nach allem Möglichen, inspizierte das Armaturenbrett und beobachtete Marie am Steuer. Er konnte einfach nicht glauben, dass seine Tochter, die doch gar kein technischer Typ war, ein so großes Auto chauffierte. Die Mutter saß still auf der Rückbank, zu hören war nur ihr Atem. Auch der Atem des Vaters ging etwas schwer. Zweifacher Atem, das Schlagen zweier alternder Herzen. Sie sah den Eltern an, wie sie sich nach den Tagen im Krankenhaus auf Zuhause freuten, wie sie auflebten, als sie vor dem Tor aus dem Wagen stiegen. Der Vater verweilte auf der Bank auf dem Außengang, die Mutter schaute sich in der Küche um, und als sie sich gesetzt hatten, drückte sie Maries Hand. Es war geputzt, gekocht, der Kühlschrank war gefüllt.

Den Vater fand sie im Schatten vor dem Mäuerchen; auf den Stock gestützt stand er vor seiner Galerie.

»Ich weiß gar nicht, Papa, was diese drei Bilder nebeneinander bedeuten. Zum Beispiel hier dieser grüne Hügel?«

»Der Hügel, das ist der Žlebský vrch, der Rohrenberg«, er deutete mit dem Stock auf die erste Holztafel. »Im Grenzstreifen zu Österreich.«

»Und die zwei nächsten Bilder schließen daran irgendwie an, oder?«

»Ja. Auf dem dritten die Häuser, das ist ein Dorf in Österreich.«

»Und wann warst du da? Vor ein paar Jahren, mit der Mutter auf dem Weg nach Linz?«

»Nein«, lächelte der Vater. Er heftete den Blick nach unten auf das bebilderte Brett, sein Unterkiefer ging wie ein stilles Mahlwerk, als wollte er etwas sagen, aber die Lippen blieben verschlossen. Vom Außengang her rief die Mutter, das Essen sei fertig. Ein Mittagessen hatten sie im Krankenhaus nicht mehr bekommen, und es war halb zwei.

»Neunundvierzig sind der Pepa Hanzal und ich über die Grenze.«

»Was? Du und der Bruder vom alten Hanzal?«

Der Vater rührte sich nicht, hielt den Griff seines Stockes umklammert. Auf Stirn und Schläfen glänzte der Schweiß, die Hitze stieg.

»Davon hast du nie erzählt. Da warst du … sechzehn?«

»Ja, sechzehn. Der Pepa war achtzehn.«

»Und ihr seid illegal rüber?«

»Ja, wir sind abgehauen. Jeder mit einem Rucksack. Pepa kannte die Wege. Damals war da noch kein Stacheldraht.«

»Wolltet ihr drüben bleiben?«

Der Vater schwieg.

»Und wie war das dann? Wann seid ihr zurück?«

»Kommt ihr jetzt essen oder nicht?«, rief es erneut von der Tür.

»Das erzähl ich dir anderswann. Ich bin nach etwa zwei Wochen zurück. Der Pepík gleich am dritten Tag.«

Sie traten in die pralle Sonne und gingen über den Hof.

»Ich hätte nie gedacht, dass du je von hier wegwolltest.«

»Der Pepík, der hat mir das damals ein bisschen eingeredet. Daheim war er rausgeflogen; er hat seinem Vater vorgeworfen, dass er auf der Gemeinde gemeinsame Sache mit den Kommunisten macht. Unser Großvater, der Legionär, war damals schon ein Jahr tot, und ich hab meinem Vater auch ein bisschen übel genommen, dass er sich das alles gefallen lässt, dass er das Sattlerhandwerk und die Wirtschaft nach und nach liquidiert. Ich hab ihm gesagt, dass sie uns irgendwann auch die Pferde wegholen. Und ein paar Jahre später ist es auch so gekommen …«

»Aber der Pepík ist nicht nach Přídonice zurück?«

»Nein, der ist irgendwo in Prag untergetaucht, heißt es, ich hab ihn nicht mehr wiedergesehen«, sagte er und blickte zum Zaun und dem dahinterliegenden Hanzal-Hof.

»Ist er denn nie mehr hergekommen?«

»Damals die Zeit hat viele Familien zerrissen … Angeblich war er ein paar Mal da, bei uns hat er sich aber nicht blicken lassen.«

Marie sah das Kinn des Vaters leicht zittern.

»Tut es dir weh, dass er sich nie bei dir gemeldet hat?«

»Er war für mich wie der Bruder, den ich nie hatte. Aber heute ist das schon einerlei.«

»Ich werd ihn in Prag ausfindig machen.«
»Er lebt nicht mehr.«
»Woher weißt du das?«
»Von Hanzal, vor ein paar Jahren hat er's im Wirtshaus gesagt …«

*

Marie saß in dem Wellness-Sessel und blickte vor sich in den Spiegel, auf Petras Hände in ihrem Haar. In dem Mini-Friseursalon unter dem weißen Gewölbe gab es zwei Sessel. Einer war leer, und dieser Anblick verursachte Marie ein ungutes Gefühl in der Magengegend.

»Ich hätte nie gedacht, dass es zwischen uns zu so etwas kommen könnte«, sagte sie.

»Katka wollte dir diese Bekanntschaft ausreden?«

»Wenn es nur das gewesen wäre. Sie hat mich im Grunde verworfen, abgeurteilt.«

»Hast du versucht, ihr das irgendwie zu erklären?«, fragte Petra.

»Schon, aber mit ihr war einfach nicht zu reden. Sie ist völlig ausgerastet, zumindest einen Moment lang.«

»Und hast du eine Erklärung?«

»Neid? Oder was?«

»Ich weiß nicht, Marie, ich kenn sie ja nicht.«

»Und dabei hat sie mich noch vor Kurzem ermuntert. Egal was ich tue, Hauptsache, ich tu was, damit ich wieder das Gefühl habe zu leben.«

»Und jetzt war sie empört?«

»Ich verstehe, dass sie überrascht war, als sie Filip gesehen hat und ich ihr gesagt hab, wie alt er ist. Wenn sie mich ausgelacht hätte, oder mir den Vogel gezeigt. Aber so eine Reaktion, so beleidigt und verbohrt, das hab ich nicht erwartet.«

»Katka hat einen erwachsenen Sohn, oder?«, sagte Petra. »Vermutlich in etwa so alt wie Filip. Vielleicht hat sie sich vorgestellt, wie es wäre, wenn eine Frau in eurem Alter mit ihm was anfängt.«

Sie registrierte im Spiegel Maries Reaktion, den verzweifelten, vielleicht auch verwirrten Blick.

»Ich versuch nur, Katka irgendwie zu verstehen«, schob Petra rasch hinterher. »Das renkt sich garantiert wieder ein zwischen euch.«

»Das hoffe ich sehr, ich will nicht andauernd Freunde verlieren.«

Marie warf wieder einen Blick neben sich. Der leere Sessel. Ein beredtes Bild für das plötzliche Verschwinden eines über lange Jahre vertrauten Menschen. Katka im Jogging-Dress unterm Fenster, im stehenden Trab. Katka in ihrem Büro auf der Stadtverwaltung in Prag, auf dem Schreibtisch die Rähmchen mit den Fotografien der Kinder. Die immerzu gut gelaunte Katka, nie um einen Vorschlag verlegen, wohin es nach der Arbeit noch gehen könnte. Katka, die so zufriedene Ehefrau mit den rosigen Wangen, ihr unausgesetzter Kampf mit den Kalorien, auch der liebe Gatte hat ein wenig Übergewicht und gedeiht auf dem Vorstandssessel einer großen Versicherung. Katka und ihr Mann verdienen für die Familie, für ihre Kinder, die sie auf gute Schulen schicken. Katka und ihr Mann gehen in die Philharmonie, zu karitativen Veranstaltungen, sie machen überhaupt nur richtige Dinge.

»Immer wieder hat sie gefragt: Was willst du dir denn beweisen?«

Petra, vom Spiegel gerahmt, Schere und Kamm in der Hand, betrachtete ihr Werk mit Wohlgefallen.

»Ich will mir nichts beweisen. Ich habe keinen Plan, ich will ihn einfach nur wiedersehen, ich denke jetzt nicht an das, was später sein wird. Es ist Sommer, warum sollte ich daran denken, was im Herbst oder im Winter ist?«

Petra blickte Marie hinterher, wie sie sich entfernte und der lange Plisseerock um ihre Waden spielte.

*

Sie standen vor der Abtskapelle, die junge Führerin machte ein ernstes Gesicht.

»Das Bild kann man nicht einfach so anschauen. Nur kurz vor Beginn einer geführten Besichtigung, die auf der Haupttrasse durch das Zisterzienserkloster führt.«

»Uns liegt aber viel daran, wir sind extra deswegen hergekommen …«

Das Mädchen versuchte dennoch, die Unerschütterliche zu geben.

»Könnten Sie nicht eine Ausnahme machen? Bitte.«

Sie weigerte sich, lehnte ab, schüttelte den Kopf und trabte dann doch los, um den Schlüssel zu holen. Marie ließ Filip nicht aus dem Auge.

»Was ist?« Er drehte sich zu ihr um, als das Mädchen um die Ecke verschwunden war.

»Nichts.«

»Was schaust du dann so?«

»Auf dich muss ich offenbar aufpassen.«

»Wie meinst du das?«

»Du kannst das gut.«

»Was?«

»Mit den Augen und mit der Stimme und überhaupt, wenn du etwas erreichen willst.«

»Sie lässt uns rein«, hielt Filip dagegen. »Und das wollten wir doch, oder?«

Der kühle Atem der Kapelle, Dämmerlicht. Aus goldenem Grund trat ein blauer Mantel hervor, rot unterfüttert. Golden das Haar des Jesuskindes, Locken um die Schläfen der Madonna.

»Das Bild ist erst voriges Jahr nach Zlatá Koruna zurückgekehrt, und zwar nach achtundsiebzig Jahren«, deklamierte die Führerin in belehrendem Ton. »1938 hat man das Bild in die Sammlung der Nationalgalerie in Prag verbracht, um es vor den nationalsozialistischen Kommandos zu bewahren, die auf der Suche nach kostbaren Kunstwerken für die Sammlungen von Hermann Göring oder auch Hitler selbst die Kirchen in Europa systematisch ausgeraubt haben.«

Ihre Stimme hallte durch das Kapellengewölbe. Marie spürte Filips Fingerkuppen in ihrer Hand, ihre Finger flochten sich ineinander, und Hand in Hand schlenderten sie hinter ihrer Führerin drein.

»Das Kloster ist 1263 von Přemysl Otakar II. gegründet worden, sein ursprünglicher Name lautete Svatá Koruna, womit die Dornenkrone gemeint war. Das mittelalterliche Tafelbild ist in einer der südböhmischen Werkstätten direkt für das Kloster gefertigt worden. Die Zisterzienser verehrten die Jungfrau Maria als ihre wichtigste Schutzpatronin. Diese Madonna gehört zum Typus der ungekrönten Madonna, eine sogenannte Beata. Im Unterschied zu einem anderen mittelalterlichen Madonnentypus mit Krone, der sogenannten Regina …«

Die starren Augenpaare der Heiligen auf dem gotischen Tafelbild brannten Marie noch unter den Lidern, als sie schon wieder in die volle Sonne blinzelte. Sie entfernten sich vom Kloster, und Marie löste ihre Finger aus Filips schweißiger Hand. Und er legte ihr sogleich seinen Arm um die Schulter. Sie gingen der Sonne entgegen, die schon auf den Horizont zuwanderte, schritten mitten hinein in ihren Brand.

»Wir fahren noch nicht zurück, oder?«

Er dirigierte sie von dem kleinen Parkplatz auf die Bäume zu, die das Flussufer säumten. Sie tranken den letzten Schluck Wasser aus der Plastikflasche. Verweilten unter einem Baum, und er fasste sie unterm Kinn, hob es und küsste sie auf den Mund. Und sie umarmte ihn und spürte zum ersten Mal sein feines Haar in der Hand. Eine ganze Hand voll heller Locken.

»Ich will immer mit dir zusammen sein«, hörte sie seine Stimme.

»Du weißt nicht, was du redest, Filip.«

»Ich will bei dir studieren, mit dir zusammen in Prag leben.«

»Das musst du nicht sagen. Nur deswegen musst du das nicht sagen.«

»Weswegen?«

»Spiel nicht den Naiven.«

»Ich spiele nichts, Marie.«

Sie setzten sich am Ufer ins Gras.

»Ich bin keine achtzehn, Filip, das ist dir klar, ja?«

»Aber deswegen kannst du doch trotzdem natürlich sein.«

»Was meinst du damit?«

»Du musst nicht immer die Lehrerin raushängen.«

»Tu ich das?«

»In Krumlov habe ich deine Hand nie halten dürfen. Hier schon, wenn du keine Angst hast, dass uns jemand sieht …«

»Du und ich, das sind zwei Welten, Filip. Die ziemlich weit auseinanderliegen. Du kannst meine nicht einfach mit den Maßstäben der deinen messen.«

Sie lachte leise. Über ihren eigenen Satz, diese umständlichen Wendungen. Darüber, dass sie tatsächlich nicht flirten konnte. Und außerdem kitzelten sie Filips Finger unter dem Shirt.

»Ich mag dein Lachen.«

»Wie lach ich denn?«

»Du kiderst, so irgendwie besonders.«

»Ich lach ganz normal.«

»Nein, Marie. Du kiderst.«

»Na gut, wenn du willst.«

»Das ist ein großer Unterschied, lachen und kidern.«

Ein Schatten im Schatten. Unter der Baumkrone schob sich sein Körper vor die durch Blätter und Äste sickernde Helligkeit. Sie spürte seinen Schweiß und hatte seine blauen Augen so nah vor sich, dass sie die grauen Fäden darin erkannte. Die Stoppeln des gemähten Grases stachen ihr in den Rücken. Im Mund seine Zunge. Oberhalb ihrer Köpfe vorüberstürmendes Getrappel. Stimmen, sehr nah.

Am Ufer musste eine wohl fünfzigköpfige Touristengruppe entlanggezogen sein, ein ganzer Ausflugsbus nach Zlatá Koruna. Um das Kloster zu besichtigen, die Madonna. Dann ein zweites Frühstück und hurra, ab nach Krumlov, zum Kaffee, ins Schloss. Lustschlösschen Bellaria, Maskensaal, Rožmberk-Kemenate, Schlosspark, Ausblick auf die Mäander der Moldau. Filips Mobiltelefon klingelte. Kaum war es verstummt, jingelte bei Marie eine eingegangene SMS. Sie lachten. Marie drückte Filip sanft von sich weg, stemmte ihre Handflächen in seine Brust, und er ließ sich neben ihr ins Gras rollen.

»Wetten, dass ich errate, wer dich angerufen hat.«

»Und wer?«

»Die Mami.«

»Soll ich nachschauen?«, fragte er gelangweilt.

»Ja logisch. Und nicht lügen.«

Er fuhr mit dem Finger über das Display und warf das Gerät genervt ins Gras.

»Ich hab gewonnen, was?«

»Wir haben um nichts gewettet.«

»Schade«, seufzte Marie.

»Und wer hat dir geschrieben? Irgendein Geliebter.«

»Todsicher.«

»Schau doch.«

»Das wird die Schwester sein.« Marie atmete tief durch und fischte das Handy aus dem kleinen Rucksack.

»Und?«

»Die Schwester.«

»Kommt dir das nicht schon langweilig vor, Marie?«

»Was?«

»Na dass du immer alles weißt.«

»Ich bin also langweilig.«

»Bist du nicht.«

»Hast du aber gesagt.«

»Nein, das hab ich nicht gesagt.«

Marie schirmte ihre Augen ab und las die Nachricht.

»Die Schwester schreibt, dass sie die Kette der Motorsäge hat schleifen lassen.«

»Ich kapier nicht ganz.« Filip stützte sich auf die Ellbogen und schaute zu Marie.

»Kannst du auch gar nicht. Es gibt ein Kettensägenmassaker.«

»Wie bitte?«

»Meine Schwester mag's horrormäßig.«

»Wie heißt denn deine Schwester?«, fragte Filip und sank zurück ins Gras.

»Vincek.«

»Was?«

Marie lachte. Sie schloss die Augen, unter den Lidern zerflossen orangerote Kreise. Sie spürte Filips Hand auf ihrer Hand.

»Als wir klein waren, hat der Vater uns wie Buben erzogen. Wir mussten mit ihm ins Holz, er hat uns auf dem Traktor herumgefahren, in die Reparaturwerkstätten mitgeschleppt. Er war Mechanisator auf dem Staatsgut.«

»Und deine Schwester hat echt einen Männernamen?«

Marie musste lachen, ihr Körper bebte nur so auf dem stechenden Gras. Filip drehte sich auf die Seite, sah sie an.

»Sie heißt Veronika«, sagte Marie, als sie sich ein wenig beruhigt hatte. »Wenn uns der Vater wohin mitnehmen wollte, hat er nach uns gepfiffen, wie nach Jagdhunden.«

»Mit einer Pfeife?«

»Nein, auf den Fingern. So …«

Marie setzte sich auf, legte die Zeigefinger zwischen die Lippen, pfiff und rief. »Vincek, Marcek, auf geht's!«

Dann drehte sie Filip auf den Rücken, setzte sich rittlings auf ihn, fasste ihn an den Handgelenken und drückte ihn zu Boden.

»Wie hat er dich gerufen?« Filip verschluckte sich vor Lachen, ließ sich an den Schultern halten und bog den Kopf zur Seite. Maries Haar kitzelte ihn im Gesicht.

»Hör auf.«

»Ruf das noch mal. Bitte.«
»Nein.«
»Marcek?«
Sie sah ihm ganz aus der Nähe in die Augen. Sein Lachen klang ein bisschen hämisch.
»Marcek!«, rief er mit erstickter Stimme.
»Du wirst mich nicht so nennen, Bubi …«
Sie ließ seine Hände los und beugte sich zu seinen Lippen. Streichelte sein ebenmäßiges Gesicht, er schloss die Augen. Die Kuppen ihrer Finger fuhren über die lang bewimperten Lider. Seine Finger kämpften auf gut Glück mit dem Knopf ihrer Shorts.
»Und ausziehen wirst du mich auch nicht.«
In den Sommertag schlich sich Kühle, ganz allmählich, und das Licht wandelte sich, mit Vorsprung vor der Glut, die noch in den Stein- und Ziegelwänden saß. Sie kehrten zum Kloster zurück, stützten sich mit den Handflächen gegen seine aufgeheizte Südmauer. Marie spürte die Wärme noch in Filips Hand, als er sie zum Auto zog. Er öffnete den linken Wagenschlag und setzte sich hinters Steuer.
»Mit dem Hebel unten kannst du den Sitz verstellen.«
»Ich weiß. Ich kenn mich aus.«
Sie stieg rechts ein und beobachtete, wie er den Sicherheitsgurt anlegte.
»Den Rückspiegel musst du dir auch einstellen.«
»Ich weiß!«
Er trug die Sonnenbrille mit dem grüngetönten Spiegelglas. Marie lehnte sich lächelnd zurück. Bis sie in Krumlov wären, diesen kurzen Moment lang, wollte sie an nichts denken. Am wenigsten an die zwei Welten, zwischen denen ein ganzer Ozean lag, ein hoffnungslos großer Ozean. Im Rauschen seiner Brandung schien der Klingelton der eingegangenen Textnachricht unterzugehen. Träge angelte Marie das Telefon aus dem Rucksack.

LENKA
Ich komme nächste Woche, bist du dann noch in Krumlov?

Sie steckte das Handy zurück in die Außentasche des Rucksacks und schloss die Augen noch eine Weile gegen das Licht der Spätnachmittagssonne.

Filip parkte vor dem Wohnheim; bevor er ausstieg, neigte er sich zu ihr hinüber und küsste sie.

»So um neun rum in der Buchhandlung?«, fragte er und gab ihr den Schlüssel. »Ich hab noch einen Reserveschlüssel«, fügte er hinzu, als er Marie zögern sah. Er ließ den Ring mit den beiden Schlüsseln in ihre offene Hand gleiten. Und sie wechselte hinters Steuer.

»Wenn du vor mir da sein solltest, dann sperr hinter dir ab und warte …«, rief er und verschwand im Eingang des Wohnheims.

Sie fuhr die Straße zur Siedlung hinauf. In der Dusche wusch sie die seltsam stichige Glut dieses langen, trägen Nachmittags von sich ab. Den Spiegel mied sie. Sie saß in der Küche am Tisch, erste Schatten legten sich in die Wohnung. Sie dachte an Katka. Vor Kurzem hatten sie hier an diesem Tisch gestritten. Sie blickte auf ihre Hände, die vor ihr auf der Platte lagen. Die Haut alterte. Tja, nicht mehr das, was es mal war. Sie trug keinen Ring mehr. Sie drehte die Handflächen nach oben. Die Finger waren ruhig. Doch an irgendeinem Punkt in ihrem Innern spürte sie, wenn sie genauer darauf achtete, ein Zittern. Eine im Grunde ganz angenehme Nervosität, wie vor einer lang ersehnten saturnalischen Sause. Abends gegen halb neun ließ sie sich langsam hinabtreiben in die Innenstadt.

Im Laden brannte Licht. Sie drückte die Klinke, es war abgeschlossen. Als sie aufsperrte und die Tür öffnete, bemerkte sie, dass der Schlüssel, der von innen steckte, halb heraushing. Filip saß hinter seinem Pult, lesend beim Licht der kleinen Lampe. Sie ging durch das Spalier gleichhoher Regale und neigte sich, einen Kuss heischend, zu ihm. Oberhalb des Treppchens zum Verbindungsgang sacht flackernd zwei Kerzen. Sie stieg hinauf, die niedrigen Wachslichter standen auf dem Boden vor dem Sofa. Dazwischen eine Flasche Wein. Marie drehte sich nicht um, sie hörte die Schritte hinter sich, spürte seine Berührung. Sie hatte das Haar nach oben gekämmt und mit einer Spange zusammengenommen. Seine Finger glitten sanft den Hals hinab zu den Schultern, rührten mit den Kuppen immer wieder an die Träger des Sommerkleids. Plötzlich brach die Berührung ab.

»Löst du mein Haar?«

Sie fühlte seinen Atem nicht mehr im Nacken. Stand reglos. Von der Straße herein drang Touristengeplapper.

»Ziehst du mich aus?«

Nichts tat sich. Weder mit ihrem Haar noch mit den Trägern des Kleides. Eine Weile harrte sie aus in angespannter Erwartung, drehte sich dann. Filip stand nicht hinter ihr. Auch nicht unten am Pult. Sie stieg die zwei Stufen hinab und blickte zur Tür. Sie war angelehnt. Marie wurde bewusst, dass sie nichts gehört hatte: kein schnappendes Schloss, keine Schritte. Verwirrt sah sie zum Pult, wo Filips Telefon lag, dann wieder zur Tür.

»Filip?«

Drinnen konnte er nicht sein. Sie schaute hinaus, Menschen strömten die Straße entlang. Noch einmal ging sie hinein zum Pult. Kein Zettel mit Nachricht. Ging die Stufen nach oben, auf dem Sofa hatte sie ihre Tasche gelassen. Sie nahm das Handy heraus. Keine Nachricht. Da fiel ihr Filips Handy auf dem Verkaufspult ein. Und sie ging zurück und griff danach, ohne zu überlegen. Das Display war nicht gesperrt. Sie tupfte auf das Icon mit dem Hörer. Die Liste der letzten Anrufe öffnete sich.

MAMA
MAMA
MAMA
MAMA

ZUZKA
MAMA
MAMA
ADÉLA
MAMA
MAMA

Sie legte das Telefon zurück und drehte sich heftig zur Tür. Überrascht hielt sie inne, im Geschäft standen drei Touristen. In schlechtem Englisch grüßten drei kleine Asiaten und zogen Bücher aus den Regalen. Es dauerte etwas, bis sie hinausgescheucht waren und sie absperren konnte. Im Schloss steckte kein Schlüssel mehr, sie nahm den, den ihr Filip gegeben hatte. Durchs Zentrum machte sie sich auf den Rückweg hoch in die Siedlung. In der Wohnung schloss sie rasch hinter sich ab, und als sie in der Küche das Licht anknipste, fiel ihr Blick auf die noch immer nicht angeschnittene große Melone.

»Tja, du hast also recht gehabt«, fauchte Marie auf sie los, »ich bin eine alte Kuh. Zufrieden?«

Sie schleuderte Kleid und Wäsche auf den Boden und ließ sich, wie sie war, auf das gemachte Bett fallen. Ringsum die Stille und Leere der Wohnung, die Fenster geschlossen, verdunkelt. Eine fast unerträgliche Hitze. Ihr schien, dass sie nicht weinte, dass sie ihren Körper nicht spürte, keinen Schmerz, keine Trauer, nur eine bodenlose Grube im Innern, in die alles stürzte. Nachtglut, Müdigkeit, Zorn, Enttäuschung. Und alles, was aufgetaucht und wieder verschwunden war. Sie versuchte einzuschlafen, einfach so, aber sie konnte die Augen nicht geschlossen halten. Da klingelte das Telefon, und auch dieser laute, scharfe Klang schien in die tiefe Grube zu stürzen. Es dauerte, bis er ihr voll zu Bewusstsein kam. Sie hob den Kopf, das Kissen war nass, und langte nach dem Handy auf dem Nachttisch.

FILIP

Sie legte das Gerät zurück und sank zurück in das feuchte Kissen. Es war ihr unangenehm, sie warf es auf den Boden. Das Laken darunter kühlte ein wenig. Das Telefon klingelte weiter. Verstummte endlich. Kurz darauf erneutes Geklingel. Und dann wieder und wieder. Zornig drehte sie sich um, griff das Handy.

»Marie, wo bist du?«

»Wo soll ich schon sein?«

»Entschuldige, ich war plötzlich verwirrt und …«

»Ruf mich nicht an. Tschüss.«

»Moment, ich bin auf dem Weg zu dir in die Siedlung.«

»Meinst du das etwa ernst?«

»Ich will dich sehen.«

»Vergiss es.«

»Ich hab das vermasselt, entschuldige, aber …«

»Mit den Neunzehnjährigen kriegst du das besser hin, was?«

»Ich will mit dir reden.«

»Ich beende das Gespräch.«

»Warte, Marie. Ich will dich.«

»Aber ich dich nicht.«

»Das stimmt nicht. Du wolltest …«

»Ich werde nicht mit dir schlafen, und gleichzeitig für dich die Mama machen. Damit das klar ist.«

»Marie, ich bin gleich in der Siedlung.«

»Ich mach jetzt Schluss.«

»Wart noch, bitte! Ich weiß nicht, in welchem Haus du wohnst …«

Sie beendete das Gespräch und zog die Decke über den Kopf. Draußen vor den Fenstern stand eine weitere tropische Nacht.

SEPTEMBER 2018

Amongst Women. Marie erinnerte sich an den Titel des irischen Romans, als ihr Blick durch die Küche in Přídonice schweifte. Genau wie der Protagonist dieses Romans war auch ihr Vater von Frauen umgeben. Lenka, die zwei schon erwachsenen Töchter Veronikas, die Mutter, sie und die Schwester. Der Vater saß am oberen Ende des Tisches, um ihn herum das Getschilpe weiblicher Stimmen. Er wirkte ganz zufrieden. Sein Blutdruck war stabilisiert, das kranke Herz mithilfe der Medikamente beruhigt, für die Leber trank er Mariendisteltee.

Mittag rückte näher, die Hitze hatte auch mit Septemberbeginn nicht nachgelassen. Die Mutter wirkte sehr müde, am Herd wurde sie von Veronika und ihren beiden Töchtern vertreten. Der Vater ging hinüber zum Schuppen, um vor dem Essen noch ein Weilchen im Schatten zu sitzen.

»Mami, ist was mit dir?«

Marie drehte sich um. Lenka reichte ihr ein Glas Wasser.

»Du kommst mir so kraftlos vor, so traurig.«

»Das ist die Hitze, ich trinke wahrscheinlich zu wenig«, sagte Marie.

»Ist wirklich nichts mit dir? Den ganzen Tag schon hab ich den Eindruck, dass es dir nicht so gut geht.«

»Nein, das kommt dir nur so vor.«

»Und warum bist du aus Krumlov weg und schläfst jetzt oben unterm Dach? Da kriegt man ja gar keine Luft. In der Wohnung in Krumlov ist das doch sicher viel besser.«

»Das ist nichts weiter, Leni. Ich fühl mich nur sehr müde. Komm mit, wir sehen mal nach dem Großvater.«

Der erhob sich, als er die beiden kommen sah. Vor seiner Galerie machten sie halt.

»Das da kenn ich nur vom Erzählen.« Er deutete auf eine Szene, die auf einen dicken Balken gemalt war. Zwei Männer in dunklen Mänteln, mit Hut, einer trug eine Aktentasche.

»Und wer ist das, Großpapa?«

»Der mit der Aktentasche ist mein Großvater, der französische Legionär«, erklärte er Lenka, und Marie wusste, was folgen würde. Sie und Veronika hatten die Geschichte oft gehört.

»Achtunddreißig hat man die Arbeit auf den Feldern verboten, auf den Höfen und in den Häusern durften nur die Alten bleiben, die Kräftigen brauchte man für den Bau der Befestigungen. Und Panzersperren haben sie auch errichtet, da drüben bei Skřidely.« Der Vater deutete hinter sich.

»Niemand hat gewusst, was kommen wird. Ob die Deutschen hier einmarschieren, ob wir evakuiert und bombardiert würden. Oder ob doch kein Krieg kommt, und dafür, wenn wir nicht säen, im nächsten Jahr eine Hungersnot. Und mein Vater ist zum Befestigungsbau und mein Großvater, weil er schon alt war, nicht, und er hat die Felder alleine bestellt, obwohl das von Amts wegen verboten war.«

»Aber er hat doch eine Aktentasche«, warf Lenka ein.

»Der Großvater ist als ehemaliger Legionär mit dem alten Hanzal losgezogen, um herauszufinden, wie sich die Sache verhält. Nach dem Münchener Abkommen hieß es nämlich, dass Přídonice auch okkupiert wird. Dass es ans Deutsche Reich fällt. Obwohl hier kein einziger Deutscher gelebt hat. Aber das Reich wollte die Kontrolle über die Straße von Kaplice nach Krumlov. Hanzal hatte ein Auto, und die beiden sind zuerst nach Lednice zu einem ehemaligen Senator, der ihnen zugesagt hat, dass er in Prag nachfragen würde, dass er aber nichts versprechen könne. Dann sind sie nach Budějovice, und dann noch irgendwohin in die Nähe von Třeboň; dort hat der damalige Minister für Land- und Forstwirtschaft gewohnt. Aber nirgendwo haben sie irgendwen angetroffen. Und also auch keine sicheren Nachrichten über unsere Zukunft nach Hause gebracht …«

Auf dem Bild war alles schwarz. Die kurvige Straße, das Auto, die Wintermäntel, die Hüte, die Aktentasche.

»Und wie ist das Ganze ausgegangen?«

»Přídonice wurde schließlich aus dem Konfiskationsgebiet herausgenommen. Die Demarkationslinie verlief dort drüben hinter dem Dorf, wo der Wald beginnt. Der war dann schon deutsch.«

Am Spätnachmittag kamen die Frauen in der kleinen Küche zusammen, der Vater war müde und verzog sich ins Schlafzimmer. Dort war es noch schattig und einen oder einen halben Grad weniger warm als in der Küche. Marie löste sich einen Moment aus dem Geschnatter der Mädchen- und Frauenstimmen und versuchte, sich an den ersten Satz des Romans zu erinnern. Sie wusste genau, wo in ihrem neuen Eckregal in der Dejvicer Wohnung dieser Autor seinen Platz hatte. John McGahern. Und sein Protagonist hieß Moran. Ein alternder Farmer, seine Frau und die Töchter. Ein Veteran der Irisch-Republikanischen Armee. In ihm saß ein Splitter aus dem Krieg, aus einem dieser irisch-englischen Kriege. Ähnlich den überwucherten Erinnerungssplittern aus der zweiten Hälfte des zwanzigsten Jahrhunderts im Innern ihres Vaters. Der englische Satz wollte Marie nicht einfallen. Vor ihr inneres Auge schob sich Filips Gesicht. Auch seine Gestalt hinter dem Pult in der Buchhandlung. Dort würde sie den Roman vielleicht finden. Wieder fühlte sie die Leere in sich, diese Grube, die alles in sich einsog, alles aus der Welt ringsum.

»Mami, wirklich, bei diesem Wetter musst du viel trinken.«

Die Stimme ihrer Tochter klang wie aus der Ferne zu ihr herüber, auch wenn Lenkas Gesicht sich nah zu ihr neigte.

»Ist es schon besser? Dir ist schlecht geworden, nicht wahr?«

»Hier ist es ja auch zum Umfallen«, hörte Marie Veronikas Stimme sagen.

»Tief durchatmen, Mami.«

Und plötzlich befand sie sich wieder unter ihnen.

»Ist schon wieder gut, Leni, danke.«

Sie schaute in die Frauengesichter um sich herum. Die Züge einer Familie, und doch hatte jedes Gesicht etwas ganz Eigenes, Anderes. Lenka. Ihre beiden Cousinen Renata und Anna, deren Mutter Veronika. Und Maries Mutter. Ihre Blicke begegneten sich. Marie bemerkte die Freude und Zärtlichkeit in den Augen der Mutter. Sie waren wieder einmal für einen Moment alle beisammen.

Die Damengesellschaft unterstand wie immer dem Dirigat von Veronikas Stimme und ihrer ein wenig rauen Manieren. Auch die Mutter wirkte heiter, und Marie sah und hörte sie nach langer Zeit wieder lachen. Das Gespräch kam in Fahrt, Männer jeden Alters wurden durchgehechelt, die Enkelinnen waren alle schon groß, liiert oder inzwischen auch nicht mehr, Veronika hatte dieses dankbare Thema aufs Tapet gebracht, ein helles Durcheinanderflirren der Stimmen. Da merkte Marie, dass Veronika seit geraumer Weile verstummt war. Sie stand am Fenster und reckte den Kopf vor bis ans Glas, um etwas zu sehen, was sich nicht direkt vor ihr auf dem Hof abspielte. Die Stimmen verebbten, Veronika löste sich vom Fenster, rührte sich aber nicht vom Fleck.

»Schaut euch das mal an«, sie wies mit dem Kopf zur Scheibe, »das dürft ihr euch nicht entgehen lassen.«

Die Mädchen reihten sich neben Veronika auf und schoben die Köpfe vor. In ihren Gesichtern begann es zu zucken, und schließlich hielt es auch Marie nicht mehr aus, und sie reihte sich zu den anderen, reckte den Kopf nach vorn und stellte sich auf die Zehenspitzen, um über die anderen hinwegzuspähen.

Die Sonne flutete in den Hof, in ihrem Licht stand Láďa mit Motorsäge und entblößtem Oberkörper. Breitbeinig mühte er sich, seinen gewölbten Bauch einzuziehen, hielt die Schultern möglichst gerade und posierte wie ein Bodybuilder. Die Säge in der einen Hand, Bizeps und muskelschwellender Unterarm. Die Säge in beiden Händen, leicht gebeugt, die Schultern nach vorn gerichtet. Die Säge über der Schulter, die freie Hand in die Hüfte gestemmt. Als er den Mund leicht öffnete, den Unterkiefer herabfallen ließ und eine Kraftanstrengung markierte, platzten die Frauen los. Die sich am Fenster drängende Schar geriet ins Wogen. Láďa hatte im benachbarten Fenster offenbar sein Spiegelbild entdeckt und trug diese Pflicht und Kür mit der Motorsäge noch eine Weile ungestört zur Schau.

»Habt ihr das gesehen?«, fragte Veronika, als die Mädchen sich vom Küchenfenster entfernten. »Überlegt es euch gut, bevor ihr euch so was ins Haus oder in euer Leben holt.«

Einzig die Mutter lachte nicht mit. Sie saß am Tisch, lächelte, genoss die ausgelassene Heiterkeit der anderen.

»Man sollte meinen, dass so was irgendwann mal erwachsen wird«, sagte Veronika noch. »Das ist jetzt fünfundfünfzig …«

»Aber immer noch besser so, Verča, als wenn wir zwei das Holz klein sägen müssten«, warf Marie ein.

»Und du wunderst dich, Anička«, sagte Veronika zu ihrer älteren Tochter gewandt, »dass der Deinige noch immer keine Familie will. Dass er meint, er sei dafür noch nicht erwachsen genug. Aber mit dem Erwachsensein sieht es in fünfundzwanzig Jahren kein bisschen besser aus, das hast du ja grad gesehen …«

Unter dem Lärmen der Motorsäge tagte in der Küche ein Frauenrat unter Veronikas Vorsitz und ganz ohne männliche Beteiligung. Noch ehe es dunkel war, noch ehe sie auseinandergingen, hatte Marie das Gefühl, dass Veronika und sie die Mutter doch hatten auf ihre Seite ziehen können. Sie hatte versprochen, den Vater davon zu überzeugen, dass dieser Winter der letzte hier im Haus für sie wäre und sie übers Jahr nach Krumlov gingen. Die Vorteile lagen auf der Hand. Dort war es bequem und warm, für Wasser war gesorgt, notfalls waren es nur wenige Minuten ins Krankenhaus.

»Kannst du uns das Auto zumindest noch einen Monat dalassen?«, fragte Veronika draußen. »Und was die Wohnung betrifft, man müsste noch ein zweites Bett kaufen. Wir wissen nicht, wann die Mutter mit der Dialyse anfängt, erst konnte es dem Arzt nicht schnell genug gehen mit all den Vorbereitungen, und jetzt hat er es schon zum zweiten Mal aufgeschoben. Aber bis der Winter kommt, ist es bestimmt so weit. Also wer weiß, vielleicht kriegen wir die beiden ja doch noch heuer nach Krumlov …«

Zum ersten Mal nach diesem langen glühenden Sommer hatte Marie das Gefühl, als wäre die Abendluft kühler. Der Wind war zu spüren, der alles verändert und unmerklich den Herbst ankündigt. Ende des Sommers hatte sich bei ihr immer eine gewisse Bangigkeit eingestellt, manchmal auch eine Entzündung der oberen Atemwege. Aber diesmal haftete dem Wechsel der Jahreszeit etwas Fatales an. Ein Gefühl der Schuld. Filips Gesicht. Der schale Nachgeschmack dieses Sommers in Krumlov. Die Rückkehr an die Universität, nach Prag. Zurückschauen wollte sie nicht, an das Kommende denken auch nicht. Sie legte Lenka den Arm um die Taille, gemeinsam gingen sie durch den Sommerabend Richtung Dorfplatz.

*

Nach den Ferien zurück in der Dejvicer Wohnung packte sie am ersten Abend nur die Taschen aus und ging ihre Bibliothek durch. Den irischen Roman konnte sie nicht finden. Sie fuhr mit dem Finger die Buchrücken entlang. Nach zwei Monaten in Krumlov fühlte sie sich zu Hause wie auf Besuch. Erst spät ging sie zu Bett.

An der Fakultät kam sie sich heimischer vor als in der Wohnung. Und sie war sich nicht sicher, ob sie darüber froh sein sollte. Bekannte Gesichter, man tauschte sich aus über den Sommer, über die Ferien. Und sie hörte eher den anderen zu, schob ihren Krumlover Sommer mit ein paar Sätzen über die kranken Eltern beiseite. Dann setzte sie sich an ihren Schreibtisch und ging den Kalender durch.

Staatsexamenskommission, schon morgen. Dann die Prüfungstermine im September, Lehrstuhlsitzung, Fachbereichsrat. Dienstreise an die Universität in Edinburgh, erst im November, aber die Zeit vergeht rasch. Das alles gab ihr ein Gefühl der Sicherheit. Alles beim Alten. Es waren nur zwei Monate Ferien gewesen, nicht zwei Jahre. Die Nummer der Direktverbindung zum Lehrstuhlleiter hatte sie noch im Kopf, auch die ihrer wissenschaftlichen Assistentin und die von Milan Koutský. Sie versuchte ihn zu erreichen, er nahm nicht ab. Sie blickte im Zimmer herum, Bücher, die Ordner mit den Unterlagen, Staub auf dem Fensterbrett. Nichts, was sie überraschen würde. Sie fand sogar den Roman von McGahern. Und öffnete ihn auf der ersten Seite.

»As he weakened, Moran became afraid of his daughters.«

Unter geschlossenen Lidern ließ sie die Malereien des Vaters vorüberziehen. Der aufgeheizte Hof, das fahle, schüttere Gras. Der vertrocknete Brunnen. Auf der letzten firnisüberstrichenen Bohle waren ein altes Auto und zwei Männer zu sehen. Auf dem weißen Hemd des einen leuchtete ein roter Fleck. Auf einmal verspürte Marie das Bedürfnis nach der Stimme des Vaters. Etwas in ihr war in Panik geraten. Eine plötzliche Angst, ihn nicht mehr lebend wiederzusehen, genau wie nach dem Anruf der Schwester in den Ferien, als sie sofort nach Přídonice gefahren war und sie alle, auch die Mutter, um das Bett versammelt standen. Sie nahm das Telefon, hörte das Klingelzeichen. Nach einer Weile meldete sich seine Stimme. Sie klang ein bisschen besorgt. Er erkundigte sich, ob in der Wohnung alles in Ordnung sei. Warum würde sie ihn sonst anrufen, meist telefonierte sie mit der Mutter.

»Auf dem letzten Bild – das ist der Großvater, oder? Mit dem Blutfleck auf dem Hemd.«

»Ich hab gedacht, du bist auf der Arbeit.«

»Ich bin auf der Arbeit.«

»Deswegen rufst du an?«

Er war verwirrt. Marie schwieg geduldig, wartete, bis seine Überraschung vorüber wäre und die zusammenhangslosen Sätze zueinanderfänden.

»Das hab ich euch doch so oft erzählt. Wie das war, im Mai fünfundvierzig.«

»Und das ist wieder das Auto vom Hanzal, stimmt's? Wie auf dem Bild mit der Aktentasche.«

»Am fünften Mai ist mein Vater mit Hanzal nach Mojný gefahren, um Waffen zu holen. Sie hatten sie in eine Decke gewickelt auf der Rückbank liegen. Ob zuerst die Russen ins Dorf kämen oder die Amerikaner, und wann, wussten sie nicht. Aber in Přídonice hatte sich inzwischen ein Trupp SS-Leute auf dem Rückzug festgesetzt. Und als die beiden zurückkamen und auf dem Marktplatz die SS-Männer mit den Maschinengewehren sahen, haben sie das Auto stehen lassen, haben die Waffen gepackt und sind auf und davon in die Felder. Die Deutschen haben das Feuer eröffnet, und den Vater hat eine Kugel im Bauch erwischt. Die SS ist dann schließlich weitergezogen zur Grenze, und die Männer haben den Vater zu uns ins Haus geschleppt.«

»Ein Wunder, dass er überlebt hat.«

»Die haben den Arzt aus Velešín geholt. In einem Lastwagen aus der Fabrik. Auf dem haben sie den Vater dann nach Budějovice ins Krankenhaus geschafft …«

Marie vernahm die folgende Heldentat aus ihrer Familiengeschichte wohl schon zum fünfzigsten Mal. Aber sie war erleichtert, die Stimme des Vaters zu hören, das war es ihr wert. In Gedanken schritt sie die väterliche Galerie ab. Und plötzlich wurde ihr klar, was sie an diesen naiven Darstellungen so sehr in Bann schlug. Abgebildet waren ausschließlich Männer. Wieder dachte sie an Milan. Der könnte das analysieren. So wie sie früher gemeinsam Filme analysiert hatten. Sie stand auf, ging durch den langen Schatten des Ganges und die Treppe nach oben. Klopfte an seine Tür. Öffnete. Er wirkte erschrocken. Stotterte etwas, griff zum Telefon und tippte eine Nummer. Er schenkte ihr nicht einmal einen flüchtigen Blick, wich vielmehr mit den Augen aus.

Am nächsten Tag rief sie ihn gegen Mittag an. Zum Mittagessen war er angeblich schon mit einem Kollegen verabredet. Am Tag drauf begegneten sie sich zufällig auf der Treppe.

»Wie geht's denn bei euch, was machen die Eltern?«

Marie sah den fahrigen Blick, diese ihm ganz und gar fremde Miene.

»Weißt du, was ich jetzt mit meinen siebenundvierzig festgestellt habe? Dass ich den Vater eine Menge fragen will. Und die Mutter auch …«

»Tu das Marie, tu das. Sobald wie möglich. Ich hab das, was meinen Vater betrifft«, fügte er mehr für sich hinzu, »im Grunde versäumt …«

Nervös hängte er sich die Tasche über die andere Schulter und wandte sich zum Gehen.

»Milan?«

Sie packte ihn am Arm und baute sich vor ihm auf.

»Ja?«

Er biss sich auf die Lippen.

»Könntest du dich bitte wieder benehmen wie ein Erwachsener?«

»Was?«

»Ich habe diese kleinen Jungs einfach satt, und auch alle, die sich so verhalten.«

Sie hatte es mit erhobener Stimme gesagt, und Milan war überrascht, auch Marie selbst; noch zu Hause kreiste ihr das durch den Kopf.

Am Abend im Lesesessel ging sie die Kontakte im Smartphone durch. Wich Filip aus, auch Milan Koutský und Luboš. Dribbling auf Holzbohlen wie beim Basketball, bei Katka machte sie halt. Tippte eine Nachricht.

Ich warte auf deinen Anruf. Höchste Zeit fürs Joggen.

Die Antwort kam sofort.

Danke, dass du dich meldest. Ich würde gern mal mit dir über das reden, was im Sommer war. Ich bin wohl etwas übers Ziel hinausgeschossen, tut mir leid.

Macht nichts. Womöglich bin ich übers Ziel hinaus.

Meinst du deinen Sommerroman.

Das war kein Roman, nur eine Episode.

Was ist da für ein Unterschied?

Darüber kann ich dir gern eine Vorlesung halten.

Dann ist das also schon aus?

Ich bin bescheuert, du hattest recht.

Marie legte das Telefon weg und schälte sich aus dem Sessel. Sie ging in den Vorraum und überprüfte die Joggingschuhe, zog ihren Joggingdress aus dem Schrank. Sie würde ihn anprobieren, da zeigt sich besser als auf der Waage, wie es nach den Ferien um die überflüssigen Pfunde steht.

*

Mitte der Woche setzte Regen ein, und es regnete, mit Unterbrechungen, drei Tage lang. An einem der Abende kam Lenka mit ihrem Freund. Marie hatte gekocht, und als sie sich ans Essen setzten, merkte sie, dass es nicht gesalzen war und fad schmeckte. In den zwei Monaten Küche für einen Herzkranken und eine Diabetikerin hatte sie sich Salz und sonstige Gewürze abgewöhnt.

»Warst du mal bei deinem Vater?«

Lenka lächelte möglichst uneindeutig.

»Hast du ihn wenigstens angerufen?«

Lenka schwieg und ihr Freund starrte auf seinen Teller.

»Du hast dich bei ihm, seit ihr wieder in Prag seid, nicht einmal gemeldet?«

Marie freute sich, dass sie wenigstens einen Abend lang nicht allein wäre, und ließ das Thema daher auf sich beruhen. Sie nahm Petr in Augenschein. Kastanienbraunes Haar, schmale Lippen, schmale Schultern. Sie konnte weder an seinem Wesen noch seiner äußeren Erscheinung etwas Bestimmtes ausmachen. Konnte nichts an ihm entdecken, was ihr verraten hätte, wie er eigentlich war. Er kam ihr ein bisschen fad vor, genau wie das Essen. Vielleicht ein wenig süßlich. Und lau. Wie ein schwacher Tee. Als die beiden kurz nach zehn in den Regen aufbrachen, ärgerte sie sich, dass sie ihn so rasch in eine Schublade gesteckt hatte, obwohl sie ihn eigentlich gar nicht kannte. Lenka liebte ihn. Darauf kam es an.

Zwei weitere Nächte Dauerregen. Marie lag auf dem Rücken und schaute an die Decke, malte sich auf dieser grauen Leinwand ihre Männergalerie. Sommerrevision.

Filip im Profil. Zwischen den Büchern im Krumlover Laden. Das schöne Gesicht, das hinreißende Lächeln, der ganze Reichtum seiner Jugend. Die unmerkliche Linie, diese Andeutung einer Falte, die ab und zu auf seiner Stirn erschien. Ein Zug von Herrschsucht und Besitzanspruch. Womöglich imponierte das so einer Zuzka oder Adéla, den Führerinnen aus dem Schloss, die mit ihm im selben Wohnheim wohnten. Die Falte und das Aufblitzen in den Augen. Beides verriet Boshaftigkeit. Liebe unter gewissen Bedingungen und andere gängige Verhaltensmuster. Einer, der offenbar immer bekam, was er wollte.

Rosťa frontal. Im Gang des sommerlichen Busses, in totenstarrer Julihitze. Der Mitschüler aus der Zwergschule in Přídonice. Zweimal geschieden. Ein talentierter Maurer. Für jede seiner Frauen hatte er ein Haus gebaut. Und selbst wohnte er jetzt mit seinen siebenundvierzig Jahren bei seinen Eltern auf dem Hof. Das braun gebrannte Gesicht durch Zigaretten und Alkohol gealtert. Früher war er der Klassenkasper gewesen. Als Marie sechzehn war und schon aufs Gymnasium ging, war er ein paar Mal bei ihnen vorbeigekommen und hatte nach ihr gefragt. Aber sie hatte sich mit ihm nicht treffen wollen, und danach war er ihr aus dem Weg gegangen. Und jetzt im Sommer hatte Marie im Bus von Krumlov nach Přídonice gesehen, wie Rosťa am Stadtrand, an der Haltestelle Kaplická, zustieg. Er hatte sie bemerkt, gab es aber nicht zu erkennen. Der Bus war mehr als voll. Gut zur Hälfte mit Kindern aus einem Ferienlager. Sie hatten eine Gitarre dabei und sangen. Und Rosťa produzierte sich. Er sang mit, dann intonierte er Tramper-Lieder, stand mitten im Bus, im Gang zwischen den Sitzen, und dirigierte den zutraulichen Kinderchor. Ab und zu warf er einen kurzen Blick nach hinten zu Marie, es war unübersehbar, dass er sich vor ihr wichtigtat und zugleich gehässige Blicke in ihre Richtung schickte. Sie versuchte zu verstehen. Ehe der Bus hielt, erklangen unter Rosťas Dirigat auch einige Volkslieder. Als sich der Ausstieg öffnete, riefen die Kinder im Chor »auf Wiedersehen«, klatschten und winkten diesem lustigen Kerl mit der sonnengebräunten Stirn, um dessen Augen sich ein Fächer aus Runzeln legte, diesem Spaßvogel im kalkverschmierten Blaumann. Marie stieg hinter ihm aus, er beschleunigte seine Schritte. Sie rief ihn beim Namen. Unwillig blieb er stehen, wartete, bis sie ihn eingeholt hatte, und sie erkundigte sich, wie es ihm ginge. Bis zum Dorfplatz sagte er nur wenige Sätze. Dass er bei einer Baufirma angestellt sei, von Baustelle zu Baustelle fahre, und dass er auch bei den Eltern im Garten ein Haus baue. Er roch nach Bier, er hatte wohl, bis der Bus kam, in Krumlov seinen Durst gelöscht. Vor der Kirche blieben sie stehen.

»Und du fragst mich gar nichts? Immerhin haben wir uns einige Jahre nicht gesehen?«

»Nee, ich hab's eilig, ich muss nach Hause.«

»Und kann ich noch etwas fragen?«

Er blickte sie verständnislos an.

»Warum hast du im Bus so getan, als würdest du mich nicht sehen?«

»Ich hab keine Zeit für so ein Geschwätz.«

Grußlos ging er davon.

»Hm, dann mach's gut, Rosťa. Ich versteh bloß nicht, warum wir uns nicht normal unterhalten können, wenn wir uns begegnen.«

Er drehte sich um.

»Glaubst du immer noch, dass du was Bessres bist?«

»Was redest du denn da?«

»Ich weiß, dass du geschieden bist.«

»Na und?«

»Ich bau mir hier ein Haus«, sagte er noch einmal, »bei den Eltern im Garten.«

Marie erwiderte nichts.

»Eure ganze Familie, ihr alle glaubt, dass ihr was Bessres wärt, ja? Weil der eine Großvater bei den Legionären war und der andere im Widerstand ...«

»Ich geh dann, Rosťa. Servus.«

»Dabei kann man ja mit der Verča ganz vernünftig reden ...«

»Klar. Mach's gut.«

»Worauf bist du denn so stolz?« schrie er ihr hinterher. »Dass du jetzt allein bist? Dass euer Alter gesoffen hat wie ein Loch?«

Marie drehte sich auf dem Kissen um.

Sie versuchte, ein anderes Bild aufzurufen: Rosťa vor vierzig Jahren. Vergeblich. Sie stand auf und machte im Wohnzimmer Licht. Zog eine Schachtel mit alten Fotografien heraus. Schuljahr 1978/79. Zweite Klasse Volksschule in Přídonice. Auf dem Schulfoto standen sie nebeneinander. Marie mit getupftem Sommerkleid und zwei blonden Zöpfen. Rosťa mit Wuschelkopf und einem fröhlichen Lächeln. Und dann Rosťa vor einem Monat auf dem Dorfplatz. Das alternde Gesicht in voller Sommersonne. Jede Runzel wie gemeißelt, die Augen unterlaufen. Müdegeschuftet, zugrunde gerichtet vom Alkohol. Marie machte überall Licht, im Schlafzimmer, im Bad. Blitzartige Erkenntnis des Zeitverrinnens. Ihre Kehle schnürte sich zu. Sie räumte die Fotografien weg, ihr Blick verweilte kurz auf den Alben mit den Fotos von den gemeinsamen Urlauben. Einige hatte Luboš mitgenommen. Das Hochzeitsalbum war noch da. Luboš hatte es nicht gewollt. Und sie auch nicht, aber es war ihr geblieben.

*

Ende der Woche hörte der Regen auf. Ein herrlicher Morgen, und draußen war es noch immer warm. Katka hatte sich nicht gemeldet. Die Sportschuhe standen hinter der Tür bereit. Milan schützte immer noch vor, keine Zeit zu haben. Seit ihrer Rückkehr aus Krumlov wurde sie von allen geschnitten, als hätte sie sich dort tatsächlich die Pest geholt. Sie ging zu Fuß zur Fakultät, hielt es unterwegs aber nicht aus und tippte auf Katkas Kontakt. Die meldete sich sofort.

»Was sollte das eigentlich, Katka, warum bist du im Sommer so über mich hergefallen? Dass es das Gleiche wäre, als wollte ich mit meinen Studenten schlafen? Du warst total neben der Kappe.«

»Wir hatten ja auch beide eine Flasche Wein intus, na ja …«

»Und wann laufen wir wieder zusammen? Hast du überhaupt Lust dazu? Ja? Dann lass uns doch gleich was Festes vereinbaren.«

Gegen Mittag kam ein Student zur zweiten Wiederholungsprüfung. Gesicht und Statur erinnerten ein wenig an Filip. Er war zerstreut, hatte kein Selbstvertrauen. Marie war verärgert. Etwas aus dem Sommer blitzte hoch. Auf einmal hatte sie alle diese verwirrten Jünglinge mit ihren samtigen Wangen satt. Er lächelte nervös und knetete seine verschwitzten Hände. Sie ließ ihn eine Weile reden und trug dann ein E ein, ließ ihn mit der schlechtesten Note bestehen, nur damit er fort wäre. Die Überraschung in seinem Gesicht war unverkennbar. Als er die Tür hinter sich geschlossen hatte, atmete Marie auf und nahm ihr Smartphone. Sie scrollte sich nach unten in die Geschichte ihrer Gespräche. *Filip.* Fünf entgangene Anrufe von Ende August. Ein Smartphone voller Filip. Sie löschte alle seine Textnachrichten und das gemeinsame Foto von dem Ausflug nach Zlatá Koruna.

Sie wollte das Gerät gerade weglegen, da kam ihr die Nummer in den Sinn, die sie vor einiger Zeit recherchieren konnte. Sie überlegte kurz – und rief an. Eine sonore Männerstimme meldete sich. Sie diktierte Marie eine Adresse, eine Straße und eine Katasternummer irgendwo in Prag 4. Marie zögerte nicht lange, nahm ihre Tasche und lief die Treppe hinunter.

Es handelte sich um ein kleines Hotel, über dessen Eingang sieben verschiedene Staatsflaggen flatterten. Zur Rezeption musste man nur zwei Stufen hoch, Marie drückte die Klinke hinab. Hinter dem Tresen ein Mann, weit in den Fünfzigern, vor dem Bildschirm seines Computers. Schütteres, graues Haar, Übergewicht, Hemdkragen offen, Krawatte gelockert. Maries Gruß erwiderte er nicht, er beugte sich von seinem Stuhl aus zum Drucker und studierte den Ausdruck. Marie stellte sich vor. Er schenkte ihr keine Beachtung und hielt sich das Papier vor die Augen. Marie nannte ihren Namen ein zweites Mal, setzte hinzu, dass sie vor einer halben Stunde telefoniert hätten. Er schwieg, schwenkte nur leicht auf seinem Drehstuhl herum. Marie bemerkte das Bild. Ein Foto von ihr. In dem Sakko, das sie gerade trug, derselbe Rock, dieselbe Tasche über der Schulter. Ein Foto von der Straße, kurz bevor sie die Rezeption betreten hatte.

»Was haben Sie da?«

»Ihr Foto.«

»Wozu?«

»Über dem Eingang befinden sich Kameras. Von deren Aufzeichnungen lässt sich hier über den Computer jede beliebige Einstellung sofort ausdrucken.«

»Warum machen Sie das?«

»Einfach so. Diese moderne Technik gefällt mir.«

»Das ist erlaubt, sich einfach so Fotos der Passanten auszudrucken?«

»Sie sind keine Passantin. Sie kommen zu mir.«

Seine ungerührt ruhige Stimme brachte Marie in Rage.

»Ich habe gefragt, ob es erlaubt ist, die Leute einfach so zu fotografieren?«

»Wahrscheinlich nicht. Ich spiel nur so rum. Probiere aus, was das Gerät kann. Und es macht mir Spaß, die Leute anzuschauen, die am Hotel vorübergehen. Ich schiebe hier an der Rezeption sehr lange Schichten.«

»Es macht Ihnen Spaß, die Leute zu observieren?«

»Ja. Ich sehe sie, sie sehen mich nicht. Genau das gefällt mir.«

Marie schüttelte ungläubig den Kopf.

»Sie waren früher wohl Polizist, was?«

»Etwas Schlimmeres.«

Er blickte hoch zu Marie.

»Und was?«

»Gerichtsvollzieher.«

In seinen Augen regte sich nichts. Ein eigentümlich teilnahmsloser Blick.

»Was haben Sie mit dem Foto vor?«

»Ich heb es vermutlich auf.«

»Geben Sie her! Oder vernichten Sie es!«

Maries Atem ging schneller, in der Rezeption war es drückend. Er blinzelte kaum merklich, die Farbe seiner Augen spielte ins Grün. Ein Schulterzucken, dann riss er das Foto langsam in Stücke.

Marie ging zurück zur Tür. Drehte sich noch einmal um. »Sie sind Herr Hanzal, das stimmt doch?«

»Ja.«

»Wir haben telefoniert, Sie haben gesagt, dass Sie alte Fotos von Ihrem Vater hätten, auf denen auch mein Vater zu sehen ist.«

»Ja, das hab ich gesagt.«

»Die Fotos haben Sie natürlich nicht?«

»Die Fotos habe ich natürlich.«

Ihre Blicke trafen sich. Ein zu Tode gelangweiltes Wrack, dachte Marie. Das Gesicht fast ohne jede Mimik. Der fette Leib beidseits eingepasst in die Lehnen des Drehstuhls.

»Wir beide wohnen in Prag, aber ihr Vater kommt aus dem Dorf, in dem ich aufgewachsen bin. Unsere Väter haben sich gekannt, und ich dachte, dass …«

»Dass was? Dass ich mich bass erstaunt auf den Hintern setze?«

»Das nicht, ich hab nur gedacht, dass Sie das auch interesseriert.«

»Nein, tut es nicht.«

»Ich geh dann. Ich weiß eigentlich gar nicht, warum ich gekommen bin.«

»Am Telefon haben Sie gesagt, dass Sie mit mir sprechen möchten, und an den Fotos hatten Sie Interesse.«

»Ja. Ich wollte das für meinen Vater tun, er ist gesundheitlich nicht besonders gut dran und …«

»Die Fotos habe ich irgendwo bei mir zu Hause«, unterbrach er sie, »da stehen noch ein paar Schachteln vom Vater.«

Marie tat es auf einmal leid, einfach so wegzugehen, wenn sie sich schon durch halb Prag gekämpft hatte.

»Mein Vater hat mir vor Kurzem von der Reise erzählt, die er mit Ihrem Vater gemacht hat, ich hatte davon keine Ahnung. Sie haben davon gewusst?«

»Wovon?«

»Dass Ihr Vater neunundvierzig illegal über die Grenze ist?«

»Ja, dass weiß ich.«

»Und dass er und mein Vater drüben bleiben wollten, dass …«

»Ja, ja, das weiß ich alles.«

Er wandte sich wieder dem Monitor zu, als wäre Marie schon gegangen. Wieder kochte Zorn in ihr hoch. Dieser Kerl war ihr irgendwie zuwider, er reizte sie bis aufs Blut. Durch seine Selbstgefälligkeit? Seine Gleichgültigkeit?

»Sie wissen wohl alles auf der Welt, was?«

Langsam drehte er sich auf seinem Stuhl zu ihr zurück. Sie hielt dem unverändert teilnahmslosen Blick stand.

»Ich weiß genug.«

»Genug worüber.«

»Über die Menschen.«

»Aha. Von den Kameras hier?«

Er hatte dichte Brauen und breite glatt rasierte Wangen.

»Ich hab schon so viel menschliche Kalamitäten gesehen. Mir reicht in der Regel ein einziger Blick.«

»Und sofort wissen Sie alles«, ergänzte Marie ironisch.

»Ich bekomme heraus, was ich brauche. Zum Beispiel über Sie.«

»Ach, im Ernst?«

Er fuhr mit seinem Blick über sie hin, von oben nach unten und wieder nach oben.

»Eine leicht nervöse Madame, geschieden.«

»Aha. Stimmt, ich habe keinen Ehering.«

»Wie alt ist sie denn?«

»Wer?«

»Na die, mit der Ihr Gatte durchgebrannt ist.«

Marie spürte, wie ihr der Schweiß am ganzen Körper ausbrach.

»Fünfundzwanzig? Hat vor ihm mit dem Hintern gewackelt. Und er hat es zunächst abgestritten? Und dann hat er Sie über Bord geworfen.«

»Und weiter?«

»Unternehmer, Ihr Ex? Oder Rechtsanwalt? Hoher Staatsbeamter? Jedenfalls hat er Sie gut versorgt.«

»Meinen Sie?«

»Sie haben ein teures Smartphone und eine Markentasche.«

»Mit so was kennen Sie sich aus?«

»Haben Sie nicht gehört, was ich bin? Alles an Ihnen kann ich nach seinem Geldwert schätzen. Die Kleider, die Sie tragen, die Schuhe, wie teuer Ihre Frisur ist, dass Sie regelmäßig zur Kosmetikerin gehen oder ins Fitnessstudio oder zum Power-Yoga, Sie halten sich in Schuss.«

»Na danke.«

»Armbanduhr, Gold am Hals. Und Markenparfüm, stimmt's? So ein leicht süßlicher Duft, wahrscheinlich Versace.«

»Dieses Spielchen macht Ihnen wohl Spaß?«

»Entweder Überbleibsel aus besseren Zeiten, was Sie da tragen. Oder aber er hat sie wirklich gut abgesichert.«

In den Augen, auf der Stirn nicht die leiseste Regung, und Marie kam sich vor, als hätte er sie komplett aus- und wieder angezogen.

»Er hat Ihnen das Haus überlassen, etwas außerhalb Prags, und er selbst ist zu seiner Geliebten in die schnuckelige Dachwohnung eingezogen, für die er Ersparnissen hatte, von denen Sie nicht das Geringste wussten? Die Kinder sind schon groß, das also war kein Problem, die Gütertrennung hat er souverän arrangiert.«

»Tja, da nehme ich an, Sie wissen auch, was die Zukunft bringt.«

»Ich liege also einigermaßen richtig, was? Aber Sie können noch froh sein. Es gibt genug andere, die nicht so glücklich dran sind wie Sie.«

»Was soll das heißen?«

»Dass die gewieften Gatten ihnen Schulden aufgehalst haben, zum Beispiel. Ich hab genügend Ehefrauen in teuren Klamotten gesehen – und die Augen, die sie gemacht haben, wenn wir an die Türen ihrer Luxusetablissements gehämmert haben und anfingen, die Sachen hinauszutragen.«

»Das haben Sie genossen?«

»Klar. Diesen angemalten, parfümierten Schnepfen blieb das Wort im Hals stecken, wenn unsere Jungs mit ihren schmutzigen ausrangierten Militärstiefeln über den weißen Wohnzimmerteppich getrampelt sind und den Fernseher und die Designermöbel fortgeschafft haben …«

»Ich mach mich dann wohl auf den Weg, Herr Hanzal …«

»Ihnen ist doch nicht etwa schwindlig, Gnädigste? Und Sie haben ja gefragt, was die Zukunft bringt? Womöglich werden Sie feststellen, dass Männer einer bestimmten Altersgruppe schon recht ausgesucht sind. Oder aber Sie nehmen Ihren Ex wieder zurück, wenn ihn die Neue zu Wasser lässt. Vielleicht fangen Sie aber auch an zu meditieren, werfen sich aufs esoterische Kartenlegen oder treffen sich mit Leidensgenossinnen in der Teestube zum gemeinsamen Philosophieren …«

Immer noch wirkte er merkwürdig unbewegt, wie festgerahmt in seinem engen gepolsterten Drehstuhl.

»Sie in Prag ausfindig zu machen, nur nach dem Nachnamen, war die reinste Detektivarbeit.«

»Das haben Sie nicht verdient, stimmt's? Da wollten Sie dem kranken Vater eine Freude machen, und dann so was.«

Sie hielt sich im Zaum. Atmete ein paar Mal tief durch. Der Aufzug machte Tsing, und drei Personen mit Rollkoffern steuerten auf die Rezeption zu.

»Wenn Sie wollen, kommen Sie nach dem Sonntag wieder. Ich sehe übers Wochenende den Nachlass meines Vaters durch.«

In der Tür sog sie die frische Luft von draußen ein. Und hörte hinter sich noch seine satte Stimme.

»Und kommen Sie lieber gegen Abend, wenn Ruhe herrscht. Am Montag habe ich Nachtdienst.«

*

Am Freitagmorgen brach sie ohne Frühstück auf. Zu richtiger Ruhe fand sie aber auch bei der Arbeit nicht. Der Vormittag verging mit Staatsexamensprüfungen, dann war sie Opponentin bei einer Diplomarbeit, die weder neu noch irgendwie bereichernd war. Vergeblichkeitsgefühle stellten sich ein, hielten stundenlang an. Sie saß hinter ihrem Schreibtisch und versuchte sich eine Vorstellung davon zu verschaffen, wie viele der Studenten in ihren Vorlesungen sich wirklich für Literatur interessierten. Doch allzu lange vermochte sie ihre Gedanken damit nicht zu beschäftigen.

Milan lud sie endlich doch zum Mittagessen ein, und im Bistro schlug er dann einen gemeinsamen Kinobesuch mit seiner Frau Šárka vor. Noch am selben Abend. Und letztendlich waren es schöne Stunden, nach dem Film gingen sie auf ein Glas Weißwein, und Milan gab sich nach Kräften locker und analysierte das Drehbuch, alles schien wie immer. Zu Hause war sie erst gegen elf. Doch der anhaltende Eindruck, dass ihr Leben aus den Fugen und ins Schlittern geraten wäre, war damit nicht beseitigt. Vielleicht würde ja Katka, die sich seit Langem auch wieder gemeldet hatte, Abhilfe schaffen. Die gemeinsame Jogging-Stunde am Samstagvormittag. Und etwas mehr Endorphine im Blut würden die dauernde Unruhe fortspülen.

Bubeneč durchquerten sie im Gehen, legten einen forschen Schritt vor und unterhielten sich. Marie merkte, wie Katka um ein bestimmtes Thema kreiste, aber sie kamen damit nicht weiter. Im Stromovka-Park rannten sie wieder los, und ihr Atem übertönte alles. Hals und Lungen füllten sich mit kühler Luft, beide hatten sie nach der längeren Pause zu tun, dass ihnen die Luft auf ihrer gewohnten Trasse durch den Park nicht ausging; schließlich kürzten sie den Weg ab und gaben fast gleichzeitig auf. Marie wartete, bis Katka sie eingeholt hatte, und fragte direkt.

»Was hat dich im Sommer denn so aus der Fassung gebracht? Die ganze Zeit denke ich darüber nach.«

»Du warst auf einmal ganz anders«, erwiderte Katka zwischen zwei tiefen Atemzügen, »hast anders reagiert, warst irgendwie seltsam, als ich von diesem Jungen anfing. Als würdest du nur die ganze Zeit darauf warten, dass ich ihn dir ausreden werde.«

»Das hast du ja auch getan. Und einigermaßen vehement.«

»Ich konnte nicht glauben, dass du wirklich was mit ihm anfangen willst, ich hab erst gedacht, du machst Spaß.«

»Ich hab dich gefragt: Hab ich in meinem Alter denn kein Recht darauf, so etwas zu erleben? Und du bist über mich hergefallen, dass ich mir nur etwas beweisen will. Dass ich die Rollen verwechsle. Dass ich schließlich Dozentin sei. Du hast überhaupt nicht zugehört, was ich sage.«

»Doch, dass du Hochschullehrerin bist.«

»Das bin ich. Aber heißt das vielleicht, dass ich deswegen kein Mensch bin?«

Sie atmeten im Gehen lang und tief aus, und Katka hörte sich die Sommergeschichte mit Filip an. Marie wollte ihr sogar im Handy seine Textnachrichten und die entgangenen Anrufe zeigen, erinnerte sich aber, dass sie unlängst alles gelöscht hatte. Und steckte das Handy wieder beiseite.

»Mich würde interessieren«, sagte Katka, »was du dir erwartet hast?«

»Es war der Zauber der Situation.«

»Der Situation? Eher der von Filip?«

»Ja, natürlich auch er, aber auch die Situation.«

»Die Situation …« Katka schüttelte den Kopf.

Sie kamen an ihrem Bistro vorüber, gingen aber nicht hinein, denn Katka hatte für beide ein isotonisches Getränk in einer Plastikflasche dabei.

»Ich weiß immer noch nicht, ob das für dich nur ein Sommerabenteuer war oder ob du es ernst genommen hast?«

»Weiß man denn immer im Voraus, was wird?«

»Weich mir nicht aus, ich frage, wie du das empfunden hast?«

Marie nahm einen langen Schluck, sie standen in ihrem Jogging-Dress nebeneinander auf dem Parkweg, Katka reichte Marie bis an die Schulter.

»Ich weiß es nicht mehr«, sagte Marie. »Ich weiß es selbst nicht mehr. Weiß es einfach nicht …«

»Ich versteh dich schon. Ein bisschen war es auch aus Verzweiflung, und jetzt bist du verletzt.«

»Ich bin nicht verletzt. Er ist jung, ihm bot sich die Gelegenheit, und er wollte etwas Neues entdecken, etwas anderes als die neunzehnjährigen Führerinnen aus dem Wohnheim. Das nehme ich ihm nicht übel.«

»Du ihm? Hast du je daran gedacht, dass umgekehrt du ihn verletzen könntest?«

»Das wohl kaum.«

»Er hat dich schließlich angerufen, hat dir geschrieben.«

»Für ihn war das ein missglücktes Abenteuer. Mehr nicht.«

»Wie kannst du dir so sicher sein, was es für ihn bedeutet.«

»Ein bisschen hab ich ihn kennengelernt, Katka.«

»In der Tat nur ein bisschen, in diesen zwei Monaten.«

»Er wollte spielen.«

»Im Ernst?«

»Im Grunde ist er noch ein kleiner Junge. Er revoltiert gegen die Mutter und weiß selbst nicht, was er will. Aus Trotz hat er sein Jurastudium nicht angetreten und ein Jahr lang den Buchhändler gespielt. Hat sich sogar von einem Mädchen getrennt – ihr Foto hat er mir im Handy gezeigt –, weil sie seiner Mami nicht zugesagt hat.«

Viel redeten sie nicht mehr auf ihrem Weg zurück nach Dejvice.

Am Nachmittag nahm sich Marie ein paar neue Bücher aus der Fakultätsbibliothek mit ins Café Kabinet, blätterte darin, las die Klappentexte, und da klingelte ihr Telefon und zeigte nach längerer Zeit wieder einmal jene bekannte unbekannte Nummer. Sie wusste, wer anrief, meldete sich aber dennoch mit ihrem vollen Namen.

»Marie, hier Hynek. Nichts Neues, was? Du rechnest immer noch nicht mit mir?«

»Erraten. Ich rechne nicht mir dir.«

»Aber ich mit dir schon! Die Saison ist vorbei, ich komme gerade aus Italien zurück und bin schon an der Grenze: In einer halben Stunde könnte ich bei dir in Krumlov sein. Lädst du mich zu dir ein?«

»Ich bin schon in Prag.«

Die Saison ist vorbei. Marie stellte sich vor, wie sie diesen Satz auf dem Farbdrucker ausdrucken, einrahmen und an einem kleinen Häkchen an die Wand hängen würde.

»Ab morgen bin ich wieder auf dem Flugplatz. Tandemsprünge, der Kalender ist voll. Kommst du nicht?«

»Du hast schließlich deinen Kalender schon voll.«

»Ich richte mir das schon irgendwie ein.«

»Auf die Frage ›Kommst du nicht?‹ heißt die Antwort: ›Ich komme nicht‹.«

»Ach so, es geht um eine falsch gestellte Frage? Das lässt sich leicht beheben.«

»Für dich geht wohl alles leicht?«

Sie hörte seiner Stimme eine Weile zu und kam sich an ihrem Caféhaustischchen doch etwas weniger einsam vor.

»Marie, so ein Tandem wie wir beide im Sommer, das hab ich seither nicht mehr erlebt. Ich schwör's dir.«

Sie hatte den Eindruck, dass ihr das Flirten schon besser von den Lippen ging. Sie legte das Handy zurück auf den Bücherstoß und träumte seiner Stimme eine Zeit lang hinterher. Sie hatte etwas Elementares, trug Wind in sich, ein Wildwasserrauschen, den Wellenschlag des Lago Maggiore. Sie wiederholte sich diesen Satz still, richtiger Kitsch, dachte sie, aber gedruckt auf Papier würden die paar Worte sich gut ausnehmen. Sie könnte einen zweiten Rahmen in ihrer Wohnung an die Wand hängen. Ob sie seine Nummer nicht doch speichern sollte? Sie zögerte kurz, aber sie tat es nicht.

*

Auch am darauffolgenden Wochenende blieb sie für sich, und am Samstagabend lag sie bereits um halb neun im Bett. Um sich herum Bücher, Smartphone und eine Schale Tee. Nach dem halbstündigen Telefonat mit der Mutter überlegte sie, ob sie die Schwester anrufen sollte. Ob sie sich, so beruhigt eingerichtet, mit dem Rücken ins weiche Kissen gelehnt und die Füße unter der warmen Decke, den unausgesprochenen, nur unterschwellig mitschwingenden Vorwürfen der Schwester aussetzen wollte. Schließlich griff sie doch zum Handy.

»Was die Mutter dir sagt, musst du mit Vorsicht genießen«, hörte sie Veronikas Stimme sagen, »du kennst sie ja, sie würde noch ein weiteres Jahr behaupten, dass es nicht so schlimm ist. Aber die Ärztin in der Nephrologie hat ganz klar gesagt – Dialyse ab Mitte November. Dreimal wöchentlich.«

»Und du fährst sie ins Spital?«

»Sie und der Vater werden in die Krumlover Wohnung ziehen, jetzt gibt es kein Zurück mehr.«

»Moment mal, sie waren einverstanden?«

»Einverstanden oder nicht, es bleibt ihnen nichts anderes übrig.«

»Gut, ich komm die Wohnung ausräumen. Eigentlich habe ich da fast nichts mehr.«

»Und man müsste es auch ein bisschen für sie herrichten, dabei musst du mir helfen.«

Sie sprachen keine drei Minuten. Im Hintergrund hörte Marie die Betriebsamkeit im Přídonicer Wirtshaus. Hallendes Lärmen, auch Láďas Stimme hörte sie heraus. Fast nur Männer. Aber vielleicht sitzt dort ja auch Mirka mit ihrem Mann. In diesem Sommer hatten sie sich öfter gesehen als in den ganzen fünfundzwanzig Jahren zuvor. Männerporträts hatte sie reichlich vor Augen. Frauenporträts fehlten.

Mirka im bunten Strickpullover. Sonnengebräunt, ungeschminkt. Die Haare färbt sie sich nicht, schlichte Frisur, grader Schnitt, etwa schulterlang. Viele Jahre ist die Familie in den Ferien Zelten gefahren, in die Šumava oder auf den Campingplatz am Staněk-Weiher. In den vergangenen fünf Jahren waren sie dreimal in Kroatien gewesen, immer am selben Ort. Im Sommer legt sie Gurken ein, kocht Marmelade aus Stachelbeeren und den Johannisbeeren in ihrem Garten. Mit den Nüssen der mächtigen Walnuss setzt sie Jahr für Jahr Likör an, den keiner in der Familie trinken mag.

»Ich kann die Menschen verstehen, denen egal ist, wo sie leben. Sie ziehen ihrer Arbeit hinterher, suchen ständig Veränderung. Aber ich erwarte, dass diese Menschen auch uns verstehen. Dass wir da bleiben wollen, wo wir zu Hause sind. In den Häusern unserer Eltern und Großeltern …«

Mirka hatte es mit großer Ruhe gesagt, vor sich ins Gras geschaut und nur manchmal hochgeblickt zu Marie. Das war vor wenigen Wochen gewesen, sie hatten zusammen im Schatten ebenjenes buschigen Nussbaums gesessen.

»Bei dir ist das was anderes. Du wohnst in der Großstadt, lernst eine Menge Leute kennen, warst länger auf Austausch an einer amerikanischen Universität, fliegst jetzt … wohin hast du gesagt?«

»Nach Schottland.«

»Ach ja. Und du ziehst dich anders an, wählst andere Politiker …«

Marie ließ jenen Sommerabend vor ihrem inneren Auge vorüberziehen. Mirka sprach, als wollte sie sich rechtfertigen. Dabei empfand Marie so etwas wie Bewunderung für ihre innere Ruhe. Was ihr früher als Mangel oder Schwäche erschienen war, hatte ihr an diesem stillen, verlöschenden Sommerabend Eindruck gemacht. Es hatte sie sanft berührt und gefreut. Hatte den Schmerz über ihr zerfasertes Leben gelindert und den Wunsch nach Beruhigung geweckt. Das Steinmäuerchen, die Veranda, die Farben der Bienenhäuser. Mirkas Welt. Geborgenheit. Vielleicht war es ein Trugbild, ein Traumbild Maries.

Dann verlor sich das Bild der Freundin vom Dorf. Marie verhedderte sich in einen Traum, aber der Schlaf war flach. Als sie erwachte, hatte sie kalte Hände. Sie schob sie kurz unter die Decke, griff dann nach der Schale, aber der Tee war schon kühl. Sehnsucht rührte sich und zog schmerzhaft bis hinunter zum Magen. Sehnsucht mit den Konturen längst untergegangener Tage. Sehnsucht nach Luboš. Oder eher nach den glücklichen Zeiten mit ihm. Sie wollte diese

Gedanken so rasch wie möglich vertreiben, wollte zu Mirka zurück. Auch zur Galerie ihres Vaters, den Männern, Pferden und Autos. Wie kam es, dass auf keiner der Bretter seine Frau dargestellt war?

Die Mutter … wie hätte ihr Porträt aussehen können? Freundliche Augen. Das Haar zum Knoten gebunden, als hätte diese Frisur sich aus den 1960ern einfach hinübergerettet. Das verhaltene Lächeln, als wollte sie andauernd irgendwas und irgendwen entschuldigen. Sie konnte einfach nicht streng sein. Weder zu Marie noch zu Veronika. Nicht eine Erinnerung aus Maries Kinderjahren, die sie so gezeigt hätte. Marie versuchte, sich das Gesicht der Mutter vorzustellen, als sie um die vierzig war. Aber das gelang ihr nicht. Auch nicht mit geschlossenen Augen. Irgendwo in einer Schachtel hatte sie Fotos aus der Kindheit, mit der Schwester und den Eltern. Aber sie wollte nicht noch einmal aufstehen, um alte Fotos zu suchen. Die Erinnerungen, die Rückwärtsgedanken übertönten die Gegenwart. Die Mutter in der Küche. Im Schlafzimmer. Im Auto auf dem Weg ins Krankenhaus. Ihre Müdigkeit, die verhärmten Züge. Und die Angst in den Augen. Aber auch die Geduld. Oder war es Ergebenheit? Der Bluterguss von der Handwurzel bis in den Handteller hinein, als man letzthin im Krankenhaus wegen der Dialyse den Blutdurchfluss der Fistel geprüft hatte. Der Sommerabend in der Küche. Sie hatten beredet, was sie am nächsten Tag kochen würden, wie trocken alles im Garten sei und dass es kein Gießwasser gebe, dann war Stille eingekehrt, und sie hatten sich einfach nur am Küchentisch gegenübergesessen. Sie hätten sich unterhalten können, zum Beispiel über das Schicksal der Frauen, aber sie hatten geschwiegen.

Wer eigentlich ist sie, meine Mutter? Viele Jahre war sie in aller Frühe mit dem Vater aufgestanden, obwohl sie ein wenig länger hätte schlafen können. Sie hatte ihm das Frühstück gemacht. Marie hatte sie später, als sie erwachsen war, danach gefragt, und die Mutter hatte nur eigentümlich gelächelt. Ich hab nicht geheiratet, damit ich mir das Frühstück selber hinstelle, habe ihr der Vater erklärt. Was könnte ich über die eigene Mutter sagen? Kenn ich sie überhaupt? Und wenn ja, wie gut? Marie dachte an ihre Dissertation. Sie stand im Bücherregal. Jahre hatte sie sie nicht mehr zur Hand genommen. *Mrs. Dalloway – ein psychologisches Porträt*. Vom Buchbinder in feste Deckel gebunden. Mit englischer Zusammenfassung am Schluss. *The Psychological Portrait of Mrs. Dalloway*. Ich habe das psychologische Porträt einer Frau gezeichnet, die gar nicht existiert. Einer Romanfigur. Habe sie über vierhundertsechzig Seiten hin detailliert analysiert. Über die eigene Mutter brächte ich vermutlich nicht mal einen einzigen sinnvollen Absatz zuwege. Ihr Gesicht verzog sich zu einem Lächeln. Ein sich Bahn brechendes Weinen trägt bisweilen die Züge des Lächelns, es klingt auch so. Bei Marie war das stets so gewesen, aber eigentlich wusste das keiner, so gut kannte sie fast keiner. Jetzt, wo sie, das Kissen im Rücken, im Spätabenddunkel des Schlafzimmers im Bett saß, hätte niemand erraten, dass das, was da gerade herankommt, kein Lachen ist. Der Vater nicht, Milan, Hynek und auch Filip nicht. Nur Luboš vielleicht hätte erkannt, dass sie nicht lacht, sondern weint.

NOVEMBER 2018

Sie reservierte eine Fahrkarte Prag–Krumlov für die Verbindung am Nachmittag. Noch vor Příbram begann es zu dämmern. Marie beobachtete das allmähliche Schwinden des Lichts hinter dem Busfenster. Das Dunkeln in der Landschaft, eine Verundeutlichung von Zusammenhang, mit dem unausweichlichen Verlöschen der Bilder hinter dem Glas, und schließlich nur noch die stählernen Leitplanken und das Aufblitzen der elektrischen Lampen im kahlen, schwarzen Geäst entlang der Straße.

Eine würgende Angst saß ihr in der Bauchgegend und fraß sich weiter vor, je tiefer das Dunkel wurde und je näher das Ziel ihrer Reise rückte. Die Stadt, der sie ausweichen wollte. Aber nicht einmal ihre Gedanken boten ihr einen Fluchtweg. Daheim der schwerkranke Vater, und die Mutter, die nicht viel besser dran war. Sie nahm das Handy, wollte sich vergewissern, dass alles nach Plan lief. In der Wohnung würde sie sich nicht lange aufhalten und um das Zentrum einen großen Bogen schlagen, obgleich die Buchhandlung mit der ausländischen Literatur längst nicht mehr existierte.

Die Stimme der Schwester war wieder einmal schroff und kurz angebunden: »Das Auto hat Láďa vor dem Plattenbau abgestellt. Deine restlichen Sachen sind in den Taschen im Vorraum, du brauchst sie bloß runterzutragen.«

»Die Eltern ziehen jetzt schon dort ein?«

»Noch wollen sie nicht, die Dialyse fängt erst Mitte des Monats an. Aber einiges hab ich ihnen schon hingebracht.«

»Der Vater hätte es ja, falls nötig, von dort aus auch näher zum Krankenhaus.«

»Mir brauchst du das nicht zu erklären.«

»Und hat er euch schon gesagt, was das sollte?«

»Was denn?«

»Die Rallye auf der Wiese.«

»Nee. Er hat immer so hohen Blutdruck. Du willst ihn ja hoffentlich nicht danach fragen?«

»Na prima. Dann wird eben wieder mal über alles geschwiegen. Wie immer …«

Veronikas Stimmfrequenz schraubte sich wieder einmal nach oben. Im Telefon konnte man ihr den Mund leicht zudrücken. Konnte sie einfach abschalten. Marie blickte auf das Smartphone in ihrer Hand und lächelte bitter. Der Bus kroch bereits zum Krumlover Bahnhof hoch. Sie stieg aus in eine schwarze Kälte.

Das Auto parkte tatsächlich vor dem Eingang zum Plattenbau, direkt unter der Straßenlaterne. Es war nicht mehr von oben bis unten mit Schlamm bespritzt, wie letztens auf der Wiese bei Přídonice. Ganz im Gegenteil, es blitzte und blinkte, selbst die Reifen schienen gründlich geschrubbt. Der Schwager hatte den geliehenen Wagen nach diesem halben Jahr tipptopp abgeliefert. Vom Vorraum wagte sie sich schließlich doch hinein in die Wohnung. Im Schlafzimmer ein zweites Bett, beide frisch überzogen, die Fenster geputzt, und an der Wand über dem Bett hing sogar das Heiligenbild aus der Kammer in Přídonice, in der die Mutter des Vaters ihre letzten Jahre verbracht hatte. Im Wohnzimmer ein Tischchen mit Fernseher; die Kartonverpackung lehnte noch an der Wand. Im Schlafzimmer ein neuer Kleiderschrank. Marie machte ihn auf. Und blickte erst einmal verdattert auf die eingeräumten Handtücher, die Bettwäsche, die Stofftaschentücher und Geschirrtücher. All das wirkte wie aus einer anderen Welt. Sie hob den Saum eines Handtuchs. *VEBA BROUMOV, volkseigener Betrieb.* Nie in Gebrauch Genommenes vom Ende der siebziger Jahre. Und auf einmal war ihr alles klar. Sie und Veronika hatten diese Sachen ab dem dreizehnten Lebensjahr regelmäßig für ihre Aussteuer bekommen. Gelandet waren sie schließlich auf dem Dachboden. Und jetzt fanden die Geschenke für die heranwachsenden Töchter ihren Weg zurück zu den Eltern. Marie setzte sich kurz auf den Bettrand und schaute in den Schrank, als säße sie vor dem Fernseher. Vor einem alten Spielfilm.

Sie nahm die Taschen im Vorraum und ging die Treppe hinunter. Lud ihre Sachen in den Kofferraum und ließ die Siedlung auf der Anhöhe hinter sich. Erst jetzt fuhr sie wirklich aus Krumlov ab. Geordnet und in Würde. Innerlich ruhig, bequemer Pullover, knielanger Wollrock, in hohen Stiefeln, bediente sie die Pedale, der Wagen surrte leise und die Innenstadt unter ihr war nur ein Lichtergewirr, eine ferne, leere Kulisse, die Sommerreminiszenzen waren sorgfältig aus der Welt geräumt.

Sie fuhr über den leeren Dorfplatz von Přídonice, das Tor stand offen, und sie steuerte den Wagen direkt in den Hof. Hinter den Fenstern war Licht, und Marie fühlte sich durchflutet von einer Welle der Dankbarkeit. Alles beim Alten, auch wenn diese Sicherheit brüchig ist. Der Kamin raucht, der Schatten der Mutter bewegt sich hinter dem Vorhang des Küchenfensters. Wenigstens diesmal noch ist alles wie früher. Marie wollte sich nicht von der Stelle rühren, noch eine ganze Weile verharrte sie hinterm Steuer.

»Wie geht's dir, Mama?«

»Verča und Láďa haben alles eingerichtet«, sagte die Mutter in der Küche, »die Wohnung und überhaupt.«

»Gut, und wie fühlst du dich?«

»Für das Wohnzimmer wollen sie noch einen Teppich kaufen.«

»Wird es denn schlimmer? Wenn ja, rufen wir bei der Ärztin an, und du lässt dir im Krankenhaus einen früheren Termin geben.«

»Und stell dir mal vor, die Renata und ihr Freund haben sich getrennt.«

Marie ließ den üblichen Küchenmonolog in ihre Ohren rieseln, den Vater traf sie nicht mehr wach an, konnte im

Schlafzimmerdunkel lediglich seine ruhenden Züge erkennen. »Mama, ich hab in Prag den Sohn vom Pepík Hanzal aufgespürt, mit dem Pepík war der Vater doch früher befreundet. Sagst du ihm das? Ich glaube, dass wird ihn freuen.«

»Bleibst du nicht bis zum Morgen?«

»Ich muss nach Prag, ich hab am Vormittag Vorlesung. Ich komm ganz sicher am Wochenende.«

»Nur um die Wohnung auszuräumen, hättest du nicht herfahren müssen.«

»Es war mit Verča so vereinbart, Mama. Du weißt ja, wie akkurat sie ist …«

Es war fast neun Uhr, als Marie der Mutter aus dem Autofenster winkte und vom Hof rollte. Auf dem Dorfplatz bremste sie ab, ließ die Scheinwerfer eingeschaltet. Der Dorfweiher, eine düstere Fläche, die öffentliche Beleuchtung bestand aus lediglich zwei Laternen. Hinter dem Dorf der schwarze Horizont der Wälder. Přídonice und die Demarkationslinien, die längst nicht mehr galten, und doch war es, als würden sie beständig an etwas erinnern. Die aus der Zeit nach »München«, und die aus dem Jahr fünfundvierzig, mit der die Befreiungsarmeen ihre Terrains abgesteckt hatten.

Marie ging zwischen den Häusern durch Richtung Fluss. Wünschte sich, sie würde Mirka treffen, vielleicht würde Mirka sie abhalten von ihrem Vorhaben, ein wenig aufgeregt jedenfalls war sie. Sie erreichte das Haus mit dem weißen Giebel, das Türchen im Lattenzaun war nicht abgesperrt. Ein großer Garten zog sich nach hinten, von dorther blinkte ein Licht. Eine Betonmischmaschine, von einem Holzbalken baumelte eine elektrische Lampe, eine starke, hell strahlende Birne, deren Kabel sich durch den Rasen hinüber zu dem alten Haus schlängelte. Die Fundamente des neuen Hauses waren schon gelegt, auf Paletten schimmerten große grauweiße Ziegelsteine matt ins Dunkel, rundum lagerte Baumaterial. Rosťa trug eine Arbeitshose und wusch seine Gerätschaften gerade in einem Blechfass. Sie blieb vor ihm stehen. Er blickte überrascht auf. Ihren Gruß ließ er unerwidert.

»Das ist also das dritte Haus, das du baust?«

Sein Blick fuhr über sie hin, vom pastellfarbenen Seidenhalstuch bis hinunter zu den Stiefelabsätzen.

»Ich war bei den Eltern und fahr jetzt zurück nach Prag.«

Er trug die Schaufel und das Maurerwerkzeug unters Vordach, sie folgte ihm ein paar Schritte.

»Ich freu mich, dass ich dich antreffe, das letzte Mal haben wir uns im Sommer gesehen …«

»Was willst du?« Er drehte sich zu ihr um.

Sie zögerte.

»Dich fragen, was am Samstag vor zwei Wochen im Wirtshaus passiert ist.«

»Da ist was passiert?«

Auf übereinandergestapelten Zementsäcken stand eine Flasche Bier, er bückte sich nach ihr.

»Eine Ambulanz und zwei Einsatzwagen der Polizei. Das steht sicher nicht jeden Tag auf dem Programm, oder?«

»Ich weiß von nichts«, er zuckte mit den Schultern, »ich hab meinen Fuß nicht vors Wirtshaus gesetzt.«

»Und genau danach frag ich. Was hat der alte Hanzal beim Bier zu meinem Vater gesagt? Warum haben sie sich gerauft?«

»Die haben gerauft?«

»Hör schon auf, Rosťa, die Spatzen pfeifen es von allen Dächern des Dorfes. Mein Vater hat den Hanzal mit dem Auto über die Wiese gescheucht.«

»Tja«, keckerte Rosťa, »dein Vater, der scheißt sich eben nicht lang.«

»Also, warum haben die beiden gestritten? Angeblich sind sie sich an die Gurgel.«

Er nahm einen Schluck aus der Flasche und blickte zu Boden.

»Du warst dabei, also sag es mir.«

»Weißt du was, Marie? Fahr lieber nach Haus.«

»Das mach ich. Wenn du es mir gesagt hast.«

»Das willst du wirklich wissen?«

»Deswegen bin ich da.«
Er trank die Flasche langsam aus.
»Wie du meinst. Es ging um dich.«
»Um mich? Umso mehr interessiert es mich.«
Ihr schien, dass Rosťa seltsam lächelte und ihrem Blick auswich.
»Hanzal hat dich am Tisch durchgenommen.«
»Wie meinst du das?«
»Dass du zurück bist, aufs Dorf.«
»Ich bin doch gar nicht zurück nach Přídonice.«
»Aber nach Jahren warst du fast jeden Tag zu sehen, und das hat der Hanzal halt kommentiert.«
»Und deswegen sind die beiden sich an die Gurgel?«
»Mhm.«
»Aber warum denn, das versteh ich nicht.«
»Der Hanzal, der hat das eben nicht so besonders nett ausgedrückt.«
»Was?«
»Dass du zurück bist.«
»Und wie hat er's ausgedrückt?«
»Ich weiß gar nicht mehr.«
»Du weißt es sehr wohl.«
»Ich muss schon nach Haus«, brummte Rosťa, »geh auch.«
»Du weißt genau, was der Hanzal gesagt hat.«
»Na ja, so was wie – als ob hier wer auf die gewartet hätt, auf …« Rosťa hielt inne.
»Auf wen?«
»Auf so eine abgehalfterte Prager Schickse«, führte Rosťa den Satz zu Ende und blickte zu Marie.
»Ach so. Und du meinst, das kippt mich aus den Latschen?«
»Ich mein gar nichts«, grinste er, »du hast damit angefangen.«
Sie kehrte um, vor Augen die Fotografie, auf der sie nebeneinanderstanden.
Schulkameraden, Marie und Rosťa. Noch hinter dem Steuer auf der Staatsstraße zwischen Krumlov und Budějovice

musste sie daran denken. Als wäre etwas passiert mit der Zeit, aber nur auf der einen Hälfte des alten Fotos. Marie war auf dieser Aufnahme bereits eine reife Frau, Rosťa jedoch der kleine Junge, der mit der Dreistigkeit des Klassenobermaxen absichtlich vor der Lehrerin ein vulgäres Wort trompetet.

*

Als sie aus der Metro ans Tageslicht hochstieg, läutete eine Textnachricht. *LENKA*. Marie blieb stehen, der Menschenstrom spülte sich links und rechts an ihr vorbei die Treppe hoch. Ein Foto. Einfach so, ohne Text. Ein Selfie, seitlich Lenkas vorgereckter Arm. In der Mitte außer ihrem auch das glückliche Gesicht von Luboš. Krawatte, schwarzes Sakko, am unteren Rand zwei Gläser mit Rotwein.

Maries Lächeln hielt sich bis zur Rezeption des Hotels. Sie steckte das Handy weg und strich sich die Haare zurecht. Da fielen ihr die Kameras ein. Dieses Walross an der Rezeption hatte sie längst im Visier.

»Da sind Sie also doch gekommen?«

Er trug ein gebügeltes weißes Hemd und eine Krawatte mit dem Signet des Hotels. Glatt rasiert, die Augen in dem massigen ovalen Gesicht wirkten leicht eingesunken.

»Letzte Woche passte es mir zeitlich nicht«, sagte Marie.

»Ich hab doch gesagt, Sie sollten lieber am Abend kommen.«

»Zeit habe ich genau jetzt. Haben Sie Fotos gefunden, wenn ich fragen darf?«

»Ja, seit letzten Montag liegen sie hier«, meinte er und griff nach einem vergilbten zerknitterten Umschlag.

Zwei kleine Schwarz-Weiß-Fotografien mit Büttenrand und eine Ansichtskarte mit verknickter Ecke.

»Ah, das ist der Großvater. Die Uniform der französischen Legionäre. Und der Vater, wahrscheinlich mit Ihrem Vater. Mein Gott, damals mögen sie zwölf oder dreizehn gewesen sein …«

Marie stützte sich mit den Ellbogen aufs Rezeptionspult und nahm das zweite Foto zur Hand.

»Das sind mein Großvater und der Vater mit den Pferden, und das hier wird Ihr Vater sein, oder?«

»Möchten Sie nicht ablegen und hier im Sessel Platz nehmen? Ich mach Ihnen einen Kaffee.«

Marie war überrascht. Setzte sich aber gehorsam und rührte in dem Kaffee, den Hanzal ihr gebracht hatte. Der machte sich ihr gegenüber im Klubsessel breit.

»Diese Karte ist an und für sich schon von Wert«, sagte er. »Für Sammler.«

»Ja, eine alte Ansicht von Krumlov, noch schwarz-weiß«, nickte Marie. Sie las den kurzen Gruß, erkannte die Handschrift des Vaters, er hatte mit Füllfederhalter geschrieben. Das Datum auf dem Stempel war nicht zu entziffern.

»Ich schätze, so etwa neunzehnhundertfünfzig«, sagte Hanzal.

»Das heißt, die Adresse Ihres Vaters hatte er«, Marie kam ins Überlegen, »wenigstens anfangs, sonderbar, er hat mir unlängst gesagt, dass sie seit ihrer Österreich-Unternehmung keine Verbindung mehr hatten.«

»Andere Karten oder Briefe habe ich nicht gefunden. Mein Vater ist praktisch nie nach Přídonice gefahren, mit der Familie stand er so gut wie nicht in Kontakt.«

»Erzählen Sie mir ein bisschen mehr über Ihren Vater?«

»Nein.«

»Ich glaube, meinen Vater würde es freuen.«

»Mein Vater hatte künstlerische Veranlagungen, war aber fast das ganze Leben Lagerarbeiter beim Verkehrsbetrieb. Er hat Ersatzteile für Busse und Lastwagen ausgehändigt.«

Zum ersten Mal bemerkte Marie in seinem Gesicht eine leise Regung.

»Ich kann mich noch erinnern, wie das bei ihm im Lager geduftet hat, nach Ersatzscheinwerfern, Motorklemmen, verschiedensten Messanzeigern fürs Armaturenbrett. Manchmal hat er mich mitgenommen.«

»Hat er mit Ihnen auch über seine Zeit auf dem Dorf gesprochen?«

»Natürlich, von klein auf. Er hat sich das Dorf mit nach Prag gebracht. Für mich ist es, als hätte ich selbst dort gelebt und würde die Leute kennen. Später hat er mir dann auch von seinem Ausflug mit Ihrem Vater erzählt, wie sie neunundvierzig über die Hügel sind. Im Grunde war es das einzige Abenteuer in seinem Leben.«

»Bei meinem Vater war das vermutlich nicht anders. Irgendwie komisch, dass die beiden sich dann nie mehr getroffen haben. Wo sie doch so befreundet waren.«

»Ich meine, sie haben sich gesehen. Ich erinnere mich an zwei Begräbnisse in unserer Familie. Da sind wir auch hin. Ich seh den Friedhof in Přídonice noch vor mir.«

»Mein Vater behauptet, sie hätten sich nicht mehr gesehen.«

»An die Menschenmenge vor dem Friedhof kann ich mich nur verschwommen erinnern, mehr nicht. Ich war noch klein.«

»Darf ich mir die Fotos kopieren?«

»Sie können sie behalten. Was soll ich damit?«

Marie hob überrascht den Kopf.

»Aber Ihr Vater ist doch da auch drauf ... dann also vielen Dank!«

»Und noch zu dieser Flucht über die Grenze. Ich weiß das von meinem Vater; sie haben in einem Heustadel übernachtet, und vom Hof kam ein Mädchen und hat ihnen Essen gebracht, Ihr Vater wollte bei diesem Mädchen bleiben.«

Marie beobachtete seine Augen, sie waren wieder so merkwürdig starr. In der Rezeption klingelte das Telefon, er stand auf.

»Mehr weiß ich wirklich nicht, da müssen Sie schon Ihren Vater fragen. Mit dieser jungen Österreicherin hat er sich damals eingelassen, das hat mir mein Vater gesagt.«

»Wie eingelassen? Er war doch erst sechzehn ...«

»Na und?« Herr Hanzal lachte grob auf. »Vielleicht haben Sie ja irgendwo in Oberösterreich einen Bruder.«

Marie erhob sich und dankte für den Kaffee.

»Wissen Sie, dass sie sich hassen bis auf den heutigen Tag?«

»Wer?«

»Mein Vater und Ihr Onkel. Vor einem Monat haben sie gerauft bis aufs Blut.«

»Was Sie nicht sagen …«

»Ich habe gedacht, dass ich zu diesem Hass von Ihnen vielleicht noch irgendetwas erfahre.«

»Das klingt ziemlich pathetisch.«

»Die Hanzals haben den Boučeks in den Fünfzigern die Pferde weggeholt.«

»Aber ich bitte Sie, sparen Sie sich diese rührseligen Geschichten.«

»Was wahr ist, ist wahr.«

»Wahr ist: Die Traktoren haben Ihre Familie um die Pferde gebracht.«

Marie schüttelte schweigend den Kopf.

»Ich weiß, meine Liebe, nur ungern gesteht man sich ein, dass der Familienmythos trügt.«

»Ihre Familie hat das doch schließlich gespalten, die Politik nach dem Krieg. Und mein Vater hat über diese Zeiten nie viel gesprochen. Auch nicht über das, was danach kam. Ich würde gern wissen, was alles passiert ist, verstehen, was den Vater über Jahre hin zerstört hat. Seine Väter haben gekämpft, er hat sie in Ehren gehalten, aber er, womit hat er gekämpf? Mit Ihrem Onkel, der sein Chef war, weil er ein Parteibuch hatte? Der ihn immer wieder bei der Polizei angezeigt hat, und dann hat man ihm wegen Alkohol am Steuer den Führerschein weggenommen. Der den Vater sekiert hat, weil er, obwohl Leiter der Werkstatt, die *Rudé právo* nicht las, der ihm deshalb immer wieder die Prämien gekürzt hat?«

»Tja, keine ganz so großartige Geschichte, wie sonst in Ihrer Familie üblich, was?«

»Keine Umstürze, Barrikaden, Schusswechsel … nur die Jahre gingen dahin, neunzehnhundertsechzig, neunzehnhundertsiebzig, neunzehnhundertachtzig. Und mit dem

Vater ging's auch dahin. Ein langsamer Verfall, ein Bröckeln der Ideale.«

Das Telefon in der Rezeption klingelte lange.

»Sie denken wohl viel an Ihren Vater?«, fragte er.

»Natürlich. Finden Sie das verwunderlich?«

»Mir kann das egal sein, liebe Frau.«

»Aber was denken Sie denn darüber?«

»Dass Sie Ihr Leben leben sollten und nicht seines.«

Sie schaute in ein Gesicht ohne jede Mimik.

»Haben Sie einen Menschen, der Ihnen nahesteht?«

»Nein«, sagte er nach einer Weile. »Die Eltern sind tot, Kinder habe ich keine, und Frauen interessieren mich nicht mehr.«

»Aha. Und Sie haben schon alles gesehen und sind überall gewesen, stimmt's? Und Sie brauchen auch niemanden.«

Das Telefon in der Rezeption verstummte, Herr Hanzal stand unbewegt, die Hände in den Hosentaschen.

»Wissen Sie«, er schaute sie spöttisch an, »mich interessiert diese Liebe à la Shakespeare nicht mehr.«

Marie zuckte innerlich zusammen. Dieser Name. Ihre Finger krampften sich um den Umschlag mit den Fotografien.

»Wie haben Sie das ausgedrückt?«

»Liebe à la Shakespeare. In meinem Alter, was soll das?«

»Wie alt sind Sie denn? Sie reden ja, als wären Sie ein alter Mann.«

»Siebenundfünfzig.«

»Und was genau meinen Sie mit Liebe à la Shakespeare?«

»Diese ewige Komödie. Oder eher Tragödie. Auf Verliebtheit folgt Eifersucht, man quält und betrügt sich, geht auseinander und jagt einer neuen Beziehung nach.«

»Ich weiß, Sie kennen das menschliche Leben und alle seine Kalamitäten, wie Sie es nennen … «

»Das natürlich, aber ich kenne auch meinen Shakespeare, wissen Sie? Auch ich hatte eine künstlerische Neigung, vom Vater her. Aber meine Eltern haben dann letztlich doch einen Ökonomen aus mir gemacht. Meine Mutter hat das ganze Leben als Referentin, als Bürokraft bei verschiedenen Theatern gearbeitet. Sie hat mich oft in Vorstellungen mitgenommen, die ganze Familie ist gegangen. Mir hat das gefallen. Nicht der sozialistische Realismus, sondern die klassischen Stücke.«

»Und gibt es außer dieser Liebe à la Shakespeare, wie Sie es nennen, Ihrer Meinung nach noch eine andere?«

»Natürlich. Die kosmische Liebe zu allem und jedem. Lesen Sie doch mal einen fernöstlichen Philosophen. Lesen Sie denn?«

Sie lachte.

»Bin ich Ihnen zu nahe getreten?«

»Ich lese durchaus. Vor allem angelsächsische Literatur.«

»Hm. Und wozu soll das gut sein? Ich bin einigermaßen belesen, ich frage also ehrlich, was haben Sie davon?«

»Ich halte darüber Vorlesungen an der Universität.«

»Angelsächsische Romane, große Autoren … Das verschafft Ihnen bestenfalls Beklemmungszustände, führt Sie ins Ausweglose. Ins Hoffnungslose.«

»Meinen Sie?«

»Ja, genau dahin, wo Sie sich gerade befinden.«

»Ah ja, Sie spielen wieder eimal den Herrn Allwissend, wie beim letzten Mal?«

»Ich bin schon zielmlich alt, meine Liebe. Ich muss nichts mehr spielen.«

»Lieben Sie die Menschen?«

»Sollte ich das?«

»Kosmische Liebe versprühen Sie nicht gerade.«

Einen Moment maßen sie einander mit Blicken, Marie hatte ihren Übergangsmantel schon zugeknöpft und Herr Hanzal wohl ein erstes Mal mit den Lidern gezuckt.

»Nein, dazu bin ich nicht imstande. Wie denn auch, dazu war bestenfalls Jesus imstande oder auch Buddha …«

Das Telefon in der Rezeption klingelte erneut.

»Ich danke Ihnen sehr für die Fotos und dass Sie …«

»Bitte gehen Sie jetzt, ich habe Arbeit. Ich bessere mir hier meine Invalidenrente auf, nur damit Sie es wissen.«

Draußen zauste ihr der Wind wieder durchs Haar, sie schlug den Kragen ihres Nylonmantels hoch und eilte zur Metrostation.

*

Im Seminar über die Literatur des zwanzigsten Jahrhunderts gab sie den Studenten eine Frage auf: Kann ein böser Mensch klug sein? Sie schrieb sie im Unterrichtsraum an die Tafel. Und dazu auf Latein mit Fragezeichen versehen:

CONTRADICTIO IN ADJECTO?

»Gehen Sie dem auf den Grund. Ist das wirklich ein Widerspruch? Forschen Sie in Ihrem Gedächtnis, in Ihren Lektürenotizen, versuchen Sie in den Werken zeitgenössischer Autoren so eine Figur zu finden oder eine, die ihr nahekommt.«

Die Studenten zerstreuten sich, Marie verließ den Raum als Letzte. Draußen im Gang wartete Milan. Übergab ihr die Schlüssel Ihres Wagens.

»Gewaschen, Reifen gewechselt, Kühlwasser, Spritzwasser etc. überprüft.«

»Vielen Dank, Milan. Du bist einfach toll.«

»Aber geparkt habe ich ihn vor der Juristischen Fakultät, sorry, die Stadt ist hoffnungslos überfüllt.«

»Das macht nichts. Hast du nicht Lust, mich dorthin zu begleiten? Ich bring dich dann nach Haus.«

Sie gingen an der Moldau entlang.

»Da wären die Winterreifen also wieder zurück. Ein halbes Jahr ist um«, brach Marie das zunächst befangene Schweigen. Milan kam schließlich ins Reden, und ehe sie Maries Wagen erreicht hatten, sah es aus, als wäre alles wie früher.

»Weißt du, bei einem Subaru hat alles seine Logik, es lässt sich ganz intuitiv bedienen. Klar, dein Auto ist de facto neu, und trotzdem könnte man sagen, dass die Ausstattung ein wenig hinter den modernsten Standards auf dem Markt herhinkt. Ich meine, was das Design betrifft und das digitale Equipment. Aber in meinen Augen ist das ein Vorteil.«

Milan setzte sich auf den Beifahrersitz und gestikulierte und deutete mit dem Finger aufs Armaturenbrett, aber Marie konzentrierte sich auf den Verkehr und nahm ihn gar nicht so wahr.

»… dieser Hersteller hat sich einfach nicht für eine komplette Touchscreen-Steuerung entschieden wie fast alle anderen in Europa oder Amerika. Man nennt so was digitales Cockpit, ich finde es ziemlich langweilig. Subaru geht natürlich mit der Zeit, ist modern und zugleich … schau mal, zum Beispiel hier, Marie, und hier, siehst du? Der Subaru behält ein paar elementare mechanische Schalter und Steuerungen. Ein modernes Cockpit, ohne Frage, aber irgendwie immer noch menschlich …«

Sie hielt zwischen den Plattenbauten der Siedlung. Er öffnete den Schlag, schickte sich an auszusteigen.

»In vierzehn Tagen beginnt das Französische Filmfestival, Šárka hat im Kino Světozor schon reserviert …«

»Danke, Milan.«

»Aber da bist du in Edinburgh, oder schaffst du das?«

»Klar, ich fliege übermorgen und nur für drei Tage …«

Und kurz zeigten sich ihrem Blick noch die Rückseite seiner grünen Schmuddeljacke und die über dem Kragen flatternden Haare im Herbstwind.

*

Mitte November war es ungewöhnliche mild. Die Sonne wärmte die Luft über dem Feldweg, der Himmel war blau, und es herrschte fast völlige Windstille. Marie war niedergeschlagen, aber doch auch froh, dass sie die Schwester für eine Weile herausgezogen hatte aus der drückenden Stimmung des verdunkelten Schlafzimmers, wo in seinem Bett auf übereinandergeschichteten Kissen der Vater halb lag, halb saß.

»Du warst wieder einmal nicht erreichbar, wie immer, wenn etwas passiert.«

»Was hätte ich denn tun sollen, Verča, als du angerufen hast, war ich schon auf dem Flughafen.«

»Wir haben eine ganze Ewigkeit auf die Ambulanz gewartet.«

»Und angenommen, ich wäre zufällig gerade nicht nach Schottland geflogen, glaubst du, ich wäre mit dem Auto schneller bei euch gewesen?«

»Láďa war am Arsch der Welt, auf Montage irgendwo in der Vysočina. Immer bleibt alles an mir hängen …«

Sie hatten ihre Mäntel offen und kehrten in großem Bogen zurück zum Dorf. Aus ebenjener Richtung hatte sich fünfundvierzig Hanzals schwarzes Auto dem Dorf genähert, mit einer Ladung Handfeuerwaffen, die, eingewickelt in einer Decke, auf dem Rücksitz lagen. Jetzt bellte kein Maschinengewehr deutscher Werwölfe und spuckte Feuer, wie der Vater es auf seinem Tafelbild dargestellt hatte, es war Frieden. Marie hatte den Angriff der Schwester schon abgeschmettert. Sie bogen schweigend vom Feld auf die Straße. Und in der Stille des Herbstnachmittags schien es Marie nur, als hörte sie den Widerhall von Schüssen und als schmeckte sie Schießpulver in der warmen Luft über dem Asphalt.

»Es hängt jetzt nicht mehr alles nur an dir, Verča. Ich war hier doch den ganzen Sommer.«

»Die Mutter und ich wussten überhaupt nicht, was wir machen sollten, keinen Laut hat er von sich gegeben und konnte sich nicht rühren …«

»Aus dem Spital haben sie ihn recht früh entlassen.«

»Das ist gut. Zu Hause fühlt er sich besser. Jetzt hat er die Reha vor sich.«

»Stell dir mal vor, ich hab ein paar alte Fotos auftreiben können, da ist der Vater drauf und der Großvater und die Pferde.«

»Dass dir bloß nicht einfällt, sie ihm zu zeigen! Und versuch ja nicht, ihm davon irgendwie zu erzählen, das regt ihn nur auf.«

Sie gingen über den schmalen Grasstreifen zwischen dem Hanzal-Hof und dem Zaun, der zum elterlichen Grundstück gehörte. Dieser Streifen zog eine Grenze zwischen Familien, zwischen politischen Ansichten, zwischen Leben. Wegen diesem Streif Land, das im Katasterbuch auf den alten Hanzal eingetragen war, musste der Vater viele Jahre lang mit dem Traktor ums halbe Dorf, wenn er von seinem Garten zur Straße wollte, wenn er im Sommer Heu wegfuhr oder Holz heranschaffte. Hanzal hatte ihm nicht erlaubt, über sein Grundstück zu fahren. Nun lagen die beiden alten Männer im Sterben, der eine im Krankenhaus, der andere daheim.

Aus dem Sonnentag traten sie in die dämmrige Küche. Die Mutter war verschreckt und besorgt zugleich. Die schlimmste aller Kombinationen, dachte Marie. Alles im Haus unterstand jetzt dem Befehl Veronikas. Marie respektierte es und machte sich ans Kochen. Von draußen hörte sie Männerstimmen. Sie wandte sich zum Fenster und sah Láďa mit einem älteren Mann, der seine wattierte Jacke offen trug. Sah, wie sie in den Brunnen auf dem Hof schauten, dann eine Zeit lang um ihr Auto strichen, das sie ein Stück weiter weg geparkt hatte, und schließlich verschwanden sie hinter der Scheune im Garten.

»Veronika, ich glaube, wir könnten den Vater ein bisschen an die frische Luft bringen.«

Die ältere Schwester machte ein verschlossenes Gesicht.

»Jetzt scheint hier die Sonne her, und es hat bestimmt zehn Grad«, versuchte Marie es noch einmal.

»Willst du ihn samt seinem Bett raustragen?«

»Wir tragen ihn in dem Stuhl mit der hohen Lehne; der ist groß genug und bequem.«

»Das schaffen wir nicht.«

»Láďa kann uns helfen. Und der andere da. Wer ist das denn überhaupt?«

»Irgendein Fachmann für Brunnen. Der will sich angeblich den ausgetrockneten Brunnen im Garten anschauen.«

»Wir packen den Vater in eine Decke, dann kann er sich an der Sonne ein Stündchen wärmen. Das wird ihm guttun.« Marie bettelte fast, Veronika schaute zur Mutter hinüber. Und nickte dann.

Die Sonne schwamm hinter einer großen Wolke hervor und flutete ihr Licht in den Hof, es trug eine herbstliche Schattierung in sich, ein herbstliches Zittern. In der Luft ein Beigeschmack von Fäulnis, welkem Gras und nassen Blättern, die der Wind sich gegriffen und ausgestreut hatte, der Wind, der auch den Rauch aus den Schornsteinen der Häuser im Dorf mit sich fortriss. Marie saß auf der Bank auf dem Außengang und beobachtete den Vater, der reglos im Polsterstuhl mit der hohen Lehne saß. Seine linke Seite war gelähmt und das Gesicht ohne jede Mimik. Er konnte nicht sprechen, röchelte nur und bewegte kaum merklich den Kopf. Ein in sich selbst Gefangener. Marie hatte die vergilbten alten Fotos in der Handtasche. Die Fragen an den Vater im Kopf, auf der Zunge. Er saß verstummt und starr. Marie hatte geahnt, dass ganz am Ende nichts als Einsamkeit bliebe. Aber eine so fürchterliche?

Sie stand auf und zog dem Vater die Decke bis unters Kinn. Auch seine Augen waren unbewegt, ein matter Blick, festgeheftet an eine Mauerstelle des früheren Pferdestalls. Ihr wurde bewusst, dass er seinen Kopf nicht selbst bewegen konnte. Sie fasste die Lehne und drehte den Vater auf seinem Stuhl ein bisschen nach rechts. Dann stellte sie sich hinter ihn und schaute nach vorn. Das Tor zum Hof stand leicht geöffnet.

»Jetzt hast du eine bessere Aussicht, was, Papa?«

Sie setzte sich wieder auf die Bank. Seine Augen, so schien ihr, wurden lebendiger, um den Mund ein Anflug von Lächeln. Vielleicht schob sich ja jetzt durch den Spalt zwischen den Torflügeln erst der Kopf, dann der Hals eines Pferdes. Vielleicht aber hielt der Vater nur weiterhin Ausschau nach jemandem, auf den er das ganze Leben gewartet hatte. Vielleicht auch hatte sie sich die Regung in seinem Gesicht nur eingebildet.

Eine Bewegung registrierte sie von der anderen Seite her. Das Tor im Gartenzaun hatte sich geöffnet. Láďa stand da. Hielt den Kopf zwischen beiden Händen, als könne er etwas nicht fassen. Dann ließ er die Arme sinken und kam langsam über die Grasfläche auf sie zu. Vor dem Vater machte er halt, ließ seinen Blick auf ihm ruhen, wandte sich dann an Marie.

»Wo ist denn die Verča?«

»Bei der Mutter drin.«

Der Schwager blickte zum Garten zurück.

»Ist irgendwas, Láďa?«

Láďa verschwand in der Tür und kam kurz darauf mit Veronika wieder heraus.

»Kommt mit in den Garten.«

»Wozu?«

Die Schwestern begriffen nicht.

»Lasst den Vater hier, der läuft nicht weg, und kommt mit, ich zeig euch was.«

»Sollen wir die Mutter rufen?«

»Nein, vorerst lieber nicht«, sagte Láďa.

Sie folgten ihm über den Hof. Näherten sich den Apfelbäumen, den Birnbäumen, und immer deutlicher vernahmen sie ein Klingen. Wie Glöckchen fast. Es war das Klirren von Glas. Im Gras neben dem Brunnen wölbte sich ein Berg Flaschen auf, soeben flog eine weitere aus der Tiefe empor und landete. Über den Brunnenrand spitzte das Ende der kurzen Leiter, die Marie und Veronika unlängst beim Apfelpflücken im Einsatz hatten. Über der Betonrundung erschien ein grau melierter Kopf. Der Mann in Arbeitsjacke hielt in jeder Hand eine Flasche aus Klarglas mit Etikett. Er warf sie zu den anderen und kraxelte aus dem Schacht. Láďa, Veronika und Marie gingen bis an den Brunnen vor.

»Der ist voller Rumflaschen«, sagte Láďa. »Jahrelang war er mit Betonplatten doppelt abgedeckt.«

Die Schwestern sahen sich an. Marie beugte sich über das Loch.

»An die siebzig Flaschen haben wir schon gefördert«, sagte der Mann in der braunen Jacke.

»Um Gottes willen«, hauchte Marie, »wie tief ist denn der Schacht?«

»Der Vater hat mir gegenüber behauptet elf Meter«, erwiderte Láďa. »Dann wären sie beim Graben, damals nach dem Krieg, auf Fels gestoßen.«

Schweigend standen sie um den Brunnen.

»Was machen wir denn damit?«, ließ sich Veronika schließlich hören.

»Ich hab zu Láďa gesagt, am besten er ruft die Kommunalverwaltung in Krumlov an«, meinte der Brunnenfachmann und lachte kurz. »Die sollen einfach zwei oder drei Glascontainer ranschaffen.«

»Schau mal«, Láďa stupste Veronika in die Seite und deutete auf den Haufen, »mit der Tiefe ändern sich die Etiketten. Die hier haben auf dem Etikett eine Vignette mit Segelschiff, siehst du? Fruta, volkseigener Betrieb in Südböhmen. Die sind so ungefähr aus den achtziger Jahren, wenn ich mich richtig erinnere. Und das Etikett hier mit dem Kompass, RUM EXTRA, Fabrik 03, Jindřichův Hradec. Zweiundvierzig tschechoslowakische Kronen der halbe Liter. Die sind aus den Siebzigern. Und hier, schau mal: 0,7 Liter, inländischer Trinkrum, im Etikett ebenfalls eine Vignette mit Segelschiff, FRUKO Jindřichův Hradec. Ich bin schon gespannt, was wir finden, wenn wir meintwegen sieben Meter tief sind …«

Die Dämmerung kam rasch, der Vater atmete ruhig, das frisch bezogene Bett duftete nach Weichspüler. Die Mutter hatte sich schon hingelegt, Marie beugte sich zu ihr.

»Mama, du wirst sehen, das wird wieder gut. Der Vater ist stark.«

»Wenn du nur recht hast, Mädchen.«

»Mirkas Vater hat auch einen Schlaganfall gehabt, das weißt du doch. Und der hat sich so gut erholt, dass niemand was merken würde.«

Marie ging durch den dunklen Gang, in der Ritze unter der Küchentür stand noch Licht. Sie trat ein, und die wohlvertraute Geborgenheit des Raumes, der von jeher Mittelpunkt des Hauses gewesen war, legte sich sanft um ihre Seele. Sie setzte sich zu den anderen, wieder saßen sie zu dritt am Tisch, wieder war es Abend geworden. Láďa und Veronika tranken Kaffee, einen Turek im Glas, wie immer. Marie seufzte laut und cremte sich nach der großen Wäsche die Hände ein.

»Der Vater kocht uns wahrscheinlich keinen Kaffee mehr«, sagte Láďa leise.

»Alles wird anders«, meinte Veronika. »Am zwanzigsten fängt bei der Mutter die Dialyse an, das heißt, die beiden haben hier auf dem Hof ihre letzte Woche vor sich.«

»Die Mama hat sich damit abgefunden, dass sie über den Winter in der Wohnung in Krumlov sein werden«, sagte Marie.

»Glaubst du wirklich, nur über den Winter?«, warf ihr die Schwester hin.

»Wir wintern hier alles ein, lassen das Wasser aus den Heizkörpern und kommen manchmal zum Lüften rüber, im Frühling können wir weitersehen«, kürzte Láďa die Diskussion ab. Marie ließ den Blick schweifen. Sie saßen zwischen den grauen Schatten und Konturen der Dinge. Hinter dem Fenster war es schon völlig dunkel. Sie fühlte keine Trauer mehr, keine Wehmut, nur Müdigkeit.

»Wie der das überlebt hat?«, unterbrach Láďa das Schweigen, »einen ganzen Brunnen Rum auszutrinken.«

»Und fünfundachtzig zu werden«, ergänzte Veronika.

»Vielleicht ist es ja genau umgekehrt«, sagte Marie. »Vielleicht musste er einen Brunnen Rum austrinken, damit er das überlebt.«

»Aber was? Was ist ihm denn so Schreckliches passiert, dass er dermaßen getankt hat?«, fragte Veronika.

»Das sagt er dir jetzt wohl nicht mehr«, schmetterte Láďa sie ab. »Und überhaupt, eine Menge Leute saufen zu viel. Ohne dass ihnen was Schlimmes passiert.«

»Ah ja, der Philosoph hat gesprochen«, knurrte Veronika. »Und ich hab gedacht, fürs Philosophieren haben wir die Marie.«

»Du erinnerst dich doch bestimmt, Verča«, Marie ergriff das Wort, »an die Zeit, als wir hier aufgewachsen sind. Die Kanne mit dem Kaffeeersatz Marke Melta. Die Mama hat dem Vater das Frühstücksbrot eingepackt, er hat die Silontasche an seinen Fahrradlenker gehängt und ist zur Arbeit gefahren. Die Traktoristen und Mähdrescherfahrer vom Staatsgut, das war seine Aufgabe. Von was anderem hat er nie geredet. Jahrein, jahraus. Oder erinnerst du dich aus diesen Jahren an irgendwas anderes?«

»Wie er uns beide gedrillt hat, als wären wir bei der Armee.« Veronika lachte kurz auf.

»Tja, manchmal denke ich mir, wie enttäuscht er wohl sein musste, dass ich kein Junge war«, nickte Marie. »Er war fast vierzig, als ich auf die Welt kam.«

»Ein ziemlich misslungener Versuch – und das gilt für euch beide.« Láďa konnte sich diese Witzelei nicht verkneifen.

»Egal, Verča, erinnerst du dich, den Vater je betrunken gesehen zu haben?«

»Eine Fahne hatte er oft genug.«

»Na gut, aber dass er betrunken gewesen wäre, daran kann ich mich nicht erinnern«, beharrte Marie.

»Jetzt redest du schon wie die Mama«, sagte Veronika spitz.

»Ich glaube, für ihn waren die siebziger und achtziger Jahre kritisch.«

»Denk nur mal dran«, sagte Veronika, »wie oft sie damals seinen Führerschein einkassiert haben. Wegen der Sauferei. Zehnmal vielleicht …«

»Aber er war stark, er hat es geschafft aufzuhören.« Marie ließ sich nicht beirren.

»Anhand der Etiketten, der verschiedenen Vignetten, könnte man feststellen«, mischte sich Láďa dazwischen, »wie lange es war und wann er aufgehört hat?«

»Der Brunnen war die letzten zwanzig Jahre abgedeckt, mit einem doppelten Deckel«, sagte Marie und schaute zur Schwester. Sie konnten sich in der dunklen Küche kaum mehr erkennen.

Láďa stand schließlich auf und machte Licht. Die Helligkeit der Birne in der Deckenlampe über dem Tisch bewirkte eine Veränderung. Eine Veränderung, die mit der Zeit zu tun hatte oder auch mit der Relativität der Entfernungen. Sie blieben noch eine Weile sitzen, knüpften an ihr Gespräch aber nicht mehr an. Veronika und Láďa machten sich auf den Heimweg, und Marie stieg hoch unters Dach und richtete sich ein Bett.

DEZEMBER 2018

Keine zwei Wochen mehr bis Weihnachten. Voraussichtlich die letzte Reise nach Český Krumlov im alten Jahr. Marie saß hinterm Steuer und sagte die beiden Wörter immer wieder vor sich hin: altes Jahr. Der Schnee auf den Feldern ließ sie in ihren Erinnerungen zurückkehren zu den ersten Januartagen. Aus dem neuen Jahr war ein altes geworden. Im Kofferraum lagen noch die Sandalen vom Sommer, daneben, in Weihnachtspapier, die Päckchen für die Eltern. Im Handy eine SMS von Petra, inzwischen zwei Wochen alt. Dass sie bei ihr im Friseursalon vorbeischauen solle, wenn sie wieder in Krumlov sei. Und noch eine Textnachricht. Von Luboš, zwei Tage alt und für Marie dennoch wie aus einem früheren Leben.

Die Straßen in der Stadt waren schon weihnachtlich geschmückt. Der Schnee hielt sich aber nur auf den umliegenden Höhen. Das Pflaster der alten Gässchen glänzte, Kälte stieg daraus hoch. Marie trat in den Salon ein, der völlig anders auf sie wirkte als noch im Sommer. Brennende Kerzen, Tannenzweige mit Weihnachtsschmuck, Strohschüsseln mit Plätzchen.

»Schön hast du's hier, Petra!«

Sie umarmten sich.

»Ein Weihnachtsgeschenk.« Petra wies auf ein Tischchen.

»Aber ich hab nichts für dich«, sagte Marie erschrocken.

»Ich doch auch nicht«, lächelte Petra. »Das ist nicht von mir.«

Marie blickte auf den Bücherstoß, der von einem Bindfaden aus Naturfaser zusammengehalten wurde. Sie legte ihren Kopf schief, um die Buchrücken zu lesen.

Walt Whitman – Leaves of grass
D. H. Lawrence – Lady Chatterley's Lover
Raymond Carver – What We Talk About When We Talk About Love
Patricia Highsmith – The Talented Mr. Ripley
Dashiell Hammett – The Maltese Falcon

Drei gebundene Bücher und zwei broschierte. Unter die Schnur geschoben eine Weihnachtskarte mit dem verschneiten Krumlov. Marie zog sie hervor, drehte sie um.

Schöne Weihnachten wünschen Shakespeare und alle seine Söhne.
PS: Bin in Prag an der Juristischen Fakultät.

Ohne Unterschrift. Marie wandte sich an Petra.

»Die soll ich mitnehmen?«

»Er hat das schon irgendwann vor Nikolaus hier abgegeben.«

Marie schaute auf die Bücher aus der nicht mehr existenten Buchhandlung. Und wusste, dass Petra sie beobachtete.

»Was macht man mit Geschenken, die man nicht will?«

Petra hatte eine Kundin im Sessel sitzen. Viel konnten sie nicht bereden. Und schon stand Marie mit den Büchern unterm Arm wieder draußen auf der Straße, sie verabschiedeten sich, wünschten einander schöne Feiertage. Petra hatte die Tür bereits geschlossen, als Marie ihr noch etwas zurief und winkte. Und aussah wie jemand, der Rat braucht.

»Luboš hat mir geschrieben, dass er mich sehen möchte.«

Petra öffnete wieder, sie stand in der Tür. Und sah aus, wie jemand, der nicht weiß, was er antworten soll.

*

Vielleicht ist es ja nur ein einzelner Strahl, ein bestimmter Farbton des Lichts. Marie blickte sich in ihrer Wohnung um und überlegte, was Petras Friseursalon so heimelig machte. Immerzu hatte sie ihn vor Augen, den kleinen Raum.

Vielleicht waren es die weiß getünchten Gewölbe des alten Krumlover Hauses. Der Widerschein des Lichts, die Schatten, der Nadelzweig, der Duft nach Wachs oder noch etwas anderes. Kerzen hatte Marie auch, selbst einen Tannenzweig, und der Küchentisch war weihnachtlich gedeckt. Trotzdem fühlte sie sich nicht auf die gleiche Weise geborgen, wohlig und zärtlich umfangen. Sie stellte sich Lenka und ihren Freund vor, wie sie sich bei ihr zu Tisch setzten. Das tat schon gut. An Heiligabend wären sie bei ihr zum Mittagessen. Und doch empfand sie die Wohnung als leer und kalt. Draußen wurde es dunkel, Marie erhob sich rasch von ihrem Stuhl, schlüpfte im Vorraum in ihren Wintermantel und schnappte sich ihre Tasche.

Ihr Lieblingstisch im Café Kabinet war frei. Sie freute sich, bestellte einen Ingwertee. Spielte kurz mit dem Handy, blätterte in dem Buch, das sie gerade mit sich herumtrug. Nahm die Gäste in Augenschein, die Bilder an den Wänden. Alles bestens vertraut, aber ein Gefühl wohliger Geborgenheit wollte auch hier nicht entstehen. Sie zahlte und machte sich auf den Heimweg. Als sie an ihrem Auto vorüberkam, das neben dem Gehweg geparkt stand, tastete sie in ihrer Tasche, der Zündschlüssel war seit der Rückkehr aus Krumlov noch immer drin. Sie stieg ein, blieb eine Weile hinterm Steuer sitzen, so wie sie war, im Mantel, die Tasche auf dem Schoß. Sie dachte an Milans Ausführungen zum Interieur der verschiedenen Wagen. Eher konservatives Design und intuitive Bedienung. Erinnerte sich, was er noch gesagt hatte, hörte in Gedanken seine Stimme. Digitales Cockpit. Ja, das waren seine Worte gewesen. Sie drehte den Schlüssel, die gedimmte Beleuchtung des Armaturenbretts wirkte auf sie wohltuend. Die Luft im Wagen roch leicht nach Parfüm, zugleich nach Kunststoff und technischen Bauteilen, von denen sie nichts verstand. Dieser Mix war ihr irgendwie angenehm. Und wenn erst der Motor brummen würde, wenn sie die Scheinwerfer einschalten und losfahren würde, wäre sie in diesem kleinen Raum für sich, wäre im Warmen und eingehüllt in diesen besonderen Duft. Letztendlich ganz gemütlich, auch wenn der Sitz neben ihr leer bliebe. Sie schloss die Augen und drückte sich in die Rückenlehne. In ein paar Stunden könnte sie ganz woanders sein. Auf der Autobahn Richtung Nordwesten. Im Nu wäre sie an der Grenze, sie könnte zum Beispiel nach Dresden fahren. Oder nach Berlin. Oder zur Ostsee hoch, warum nicht. Auf deutschen Autobahnen kommt man rasch vorwärts. Um Mitternacht könnte sie Hunderte Kilometer weit sein, würde sich ein Zimmer in einer Pension nehmen, ein gemütliches Zimmerchen … Sie rannte hoch in die Wohnung, packte Wäsche und ein paar Kleider in die kleine Sporttasche, fegte von der Konsole im Bad ein paar Sachen in ihren Kosmetikbeutel, und erst als sie die Wohnungstür absperren wollte, fragte sie sich, was sie da eigentlich tat. Drehte dann aber doch den Schlüssel im Schloss energisch herum und eilte die breite Mietshaustreppe hinab.

Alles verlief, wie sie es sich vorgestellt hatte. Das leise Schnurren des Motors, die sich ins Dunkel tastenden Lichtkegel, und innen im Wagen der besondere Duft, gedimmtes Licht, Wärme. Aus dem Radio angenehm schwirrende Stimmen und Lieder. Hinter Prag fuhr sie auf die D8.

Im selben Moment klingelte das Mobiltelefon, die unbekannt bekannte Nummer.

»Grüß dich, Hynek.«

»Hast du endlich doch meine Nummer gespeichert?«

»Gespeichert nicht, aber ich weiß sie schon auswendig.«

»Über Weihnachten bin ich in Prag, wir könnten uns treffen, Marie …«

Sie ließ ihn eine Weile erzählen, seine sonore Stimme füllte die Leere und übertönte die Monotonie der Fahrt. Die Tankanzeige meldete, dass das Benzin zur Neige ging.

»Ich muss Schluss machen und tanken fahren«, erklärte sie in ihr Handy.

»Wo bist du eigentlich, Marie?«

»Irgendwo bei Losovice.«

»Und wo fährst du hin?«

»Weiß nicht.«

Sie hörte ihn irritiert auflachen. Zum ersten Mal klang er vielleicht nicht ganz so souverän.

»Also mach's gut, ich biege in die Tankstelle ein.«

»Alles in Ordnung, Marie? Ich meld mich wieder. An Stephani ruf ich dich an. Marie! Marie!«

Sie stieg aus in die Kälte und verfolgte, wie die Ziffern an der Tanksäule in die Höhe rauschten, die Liter und der Preis. Drinnen beim Zahlen stieg ihr Kaffeeduft in die Nase. Eine kleine Sitzecke, eine Theke mit Baguettes und Gebäck. Sie fuhr auf den Parkplatz an der Seite und kehrte in das kleine verglaste Gebäude zurück. Sie fror in ihrem offenen Mantel, und der erleuchtete Verkauf wirkte einladend. Mit einem Kaffee und einem Croissant setzte sie sich ins Eck. Beobachtete die leuchtenden Autos, wie sie herankamen, anhielten, sich wieder entfernten. Beobachtete die Menschen, die an der Kasse bezahlten. Zwischendurch rief Lenka an.

»Stör ich, Mami? Du räumst bestimmt auf, was?«

»Ja … im Grunde ja. Weihnachtsputz.«

»Wegen dem Mittagessen an Heiligabend, Petr und ich, wir kommen ein bisschen später. Wäre das in Ordnung, so gegen halb zwei?«

Kaum hatte sie das Telefon weggelegt, klingelte es von Neuem.

VERONIKA

»Kommst du an Stephani? Oder wann?«

Die Stimme der Schwester klang fast verdächtig friedfertig.

»Schlafen kannst du bei uns«, fuhr sie fort, »das Haus in Přídonice ist nicht geheizt, da würdest du erfrieren.«

Marie war gerührt.

»Wie geht's dem Vater?«

»Die Reha läuft weiter, der Arzt sagt, er wird wieder sprechen und sich auch wieder bewegen können.«

»Und die Mutter? Hoffentlich haben die beiden sich schon etwas eingewöhnt. Gestern ist sie überhaupt nicht ans Telefon gegangen.«

»Wie auch, nach vier Stunden an der Nadel. Sie bleibt etwas länger im Spital, nach der Dialyse müssen sie ihr die Hand massieren, die ist immer ganz blau.«

Die junge Frau mit dem Shirt in den Farben der Betreibergesellschaft und mit dem aufgestickten Logo der Tankstelle wischte den freien Nachbartisch sauber. Bei ihr hatte Marie sich den Kaffee geholt.

»Ist was passiert«, piepste sie. »Kann ich irgendwie helfen?«

Erst jetzt fiel Marie auf, dass das Mädchen tatsächlich sehr jung war. Um die zwanzig. In einer Hand hielt sie den feuchten Lappen, in der anderen das Putzmittel in der Plastiksprühflasche.

»Danke, sehr nett von Ihnen«, presste Marie mit kippender Stimme hervor. Wischte sich schnell die Tränen ab, atmete tief durch und deutete Richtung Theke. »Ich würde noch eine Schokoladentorte nehmen. Und noch einen Kaffee bitte …«

Sie aß im Warmen das zweite Stück Torte auf, in diesem angenehmen, kunstlichtgefluteten Mini-Café. Blickte auf den leeren Teller mit der Schokoschliere, und ihr wurde klar, dass gerade zwei Stunden Laufband mit Katka im Fitness-Zentrum zunichtegeworden waren. Die Dunkelheit hinter den Scheiben beunruhigte sie, und der kalte Luftzug, der von draußen hereinschoss, wenn sich die Schiebetür öffnete, war ihr zuwider. Der Stuhl war nicht so besonders bequem, aber Marie wollte nicht von der Stelle. Sie blieb noch eine gute Viertelstunde und vertrieb sich die Zeit mit dem Handy. Gab ihre Dejvicer Adresse als Destination ins Navi ein und prüfte, wie viele Kilometer es bis zur günstigsten Autobahnabfahrt wären.

*

Sie stand auf dem Gehsteig, der Dezembernachmittag glitt hinüber in Dämmerung. Eine lange Schaufensterreihe bot Weinachten feil, versuchte, es mithilfe von Nadelzweigen und Weihnachtssterntöpfen zu Geld zu machen. Der Himmel über Prag war düster, und eine pathetische Wolke drohte mit Schnee. Marie sah auf die Armbanduhr. Absichtlich sammelte sie zehn Minuten Verspätung an. Und auch wenn zu erwarten war, dass der Abend dramatischen Themen vorbehalten wäre, fühlte sie sich innerlich ruhig. Sie näherte sich dem Café in der Prager Altstadt; hier war sie noch nie gewesen, über jedem Tisch schwebte an langem Stab eine Lampe und ließ ein gedämpftes Licht leuchten. Sie entdeckte ihn sofort, er saß mit dem Rücken zu ihr am großen Fenster. Dunkles Sakko, ein Streif Hemdkragen spitzte weiß hervor. Etwa zehn Meter vor dem Café blieb sie stehen, ihr Blick wanderte über das Interieur, ein in die Dunkelheit blinkendes Aquarium. Die Gestalt im schwarzen Sakko saß völlig unbewegt auf ihrem Stuhl. Noch ein paar Schritte, und sie sah sein Gesicht fast im Profil. Sie betrachtete ihn eine Weile wie ein Bild in einer Galerie, ja, wie ein Tier aus fremden Regionen. Sicher länger als eine Minute, aber er wandte seinen Kopf nicht ein einziges Mal, um nach ihr Ausschau zu halten, sie draußen hinter der Scheibe zu erspähen, und Marie kam sich vor wie Julio Cortázar, der im Jardin des Plantes ganz eingenommen ist vom Anblick eines eigentümlichen, reglosen Lebewesens. Sie rief sich die Erzählung ins Gedächtnis. *Axolotl.* Cortázar war regelmäßig in den Zoologischen Garten von Paris gegangen, hatte sich in faszinierter Betrachtung jenes seltsamen Amphibiums namens Axolotl auf das Geländer vor dem Aquarium gestützt und sinniert, worin er ihm verwandt war, worin jenes Entfernte und hoffnunglos Verlorene bestand, was ihn mit diesem Wesen verband.

Als sie eintrat, kam Leben in die unbewegte Gestalt, sie erhob sich erstaunlich behände und half ihr aus dem Mantel. Sie saßen sich gegenüber, der Kellner stellte einen Kaffee und ein stilles Mineralwasser vor Marie hin. Und sie blickte in das vertraute Gesicht gegenüber am Tisch. Ist er es oder doch schon ein anderer? Er sah nachdenklich drein, förderte seine sicher im Vorhinein zurechtgelegte Rede mühsam aus sich hervor und kam nur langsam in Fahrt.

»Einen Monat ist es jetzt her, und ich kann immer noch nicht begreifen, wie es möglich ist, dass sie sich so verändert hat. Wie sich ein Mensch verändern kann, von einem Tag auf den anderen.«

Wahrscheinlich erwartet er jetzt, dass ich Verständnis signalisiere, dachte Marie.

»Das war kurz nach ihrem Besuch bei den Eltern. Offenbar war da nicht alles ideal gelaufen, so viel hab ich gespürt, irgendwie war sie danach nervös, und ich wohl auch. Ich hatte aber trotzdem den Eindruck, dass ich die Situation irgendwie gemanagt hab.«

Marie gab nicht das Mindeste zu erkennen, keine Regung im Gesicht, keine Geste des Entgegenkommens.

»Wir kamen zu Hause an, ich seh den Moment noch ganz genau vor mir, diese wenigen Augenblicke. Schon im Auto war sie irgendwie nicht sie selbst, das hab ich gemerkt, ich hab uns dann einen Wein eingeschenkt, sie hat neben mir auf der Couch gesessen.«

Der Vergleich mit Cortázar trifft es doch nicht ganz, dachte Marie. Er hat dieses wunderliche Geschöpf mit Interesse beäugt, der Axolotl hatte Cortázar interessiert, hatte ihn fasziniert. Marie hingegen schaute auf einen sprechenden Kopf, und was er sagte, ging zum einen Ohr hinein, zum anderen wieder hinaus, und ihr einziger Wunsch war, dass sie sich endlich verabschieden würden und sie schon gehen könnte.

»Marie, das ist schrecklich, ich konnte praktisch zusehen, wie etwas aus ihr schwindet, etwas, was ihr Schönheit gegeben hat, weißt du, so eine innere ... plötzlich war sie wer anders. Das hab ich noch nie erlebt, wie sich aus einem schönen Wesen genau das verliert, was es schön macht.«

Marie war sich nicht sicher, ob er nicht im nächsten Moment losweinen oder sie um Rat bitten würde, vielleicht erneut um ihre Hand anhielte. Sicherheitshalber gähnte sie.

»Sie hat ihre Sachen noch am selben Abend gepackt. Zwei Taschen, einen Koffer.«

Noch kam es Marie nicht so vor, als würde Luboš von ihr etwas Bestimmtes erwarten, und sie beließ es bei ihrem Schweigen.

»Ich hatte drei Wochen Zeit zu überlegen. Marie. Ich hab die Hölle durchgemacht, aber jetzt fühle ich, wie sich allmählich alles wendet. Sogar Lenka hat sich endlich gemeldet. Und wir zwei sitzen hier, gemeinsam an einem Tischchen.«

Seine Hände waren nervös, sein Blick unruhig. Er senkte die Stimme.

»Du bist immer noch die Frau meines Lebens. Und wirst es immer bleiben.«

Er wollte ihre Hand ergreifen, sie zog sie vom Tisch zurück in den Schoß.

»Ich denke nur an dich, Marie. Wie es wäre, wenn wir wieder zusammen wären.«

»Das ja wohl kaum.«

»Was würdest du sagen, wenn ich morgen unter deinem Fenster stünde und …«

»Scher dich zum Teufel.«

Sein Gesicht erstarrte, es fror ein, doch die Augen schienen zu sagen, dass er nicht ganz verstanden habe. Sie hatte es leise gesagt, aber er musste es gehört haben.

»Marie …?«

Die Leere in ihrem Inneren wurde auf einmal überrollt von Müdigkeit. Sie war müde von ihm, von diesem Café. Von allem. Und stand auf.

»Weißt du, Lenka hat mir verziehen«, sagte er rasch, als wolle er sie am Aufbruch hindern. »Wenigstens glaube ich das, sie hat es nicht so direkt gesagt. Aber Verzeihen hilft weiter, beiden Seiten, das weißt du ja doch?«

»Ich hab kein Problem zu verzeihen. Aber dass du zu mir zurückkommst, das hast du ja wohl nicht ernst gemeint, oder?«

»Ich weiß nicht, was ich jetzt tun soll, Marie?«

»Was du tun sollst? Schau her, ich zum Beispiel setz mich jetzt in die Straßenbahn und fahre nach Hause. Ich werf mir eine Tablette ein, trink einen Schluck Wasser nach, und alles ist bestens.«

»Was?«

»Der Kopfschmerz wird aufhören. Mach das doch auch.«

»Also ...zynisch warst du früher jedenfalls nicht.«

»Spiel nicht den Beleidigten.«

»Ich spiele nicht.«

»Schon gut. Ich kenn dich ja schließlich.«

Noch ehe er aufstehen und ihr in den Mantel helfen konnte, war sie in der Tür.

*

Die Flure im Fakultätsgebäude schienen ihr kälter als sonst. Hinter ihrem Schreibtisch, von Büchern umgeben, fühlte sie sich schon besser; die Heizkörper wärmten. Dennoch empfand sie keine Geborgenheit, und in Vorweihnachtsstimmung konnte sie sich erst recht nicht versetzen. Sie erledigte zwei vorgezogene Prüfungstermine, und als sie in der Tür stand und das Licht löschte, wiederholte sie stumm für sich, dass übermorgen die Feiertage beginnen. Das Café in Smíchov, in das Katka sie eingeladen hatte, kannte sie nicht, es war etwas Neues, und Marie gefiel es dort gut. Irgendetwas an diesem freundlichen Raum erinnerte sie an den Friseursalon in Krumlov.

Die Konversation mit Katka holperte noch ein wenig. Bei den letzten Begegnungen hatte Marie das Thema ihrer Sommerkontroverse selbst aufgegriffen, damit sie die Sache klären konnten. Im November dann, im Fitness-Zentrum, hatte sie das Thema nicht mehr berührt. Jetzt hoffte sie, Katka würde nicht nach Filip fragen, aber natürlich: genau das tat sie.

»Und? Hast du ihn angerufen?«

»Ich habe ihm eine SMS geschrieben. Schon im Oktober.«
»Und dann?«
»Komödie, Tragödie et cetera.«
»Wie bitte?«
»Shakespeare – Gesamtausgabe, Seite eins bis viertausendachthundertsiebzig.«

Katkas begriffsstutziger Blick vermochte Marie durchaus zu amüsieren. Bevor sie sich frohe und glückliche Weihnachten wünschten, kam Katka doch noch einmal ins Reden. Sie schnurrte los wie ein Spinnrad, Weihnachten werde sie mit ihrem Mann im Riesengebirge auf einer Berghütte feiern, damit es nicht immer dasselbe wäre, damit sie ihre Beziehung stärkten, jetzt, wo die Kinder groß sind ... Marie dachte, dass das Treffen ganz nett gewesen war. Sie bummelte noch durch ein paar Geschäfte, kaufte Servietten mit Weihnachtsdekor und aromatische Mandarinen und erinnerte sich an die Walnüsse in der Vorratskammer; sie waren von Mirka aus Přídonice. Etwas in ihr jubelte auf, mit einem Mal freute sie sich auf ihre Wohnung, wusste, dass auch sie diese gemütliche Atmosphäre bei sich würde schaffen können. Diese Vorstellung blühte vor ihren Augen geradezu auf; mit dem kleinen Einkauf, den sie in ihrer Tasche trug, neuen Ideen, wie sich die Wohnung schmücken ließ, lief sie die Treppen zur Metro hinunter. Von fern hörte sie die Durchsage, den Einstieg zu beenden, sah, wie sich die Türen schlossen. Und rannte los, noch stand der Zug, sie rannte zum ersten Wagen und sah hinter der Scheibe den Fahrer. Eine bittende Geste, mit aneinandergelegten Handflächen deutete sie auf sich, damit er die Tür noch einmal öffnete.

Und die Tür öffnete sich, aber nicht die des ersten Waggons, sondern die der Kabine vorn. Sie hielt überrascht inne, der Mann in der blauen Uniform gab ihr mit einem Wink zu verstehen, dass sie rasch einsteigen solle. Sie sprang durch die offene Tür. Manchmal hatte sie in einem Triebkopf zwei Wagenführer gesehen, dieser jedoch war allein, er wies ihr den Klappsitz zu seiner Rechten an. Sie setzte sich, und der

Wagenführer zog einen Hebel nach hinten, zwei scharfe Lichtkegel schossen ins Dunkel. Die Metro setzte sich in Bewegung, und Marie richtete ihren Blick geradeaus. Nie hatte sie ganz vorne gesessen, hatte den U-Bahn-Tunnel immer nur aus dem Seitenfenster gesehen, die schwarzen Wände, die waagerechten Kabelstämme. Jetzt flohen die Schienen vor ihr her, der Tunnelraum war sehr eng und wölbte sich wie ein gotischer Bogen. Sie hatte das Gefühl, entsetzlich schnell dahinzuschießen, spürte das Beben, auch die Kraft, die den Wagen über das Gleis voranschleuderte, die zwei ins Dunkel zielenden Lichter. Sie registrierte die Kurven, das Donnern der Räder, die Stirn des Zuges zerschlug die Luft. Ihr wurde schlecht. Ein beklemmendes Gefühl, eine unerklärliche Bedrängnis. Es war ein ganz eigenes Erlebnis von Klaustrophobie, dabei hatte es ihr nie etwas ausgemacht, in der engen Kabine eines Liftes zu stehen oder im Elternhaus in der engen, dunklen Speisekammer mit den deckenhohen Regalen. Der dringliche, verzweifelte Wunsch, aus diesem Augenblick, dieser erdrückenden Gegenwart auszusteigen ins Transzendente oder in ganz alltägliche Sicherheit oder einfach nur an die feuchte frische Luft auf der Straße. Die Meter an Erdreich, Gestein und Pflaster, die sie über sich ahnte, deckten sich lastend auf ihre Brust. Die eine Minute bis zur nächsten Station schien ihr unendlich und nicht zu überleben. Sie hörte sich, wie sie dem Wagenführer dankte und wie er lächelnd sagte, sie könne ruhig mit ihm weiterfahren bis zur Endstation Zličín.

Draußen auf dem kalten Pflaster schöpfte sie Atem. Presste die Tasche mit beiden Händen fest an den Leib. Über ihr brannte eine Straßenlaterne, rundum strömten die Leute. Sie merkte, wie die in ihrem Innern den ganzen Tag über so beflissen errichtete Konstruktion zu nichts zusammensank. Ihr weihnachtliches Arrangement stürzte in sich zusammen. Der Drucksatz des so sorgsam gefügten stimmungsvollen Textes in jenem Stil, den man heute als *feel-good novel* bezeichnet, wie sie den Studenten in ihren Vorlesungen erläuterte, war auseinandergefegt. In sie hinein war ein dunkler, enger Tunnel geschlagen, durch den ratternd ein Zug brauste. Das Gehen und tiefes, gleichmäßiges Atmen, so hoffte sie, würden das Kaputtgegangene wieder in Ordnung bringen, in der Umhängetasche waren noch immer die Weihnachtskerzen mit dem Vanillearoma, das Tütchen mit den Mandarinen und die mit Tannenbäumen und Schneeflocken bedruckten Servietten. Doch die Erschütterung schien tiefer zu sein, und alles fand nur sehr allmählich und widerstrebend zurück ins Lot.

Sie stieg in die Straßenbahn, aber auch hier trieb es sie bald wieder hinaus. Sie machte sich zu Fuß auf den Weg nach Dejvice, das half. Sie kam zur Ruhe, sie versuchte, sich auf Kleinigkeiten zu konzentrieren, auf das, was sie zu Hause erwarten würde. Unterwegs kramte sie in der Tasche, zog die Dinge hervor, die sie gekauft hatte, und inspizierte sie. Und langsam freute sie sich doch wieder auf die Einsamkeit ihrer Wohnung.

Sie entdeckte ihn, als sie um die Ecke bog. Er stand vor dem Eingang und schaute hoch zu den Fenstern des Mietshauses. Dann zog er das Mobiltelefon aus der Jackentasche, steckte es wieder weg. Auf dem Kopf ein breitkrempiger Lederhut, die schwarze Jacke offen, spitz zulaufende Schuhe. Im Arm eine Pappschachtel und obenauf noch ein Weihnachtsstern im Topf.

»Was machst du denn hier?«

Er lächelte.

»Ich warte auf dich.«

Grußlos standen sie sich gegenüber.

»Woher weißt du, wo ich wohne?«

»Ich hab mir die Adresse herausgesucht.«

»Wo?«

»Auf dem Anmeldeformular zum Tandemsprung natürlich. Du bist überrascht?«

»Du wärst es nicht?«

»Ich hab dich dreimal angerufen, aber du bist nicht erreichbar.«

»Das weißt du doch längst«, sagte Marie leise.

»Versteckst du dich vor der ganzen Welt?«

»Nachmittags hab ich geprüft, und hab dann wahrscheinlich vergessen, das Telefon wieder einzuschalten.«

Sein sonnengebräuntes Gesicht wirkte friedfertig. Marie suchte in ihrem Kopf nach dem richtigen Wort für das, was von ihm ausging. Geduld.

»Ich hab ein paar leckere Sachen dabei. Bittest du mich nach oben? Wir können aber auch in ein Café gehen.«

»Im Café war ich heut schon«, sagte Marie und suchte in der Tasche nach ihrem Schlüssel.

*

Lenka und ihr Freund blieben an Heiligabend bis zum Nachmittag. Lenkas misstrauische Blicke amüsierten Marie nicht wenig.

»Mami, was hast du da für eine DVD? *Indiana Jones*?«

»Was pfeifst du denn da die ganze Zeit für eine Melodie?«

»Was, die ist aus einem Belmondo-Film? Du gehst doch mit Koutský in den Filmklub Tarkovskij schauen ...«

»Du hast heuer nicht mal Weihnachtsplätzchen gebacken, Mami, dafür hast du im Kühlschrank eine ganze Schachtel mit ekelhaft süßem Zeugs aus der Konditorei.«

Marie begleitete die beiden zur Straßenbahn, die Dämmerung setzte schon ein. Von Schnee keine Spur, draußen ein paar Grad über null. Und auf einmal war es fast Abend, der Abend, auf den sie sich schon seit einem Monat nicht ein bisschen gefreut hatte, aber die Einsamkeit erschien ihr auf einmal freundlich, und die stille Wohnung mit ihrem feinen Duft nach Weihrauch und aromatischen Hölzern wirkte beruhigend. Sie zündete die Kerzen an und setzte sich in den Sessel vor dem Eckregal, auf dem Schoß die *Christmas Tales* von Charles Dickens, obenauf das Mobiltelefon. Das bald auch klingelte, fast alle, an die sie dachte, meldeten sich der Reihe nach und wünschten ihr schöne Feiertage. Die Mutter übergab an den Vater, und als sie seine Stimme vernahm, ein paar undeutliche, verdrehte Wörter, stiegen Marie die Tränen hoch.

Gegen neun nickte sie in ihrem Sessel kurz ein, und als das Klingeln sie weckte, sah sie den Dickens am Boden liegen, mit den offenen Seiten auf dem Parkett. Die Stimme im Telefon klang ruhig, Marie hingegen war verschlafen und überrascht.

»Hast du gedacht, ich ruf nicht mehr an?«

»Hast du gedacht, dass ich irgendein Mädel bin, dass nichts anderes tut, als zu warten, ob er am nächsten Tag anruft?«

»Ich wollte nur sagen, dass es sehr schön war, Marie. Schon lange habe ich mit niemandem mehr den ganzen Tag im Bett verbracht und Filme geschaut und …«

»Aber du musst nicht anrufen, wenn du dich lediglich dazu verpflichtet fühlst?«

»Was machst du an Stephani?«

»Morgen fahr ich zur Familie nach Krumlov. An Stephani bin ich schon wieder zurück. Warum fragst du?«

»Kann ich dann kommen, Marie? Ich verbring jetzt zwei Tage mit meinem Sohn und dann …«

»Du hast einen Sohn?«

»Hab ich dir das gar nicht gesagt?«

»Wie's aussieht, haben wir uns noch längst nicht alles gesagt.«

*

Alle alten, über die Jahre hin verknöcherten Konstellationen waren auseinandergewirbelt. Auch an Weihnachten alles anders. Die kleine Krumlover Wohnung war voller Menschen und von der Sommeratmosphäre für Marie nicht mehr das Geringste zu spüren. Die Mutter fühlte sich nach der Dialyse nicht wohl, aber sie lächelte. Den Kopf auf Kissen hochgelagert, überblickte sie das Wohnzimmer. Zwei Töchter, drei Enkelinnen. Der Vater im Sessel hatte die Augen geschlossen. Láďa saß vor dem neuen Fernsehgerät, das leise gestellt war, und switchte sich von Weihnachtsprogramm zu Weihnachtsprogramm.

»Ich muss kurz mal weg«, flüsterte Veronika Marie ins Ohr.

Im Vorraum zogen sie ihre Mäntel über.

»Kannst du mich nach Přídonice fahren, zum Hof?«, fragte Veronika vor der Tür.

Sie setzten sich in den Wagen und fuhren aus der Siedlung hinunter. Marie schaute auf die erleuchtete Innenstadt, ohne die geringste Emotion, sie fühlte nur die Müdigkeit dieses ganzen überstandenen Jahres. Die Schwester schwieg.

»Erinnerst du dich noch, wie wir als kleine Mädchen in den alten Häusern am Fluss herumstrawanzt sind, damals waren die ganz verfallen, manche standen ganz leer.«

»Klar«, sagte Veronika, »wir beide, Mirka und ein Trupp Zigeunerkinder.«

»Das war ein völlig anderes Krumlov. Abgeblätterte Mauern, ausgeschlagene Fenster. Nichts von UNESCO. Das war irgendwie so frei, damals. Findest du nicht?«

»Weil du zehn warst und uns alles egal sein konnte. Das politische System, das Geld. Die Eltern waren noch bei Kräften.«

»Ja, ein verlorenes Paradies.«

»Haben wir wieder Philosophiestunde?«, fragte Veronika genervt. Sie erschien Marie abgehärmt und älter, als sie in Wirklichkeit war.

»Du willst wirklich wegen der Eltern deine Arbeit aufgeben?«

»Wenigstens bis der Vater wieder ein bisschen auf die Beine kommt. Ein halbes Jahr vielleicht. Die Mädchen verdienen schon, und Láďa kann das stemmen. Wir leben bescheiden.«

»An den Wochenenden komm ich aus Prag her, damit du ausspannen kannst.«

Veronika starrte vor sich hin auf die Straße. Mit dem Ausdruck eines Menschen, der das Seine weiß, nichts mehr zu sagen und zu fragen braucht. Vielleicht wollte sie auch nur, dass es still war.

Im Straßengraben lag letzter Schnee vom Nikolaustag. Sie erreichten das Dorf.

Das Haus der Eltern wirkte traurig. Zum ersten Mal stand es an Weihnachten verlassen da. In den Fenstern nistete die Dunkelheit, sie sperrten die Eingangstür auf und spähten in den Gang. Kälte schlug ihnen entgegen, eine größere womöglich als draußen. Marie fröstelte.

»Seit November ist hier nicht geheizt worden«, merkte Veronika an.

Der Hof war verödet, die Bilder des Vaters überwinterten in der Scheune, aus der Veronika plötzlich mit einem Schlitten in der Hand auftauchte. Der alte Holzschlitten, den der Vater des Vaters irgendwann einmal zusammengezimmert hatte, mit Kufen, die sich vorne nach oben wölbten.

»Können wir den einladen und nach Krumlov mitnehmen?«

»Aber es liegt doch gar kein Schnee.«

»Auf der Kleť angeblich schon. Der Renata ihrer will sich den Schlitten leihen, morgen steigt er mit seinen Kumpels auf die Kleť, dann rodeln sie runter, in der Schneise unter der Seilbahn.«

»Die beiden sind wieder zusammen?«

»Ja, ist schon wieder die ganz große Liebe.«

Sie luden den Schlitten hinten ein. Marie schaute eine Weile hinüber zum Nachbarhaus.

»Wie geht's dem alten Hanzal?«

»Hat sich berappelt«, sagte Veronika. »Der Vater hat ihm ganz schön draufgepackt. Ist im Wirtshaus noch immer Thema.«

»Und gilt das weiterhin, dass sie es nicht auf der Polizei gemeldet haben?«

»Ja, haben sie nicht.«

Sie saßen im Auto, Marie blickte noch immer zum Giebel des Nachbarhauses.

»Manche Sachen kann ich auf einmal nicht mehr beurteilen.«

»Wovon redest du?«

»Was ich früher konnte. Was ich begründen, mir irgendwie erklären konnte.«

»Philosophiestunde also …«, seufzte Veronika. »Und was würdest du gerne beurteilen?«

»Eher wen?«

»Also gut, wen?«

»Zum Beispiel den Vater und den alten Hanzal.«

»Aber das kennen wir doch, diese alten Geschichten«, brummte Veronika. »Der Vater hat uns von klein auf damit gefüttert. Das zieht sich schon von deren Vätern her, was willst du da beurteilen?«

»Warum sich zwei Menschen zerstreiten, die miteinander aufgewachsen sind. Schuld ist die Politik. Oder wenigstens sieht es so aus.«

»Wie hat der Vater immer gesagt? Großvater Hanzal selig, ein alter Sozi, hat siebenundvierzig auf der Versammlung des lokalen Nationalausschusses erklärt, er würde für das Aktionsprogramm von Klement Gottwald votieren. Und unser Großvater war Volksdemokrat, und da haben sie zwar gegen Ende des Protektorats gemeinsam Waffen gegen die Nazis herangeschafft, und Hanzal hat den angeschossenen Großvater von der Straße gezerrt und damit riskiert, dass es auch ihn erwischt – aber nach siebenundvierzig haben sie kein Wort mehr miteinander gesprochen.«

»Und die Söhne haben das von ihnen geerbt«, sagte Marie. »Sie leben in direkter Nachbarschaft und hauen sich seit neunzehnhundertsiebenundvierzig, also seit einundsiebzig Jahren, gegenseitig aufs Maul.«

»Das hätten wir also. Fahren wir? Oder wen willst du noch beurteilen?«

»Mich und Rosťa.«

»Und was ist mit euch?«

»Er hasst mich. Ich versuche, zu verstehen warum.«

»Dramatisier bloß nicht.«

»Weil ich aus dem Dorf weg bin? Weil ich andere Politiker

wähle? Weil ich ihn irgendwann vor dreißig Jahren ausgeschlagen habe?«

»Na siehst du«, sagte Veronika. »Punkt A, Punkt B und Punkt C sind richtig.«

»Gut, wir fahren ja schon …«, seufzte Marie.

Die Rückfahrt nach Krumlov verlief schweigend. Der weihnachtliche Straßenschmuck schimmerte in die herabsinkende Dämmerung. Erst als der Wagen zur Siedlung hinaufkletterte, meldete sich Veronika wieder zu Wort.

»Der Renata ihrer ist achtundzwanzig. Man möchte meinen, dass er langsam erwachsen wäre. Aber er will an Stephani mit seinen Kumpels, die genauso alt sind wie er, zum Rodeln auf die Kleť.«

»Tja«, nickte Marie hinter dem Steuer, »ich denk auch oft darüber nach, ob so was wie ein erwachsener Mann überhaupt existiert.«

»Verstehst du das?« Veronika schüttelte den Kopf. »Renata hätte gern schon Familie, aber damit brauchst du ihm gar nicht zu kommen, der hat nichts andres im Kopf, als mit seinen Rodelgenossen auf die Kleť zu ziehen, oben trinken sie dann ein paar Becher Weihnachtspunsch und brettern runter vom Gipfel …«

Spätabends auf der Heimfahrt nach Prag schlief Lenka auf dem Sitz ein. Marie blickte im Halbdunkel des Wagens immer wieder zu ihr hinüber. Dem Profil nach schien sie gar nicht in die Familie zu gehören. Nase und Stirn hat sie weder von mir noch von Luboš, dachte Marie und atmete laut auf. Und unversehens musste sie darüber lachen, und die Tochter erwachte.

*

Er klingelte unten an der Tür, Marie beugte sich aus dem Fenster. Es war zehn Uhr vormittags und ein Augenblick, in dem sie das Gefühl hatte, sich über den Stand der Dinge klar zu werden. Der Augenblick, in dem alles genau im richtigen

Licht lag, ein glasklarer Moment ihres Lebens. Im Nu war er wieder entschwunden, aber nach diesem Aufblitzen blieb irgendwo am Grund ihrer Seele eine Spur Freude. Sie ging in den Vorraum und drückte auf den elektronischen Türöffner an der Sprechanlage.

Sie küssten sich in der Tür, seine Jacke stand offen, in der Hand hatte er ein Flasche, die in raschelndes Papier gewickelt war. Er bemerkte ihre Sporttasche auf dem Schuhschrank.

»Du fährst irgendwohin?«

»Das ist noch vom letzten Mal. Von meinem missglückten Ausflug.«

»Ich erinnere mich. Als ich dich angerufen hab, warst du an einer Tankstelle irgendwo hinter Prag. Wo bist du eigentlich hingefahren?«

»An der Tankstelle habe ich kehrtgemacht.«

»Aber wo wolltest du hin?«

»Ich weiß nicht mehr.«

»Das weißt du freilich.«

»Ich glaub, nach Berlin. Oder auch weiter, an die Ostsee.«

»Prima, dann wird nach Berlin gefahren.«

»Moment …«

»Nimm deine Tasche, wir fahren.«

»Du meinst das ernst?«

»Alles, was ich sage, Marie, meine ich ernst.«

»Und der Belmondo-Film, den wir noch nicht fertig gesehen haben?«

»Den sehen wir ein andermal fertig. Getankt hast du? Wir müssten nur kurz bei mir vorbei wegen dem Rucksack.«

»Du hast auch schon gepackt.«

»Ich habe immer gepackt, mein ganzes Leben …«

*

Die Fahrt durchs Elbtal führte sie nach Nordwesten. Bleiches Winterhimmellicht fiel durch das leere Geäst der Buchenwälder, der Fluss zog eine Zeit lang parallel zur Straße dahin, wie ein zweites dunkles Asphaltband. Zum dritten Mal in seiner Nähe. Das erste Mal an seinen Körper gefesselt unter ein und demselben Fallschirm. Das zweite Mal vor Weihnachten im Bett. Jetzt überraschte sie an seiner Gegenwart das Schweigen. Und wie es das Wageninnere füllte. Nach all den zudringlichen Telefonaten war das ganz neu. Sie sprach wesentlich mehr.

»Soll ich dich am Steuer nicht ablösen?«, fragte er schließlich.

Sie hielten an einer Autobahntankstelle bei Dresden. Weihnachtsschmuck, unter einem künstlichen Tannenbaum lagen Geschenke mit bunten Bändern. Nur ein kleines Kind vielleicht mochte denken, dass diese in Weihnachtspapier verpackten Schachteln nicht leer wären. Weihnachtskaschierung, dachte Marie. Und ihre unfestlichen Gefühle brachte das auf den Punkt. Als sie Kaffee und eine Kleinigkeit zu essen bestellte, wunderte Hynek sich über ihr fließendes Deutsch.

»Du bist gebildet«, sagte er, als sie sich an ein Tischchen setzten. »Ich war eher immer praktisch veranlagt, hab das Abitur an der Berufsschule nur mit Ach und Krach geschafft.«

»Schule des Lebens?«

»Eingesperrt ins Klassenzimmer, das war nichts für mich. Ich musste einfach raus, ich bin auf und davon, so oft es nur ging.«

Sie sah ihn an, sah, wie seine große Hand die Kaffeetasse fast völlig in sich aufnahm. Die Ärmel des Hemdes waren bis zu den Ellenbogen hochgekrempelt.

»Das, was du da an dem Riemchen um den Hals hast …«

»Ist eine Bärenkralle. Von einem Grizzly.«

»Ja, ich seh dich geradezu in der Schulbank sitzen. Die haben dir Pflichtlektüre verpasst, und du wolltest Indiana Jones sein, ein Krokodiljäger oder der Mann aus Acapulco.«

»Mich hat immer das Leben interessiert, ich war von klein an darauf neugierig. Was kannst du denn aus Büchern schon erfahren?«

»Zum Beispiel, wie so ein Drama läuft, wie eins aufs andere folgt. Und unser Leben ist ein Drama.«

»Und wie läuft's?«

»Darüber hat Aristoteles schon geschrieben«, seufzte Marie laut. »Exposition, Kollision, Krisis, Peripetie, Katastrophe.«

»Aha. Und das glaubst du?«

»Ich erzähle das den Studenten in der Vorlesung.«

»Das sind Schulweisheiten. Aber glaubst du, dass das im Leben so läuft?«

»Das ist nur Theorie, zugegeben. Außerdem hat man die Reihenfolge seit der Antike immer wieder umgestellt und durcheinandergeworfen. Das nennt man Moderne. Und Postmoderne, das ist dann schon das totale Chaos.«

»Dann ist mein Leben hundertpro postmodern«, lächelte Hynek.

*

Sie spazierten über die breite Allee Unter den Linden und hielten sich an der Hand. Die Geschäfte waren geschlossen, aber in den Schaufenstern glitzerte die Weihnachtsdeko, Girlanden schimmerten, Lichter blinkten. Und sie gingen weiter und weiter, folgten der Spitze des Fernsehturms, die durchs einsetzende Zwielicht des Nachmittags leuchtete wie ein Richtfeuer.

Ein Druck ihrer Hand ließ ihn haltmachen, vor einem hohen Metallzaun. Auf einem verzierten Sockel im weitläufigen Hof dahinter die sitzende Gestalt eines Mannes in langem Mantel. Er blickte beseelt von seinem steinernen Sessel herab, auf dem rechten Knie lag ein aufgeschlagenes Buch. Marie schaute zwischen den viereckigen Gitterstäben hindurch.

»Alles aus Stein«, sagte Hynek. »Sogar das Buch.«

»Ja«, räumte Marie ein, »auch die Eule mit den ausgebreiteten Schwingen.«

»Das ist deine Welt? Versteinerte Weisheit …«

»Gefällt dir das nicht?«

»Der da drüben?«

»Nein, meine Welt?«

Marie legte ihre Hand auf die große eiserne Klinke. Das schwere Gittertor war verschlossen.

»Wilhelm von Humboldt.« Hynek las die Inschrift auf dem Sockel der Statue laut und kommentierte: »Irgendein deutscher Langweiler.«

»Zufällig hatte er noch einen jüngeren Bruder, Alexander. Der würde dir gefallen. Ein Naturwissenschaftler und Abenteurer. Der ist über die Meere gefahren, in unbekannte Länder, hat die Tiere und Pflanzen beschrieben, die er dort fand.«

»Echt? Ein Forschungsreisender?«

»In Preußen hat man ihn als ›zweiten Columbus‹ bezeichnet. Geboren ist er hier in Berlin.«

Marie suchte im Internet rasch den Lexikoneintrag und hielt ihn Hynek unter die Nase.

»Tja, wenn das so ist, dann zählt er ab jetzt zu meinen Lieblingshelden. Indiana Jones, Crocodile Dundee und Alexander von Humboldt.«

Marie konnte sich vom Gitter des Tores nicht lösen.

»Hier auf dem Hof ist regelmäßig Büchermarkt, von Frühling bis Herbst. Ich hab ein Jahr hier an der Humboldt-Universität studiert. Der Büchermarkt ist Samstagvormittag. Antiquarische Titel, du kannst Gedichte von Goethe kaufen, aber auch alte Karl-May-Ausgaben.«

»Deine Welt ist gar nicht so langweilig«, räumte Hynek ein.

»Da bin ich aber froh«, sagte Marie, »morgen gehen wir dann irgendwohin, wo du auf deine Kosten kommst, ja?«

»Mir allein wäre es sowieso nie eingefallen, nach Berlin zu fahren. Ich liebe den Süden, die Sonne, das Meer, die Klippen.«

»Weißt du was? Damit deine Sehnsucht nach Italien nicht zu groß wird – ich kenn auf dem Alexanderplatz eine Pizzeria. Nachgeholtes Mittagessen, was hältst du davon?«

*

Endlich hatte sich das Gefühl von Sicherheit und Geborgenheit eingestellt. Nach der vergeblichen Suche, die Marie seit Anfang Dezember umgetrieben hatte, seit ihrem Besuch in der wohltuenden Atmosphäre von Petras Friseursalon. Den Kopf ins flauschige Kissen gedrückt, versuchte sie, ihr Inneres zu beruhigen und auch ihr Herz, das in die Nachtstille schlug, der Straßenlärm drang nur wie von fern ans Ohr. Sie wollte sich konzentrieren und entspannen zugleich. Was ihr vor Kurzem noch unerreichbar schien, dem Erleben entrückt, füllte sie plötzlich aus. Auch wenn der Verstand ihr einflüsterte, es könne nur für kurze Zeit sein. Vorsichtig nahm sie die Situation in Augenschein. Sie schien ihr so unsicher und zerbrechlich. In dem einfachen Zimmerchen der billigen Berliner Pension befand sich nichts rein Dekoratives. Auf dem Tisch neben dem Schrank nur eine Papierserviette mit Weihnachtsdekor, darauf eine Schale mit verschiedenen Nüssen. Durch den bordeauxfarbenen Vorhang drängte das Licht der Straßenbeleuchtung, der Stoffschirm des Nachttischlämpchens zeigte denselben Farbton, dasselbe Muster. All das und die Intimität der Körper. Sie hatte ihre Wange an seine Schulter geschmiegt, ihre Hand lag auf seiner breiten Brust.

»Dein Atem hat sich immer noch nicht beruhigt«, sagte Hynek in die Stille. Der Schatten des Lampenschirms ragte vergößert über die Zimmerdecke, als erhöbe sich auf einem silbernen Himmel der dunkle Umriss einer Kirche mit Kuppelturm.

»Dafür schlägt dein Herz schon langsamer. Bei euch ist das einfach anders?«

»Wen meinst du mit euch?«

»Euch Männer. Aber das weißt du ja.«

»Weiß ich nicht.«

»Für dich ist das ein Sprung in den freien Fall, ein paar Sekunden, und du bist aus himmlischen Höhen zurück in der Niederung. Frauen gleiten ruhiger und langsamer nach unten, sozusagen mit Fallschirm. Wir brauchen mehr Zeit.«

Unter dem Fenster rauschte ein Auto vorbei, das entschwindende Motorengeräusch zog eine ganze Weile laute Musik hinter sich her.

»Ich hab mich gerade an ein Lied von David Bowie erinnert«, sagte Hynek. »In zwei Wochen sind es schon drei Jahre, dass er gestorben ist.«

»Du hast ihn gehört?«

»Ich hab ihn vergöttert, er war unglaublich. Aber ich weiß noch, dass es mir damals nicht viel ausgemacht hat, als im Fernsehen die Meldung von seinem Tod kam. Das war im Januar, ich habe gerade einen Skikurs in den Bergen geleitet. Den ganzen Abend haben sie dann in der Bar seine Lieder gespielt.«

»Uns Lebende betrifft der Tod nicht«, sagte Marie.

»Wie meinst du das?«

»Wir sagen uns, dass er uns nicht betrifft. Rockstars, Staatsmänner, *Celebrities* sterben, aber mit uns hat das nichts zu tun, wir leben weiter wie immer. Die stehen uns ja nicht nahe, die gehören nicht zur Familie oder zu unserem Umfeld.«

»Wahrscheinlich hätte ich damals wegen dieser Nachricht traurig sein sollen, aber ich war es nicht.«

»Und an welches Lied hast du gedacht?«

»Als das Auto unten vorbeifuhr, ist es mir eingefallen. Es ist über Berlin.«

»Das hören wir uns an«, sagte Marie und stieg aus dem Bett. Hynek folgte ihrem nackten weißen Körper mit Blicken, sie nahm das Smartphone vom Tischchen und schlüpfte unter die Decke zurück.

»Das ist von seinem vorletzten Album. Allerdings ziemlich traurig, wenn dich das nicht stört?«

»Nein, ich versuch es zu finden«, sagte Marie, und das Display legte einen matten Schimmer auf ihr Gesicht.

Sie erwachte mitten in der Nacht. Hynek schlief. Nacht in Berlin. Eine Zeit lang lag sie mit offenen Augen. Gut möglich, dass sich gerade etwas veränderte. Ihr schossen die Porträts derer durch den Kopf, denen sie sich über Hunderte Kilometer hin nahe fühlte. Dachte an sie alle, verweilte am längsten beim Vater. Wohin wollte er damals wohl segeln – auf all diesen Schiffen? Sie schloss die Lider, die Müdigkeit zog sie zurück in den Schlaf.

*

Am Morgen beim Frühstück ertappten sie sich gegenseitig beim Summem der ruhig dahinziehenden Melodie. *Where Are We Now?* Der Titel war zugleich die erste Zeile des Refrains.

Die kleine Bar der Pension hatte sich angenehm verwandelt, auf den Tischchen weiße Decken, in den kleinen Vasen ein Zweig mit Lebkuchenstern. Kontinentales Frühstück samt Obst in der Schale.

»Ich hab im Internet die Adresse gefunden, wo Bowie in Berlin gewohnt hat. Wir könnten uns das anschauen. An der Fassade ist eine Gedenktafel.«

»Da will ich nicht hin.«

»Warum nicht? Du hast ihn doch gemocht.«

»Ich will nicht auf irgendeine Tafel starren. Mir genügt seine Melodie im Kopf.«

»Dann könnten wir zu dem ehemaligen Flugplatz fahren, da ist jetzt ein Luftfahrtmuseum. Das interessiert dich doch, oder nicht?«

»Museen mag ich nicht. Ausgestopfte Vögel, verstaubte Exponate …«

»Komm, nerv nicht. Die haben da alte Flugzeuge und keine toten, ausgestopften Adler …«

Hynek nahm die Kanne und schenkte in die weißen Tassen nach. Vom Nachbartisch klang Englich herüber, ein älteres Paar, das Marie auf den ersten Blick sympathisch gefunden hatte. Er Tweedjackett, sie schwarze Bluse, blasser Teint.

»Von dem Flugplatz hab ich schon mal gehört, glaub ich. Wie heißt er?«

»Ich such ihn grad. Berlin-Gatow.«

»Aha. Davon hab ich gelesen. Erbaut unter Hitler, und in den fünfziger Jahren war da während der Berlin-Blockade ein Luftbrückenlandeplatz. Der Westen hat da täglich Lebensmittel, Treibstoff und anderes angeliefert …«

»Das ist der. Ich schau mal die Route nach.«

»Lass das Handy, bitte. Steck es weg. Das hat gar nichts von Abenteuer, wenn man sich alles im Internet anschaut und sich dann vom Navi hinführen lässt.«

»Und wie wollen wir das finden?«

»Überlass das mir. Ich frag an der Rezeption.«

Marie beobachtete, die gepackte Tasche über der Schulter, aus einiger Entfernung, wie Hynek sich an der Rezeption verständigte. Sie hörte sein gebrochenes Englisch, untermischt mit Italienisch, und auch die Hände kamen zum Einsatz. Das blonde Mädchen im blauen Kostüm nickte mit dem Kopf, Hynek reichte ihr zum Abschied die Hand und dankte mit einem vernehmlichen *Grazie*.

Sie fuhren durch eine lange Straße, dann über eine Art Ausfallroute in die Peripherie. Unterquerten ein Viadukt.

»Dort ist ein Schild mit Flugzeug.« Hynek wies in die Richtung.

»Soll ich nicht lieber doch das Navi einschalten?«, meinte kurz darauf Marie, die am Steuer saß.

»Nein, ich werde dich navigieren. Hier musst du nach links.«

»Aber das hier heißt irgendwie anders, Hynek. Hast du auch nach dem richtigen Flugplatz gefragt?«

»Klar. Stillgelegter Flugplatz, Luftbrücke. Fahr weiter.«

Marie parkte das Auto am Randstein. Zu Fuß machten sie sich auf zum Tor in der hohen Umzäunung. Es war offen. Dahinter eine von gelbem Gras überwachsene Fläche, nirgends Schnee, ein Betonband rollte sich vor ihnen in die Ferne aus.

»Siehst du, die ehemalige Runway«, erklärte Hynek. »Und ganz dort hinten, das sind die Hangars.«

»Da hast du sicher recht, nur der Flugplatz hier heißt Tempelhof. Das steht da auf der großen Tafel.«

»Na und?«

»Das ist jetzt ein Stadtpark. Hier ist kein Museum.«

»Aber das ist doch egal.« Hynek zuckte mit den Achseln.

Der Wind fegte ordentlich, auf so gewaltiger Fläche hatte er Auslauf. Marie stellte den Kragen ihres Mantels auf, und Hynek legte seinen Arm um ihre Taille. Sie schritten über das feuchte Gras, weit vor ihnen zeichnete sich in sanftem Bogen das lange flache Flughafengebäude ab. Daneben eine hohe weiße Säulenkonstruktion mit kugelförmigem Aufsatz. Wie ein Wasserturm, dachte Marie. Und ganz in der Ferne, über der Linie des Hallendaches, stach die Spitze des Fernsehturms auf dem Alexanderplatz in den Himmel.

»Dort hinter dem Zaun steht ein Flugzeug«, Marie zeigte weit vor sich.

»Sieht aus wie ein militärisches Versorgungsflugzeug«, sagte Hynek.

Marie schaute in ihr Handy, reichte es Hynek.

»Hier ist was über Tempelhof, hat eine ähnliche Geschichte wie der andere Flugplatz. Deswegen hat das Mädchen dich hierhergeschickt.«

Marie bemerkte einen Mann inmitten der Wiesenfläche. Hoch über ihm schwebte ein weißer Drachen, stand zitternd in der Luft, und als er zu sinken begann, machte der Mann ein paar Schritte rückwärts, und der Drachen stieg an unsichtbarer Schnur wieder nach oben.

»Ich geh mir das mal anschauen.« Hynek zeigte Richtung Flughafenhalle und machte sich auf den Weg zu dem langen Zaun mit den weißen Stäben.

Marie stand eine Weile allein mitten im Gras. Einige wenige Spaziergänger waren unterwegs, aber sie verloren sich auf diesem riesigen Areal, sodass der aufgegebene Flugplatz menschenleer schien. Der Drachen stieg jetzt sehr hoch, und

Marie lenkte ihre Schritte zu dem Mann hin, der mit dem Rücken zu ihr saß. Auf einer Art Klappstuhl für Angler, wie sie im Näherkommen bemerkte. Steppjacke, Bommelmütze, neben ihm ein Einkaufstrolley. Marie war schon so nah, dass sie die Angelschnur sehen konnte, die hinter dem Drachen her straff in den Himmel wuchs. Sie grüßte, und der Herr dankte mit einem Nicken. Marie war überrascht, dass er so alt war, bestimmt über siebzig. Auf dem Schoß hielt er eine große Spule, sein Kopf neigte sich leicht nach vorn. Marie fasste Mut und fragte, wie hoch der Drachen jetzt wäre. So an die achtzig Meter. Sie kamen ins Gespräch, Marie konzentrierte sich auf das Berlinerische, und als sie ihm sagte, woher sie käme, lächelte der alte Herr. Er zeigte auf das Schildchen, das er an einer Schnur um den Hals trug. Offenbar ein Klubausweis. Ein kleines Drachen-Emblem, Name, Nachname.

SIEGFRIED SLAWIK

Er kam ins Erzählen. Sein Vater stamme aus einem kleinen Städtchen auf der böhmischen Seite der Šumava. *Kaplitz.* Auch den tschechischen Namen sprach er richtig aus. Aber ansonsten könne er kein Tschechisch, der Vater sei schon siebenunddreißig aus der Tschechoslowakei ins Reich und habe in Deutschland geheiratet. Einberufen habe man ihn erst dreiundvierzig. Als er in den Krieg zog, war seine Frau schwanger. Seinen Sohn habe er nie gesehen, denn in Belgien sei er gefallen.

Marie fragte ihn, ob er die Geburtsstadt seines Vaters einmal besucht habe. Er schüttelte den Kopf. In Böhmen sei er nie gewesen. *Krumau*, wiederholte er und nickte, als Marie ihm sagte, wo ihre Familie lebte. Er sei das ganze Leben Schweißer gewesen, auf dem Bau. Kinder habe er keine. Das Drachensteigen betreibe er erst seit der Rente. Er fragte nach, ob Marie alles verstanden habe.

»Berlinerisch«, lächelte er entschuldigend.

Zusammengelegt in seinem Trolley hatte er noch drei weitere Drachen. Er zeigte sie Marie alle und erklärte ihr, dass er sie selber baue. Er drückte ihr sogar die Spule in die Hand, sie sollte den starken Zug fühlen, wenn der Wind ordentlich blies. Sie schwiegen, und Marie schaute mit ihm in die Wolken. Als sie sich nach einiger Zeit umsah, entdeckte sie Hynek; er hielt sich ein Stück abseits.

Sie reichte Herrn Slawik die Hand. Mit einem verschwörerischen Zwinkern fragte er, ob sie ein Geheimnis erfahren wolle. Er müsse es ihr ins Ohr flüstern, und also neigte sie ihr Ohr zu seinen Lippen. Vielleicht fürchtete er ja, dass der Wind seine Worte davontrüge.

*

Das kleine Restaurant war fast voll besetzt, der Kellner führte sie zu einem Zweiertisch am Fenster. Marie klang im Ohr die ruhige Melodie von Bowies Berlin-Lied. Die ganze Zeit war sie durch ihren Kopf gekreist, fast fiel sie schon lästig. Und sie sagte etwas, um diese Dauerschleife zu zerreißen.

»Mich würde interessieren, ob du dich mit mir langweilst oder ob das einfach eine Art Weihnachtsbesinnlichkeit ist – dein Schweigen?«

»Du glaubst, ich langweile mich?«

»Unlängst habe ich einen Mann fast zu Tode gelangweilt.«

»War es tatsächlich so schlimm?«

»Offenbar schon, sonst hätte er sich nicht von mir scheiden lassen.«

Hynek schüttelte nur schweigend den Kopf und blickte ihr in die Augen.

»Also, wie ist das jetzt mit der Langeweile.«

»Was würdest du denn vermuten?«

»Oder bist du ganz einfach auf deine Kosten gekommen, und jetzt interessiere ich dich nicht mehr.«

»Ich genieße es einfach, mit dir zusammen zu sein.«

Sie musterte ihn argwöhnisch.

»Weißt du, bei mir gibt es solche Tage. Mein Leben ist unruhig, fast das ganze Jahr bin ich unterwegs von diesem zum nächsten. Die Fallschirmspringerei, die Reiseleitungen, Kursleitungen, ich habe eine eigene Agentur, das ist einfach viel. Und ein paar Tage im Jahr verfalle ich in einen Zustand, in dem ich mit keinem sprechen kann, niemanden sehen will. Ich will allein sein oder mit einem Menschen, mit dem ich schweigen kann.«

Das Essen wurde gebracht, der Tisch war festlich gedeckt. Einige Stunden würde es draußen noch hell bleiben, dann die Dunkelheit unaufhaltsam hereinbrechen. Beim Blick durchs Fenster beschlich Marie eine Beklemmng und schnürte ihr die Kehle ab. Sie hörte auf zu essen, nahm nichts wahr als ihren flachen Atem.

»In den letzten Jahren ist mein Leben irgendwie erstarrt«, sagte sie und schaute ihn an. »Interessiert dich das?«

»Ja, Marie.«

»Wie ein Zimmer, in dem man nichts mehr berühren darf. Wenn du ein Bild abnimmst, bleibt ein ausgeblichenes Rechteck an der Wand. Wenn du ein Möbelstück verrückst, bleiben die Grundmaße ins Linoleum eingedrückt. Ein Spinnweb vielleicht, Staubspiralen auf dem Parkett.«

»Das kannst du doch schließlich ändern.«

»Ich klebe an dem, was ich kenne, aber ich spüre, dass es mir keine Ruhe mehr schenkt, auf einmal stehen die Dinge, auf die ich mich jahrelang gestützt habe, nicht mehr an meiner Seite. Soll ich das alles über Bord werfen?«

»Nicht alles, nur dass, was dich bremst.«

»Hm. Ich bekomme weise Ratschläge von allen Seiten.«

»Von all den Männern, die hinter dir herrennen.«

»Lass die Witze. Glaubst du, dass eine Frau in meinem Alter igendwen interessiert?«

»Kein Einziger aufgetaucht? Den ganzen Frühling? Den ganzen Sommer?«

»Ja, zwei haben sich gefunden, aber die haben mein Einsamkeitsgefühl höchstens verstärkt.«

»Diese finstere Stirn steht dir gar nicht gut zu Gesicht«, lächelte Hynek.

»Aus Italien hast du dir sicher ein *Dolce-Vita*-Rezept mitgebracht.«

»Logo. Zum Beispiel, dass auf ein gutes Mittagessen noch ein Kaffee und ein Dessert folgen sollte.«

Als sie auf die Straße traten, stieg die Dämmerung schon unmerklich aus einem tief hängenden Himmel. Sie schlenderten zum Auto. Marie zeigte Hynek das Foto im Handy. Herr Slawik hatte für Maries Objektiv posiert, ein Drachen rechts, ein Drachen links.

»Weißt du, wo sein Vater her war? Aus Kaplice.«

Hynek setzte sich hinters Steuer.

»Fahren wir weiter nach Hamburg?«

»Kaplice ist zehn Kilometer von Přídonice«, setzte Marie mit abwesendem Blick hinzu.

»Marie, ich frag dich gerade. Fahren wir weiter Richtung Meer?«

»Nein. Ich will nach Haus. Bitte.«

*

Auf dem Beifahrersitz lehnte sie entspannt ihren Kopf zurück und schloss immer wieder kurz die Augen. Die Dunkelheit drückte gegen die Frontscheibe und ließ die Lichter an der deutschen Autobahn gewissermaßen zerstieben. Sie sausten in einem schnellen Auto gemeinsam hinein in die Nacht, in eine stille, weihnachtliche Nacht. Marie fühlte keine Gefahr, keine Beklemmung wie vor Kurzem in Prag in der Metro.

»Warum wolltest du ein Kind? Wenn du mit seiner Mutter nicht zusammen bist und eigentlich eine Familie auch gar nicht brauchst?«

Hynek blickte geradeaus, behielt die Fahrbahn vor sich im Auge.

»Zu einem bestimmten Zeitpunkt, so um die fündunddreißig, ist mir klar geworden, dass mein Leben sonst nicht vollständig wäre.«

»Wie lange hast du die Frau gekannt?«

»Ein paar Monate.«

»Sie ist allein, und du zahlst für das Kind?«

»Irgendwen hat sie jetzt. Aber ich sichere sie und den Sohn ab, bis er groß ist.«

»Wie alt ist sie?«

»Achtunddreißig. Noch irgendwas?«

»Ja.«

Sie betrachtete sein Profil. Er konzentrierte sich aufs Fahren, war ruhig, in seinem Gesicht schien geschrieben zu stehen, dass für ihn alles ein Leichtes sei.

»Was willst du noch wissen? Ich höre.«

»Bleibst du über Nacht bei mir, wenn wir in Prag sind?«

»Ja. Danach fahr ich in die Berge, beruflich. Für drei Wochen.«

Marie schloss erneut die Augen. Probierte dann im Autoradio verschiedene Sender durch, ließ den eingestellt, der alte deutsche Weihnachtslieder spielte.

»Ich hab auch eine Frage«, sagte Hynek.

Die Radiomusik klang wie eine private Weihnachtsmesse in die Stille der halbdunklen Kabine des Autos, das mit hundertfünfzig Stundenkilometern über den Asphalt schoss.

»Du schläfst, Marie?«

»Ich höre.«

»Warum hast du beim Frühstück das Gespräch nicht angenommen? Das Telefon hat zweimal hintereinander geläutet? Wegen mir?«

»Nein. Das war Luboš. Ich weiß, was er wollte. Er kann nicht allein sein. Er musste immer Gesellschaft um sich haben. Damit hat er vor einem Jahr nicht gerechnet – dass er Weihnachten allein sein wird.«

»Du kannst allein sein?«

»Ich weiß nicht. Aber ein bisschen hab ich es dieses Jahr trainiert. Man hat Zeit zum Nachdenken.«

»Und zu welchem Ergebnis hat das geführt?«

Ihr Gesicht war konzentriert.

»Ich kann niemandem richtig erklären, was ich fühle, worin ich feststecke. Genau das, glaub ich, ist Einsamkeit, dass man einem anderen die eigene Situation nicht mitteilen kann. Oder will.«

»Konkret?«

»Ich hab den Eindruck, dass meine Verwandten genauso einsam sind wie ich. Sie sind nicht imstande, irgendwem zu erklären, womit sie sich abquälen. Ich weiß nicht, warum der Vater getrunken hat. Was eigentlich mit der Mutter ist, ob sie früher irgendwann mal Ambitionen gehabt hat, eine Vorstellung, wie sie gern leben würde. Und meine Schwester, warum hat sie all das um sich herum einfach nur schweigend hingenommen, warum schleppt sie sich an diesem Los immer noch ab …«

»Ich fürchte, Marie, du bist enttäuscht«, sagte Hynek.

»In welchem Sinn?«

»Du glaubst nicht mehr an die Liebe. Oder doch?«

»Wenn du die à la Shakespeare meinst, dann nein.«

»Ich weiß nicht, was das ist«, entgegnete Hynek.

»Ich eigentlich auch nicht, ein Bekannter nennt das so – Liebe à la Shakespeare. Aber wenn das die ist, die ich hinter mir habe, dann will ich ganz sicher eine andere. Eine ganz und gar andere. Noch irgendwas?«

»Nein. Das heißt, doch. Was hat dir der Opa auf dem Flugplatz heute ins Ohr geflüstert?«

Marie drückte den Kopf in die Lehne und lächelte.

»Berlins größtes Geheimnis. Angeblich darf ich es keinem verraten.«

»Na, dann raus damit.«

»Sagst du's auch ja nicht weiter?«

»Nein.«

»Herr Slawik hält den Rekord im Drachensteigen. Er hält den Höhenrekord von Berlin. Sein Drachen war 1200 Meter hoch.«

»Das dürfen wir wirklich keinem verraten«, stimmte Hynek zu.

»Aber warum denn eigentlich nicht? Er hat gemeint, es gäbe sonst einen Riesenkladderadatsch.«

»Das ist wegen der Sicherheit des Flugverkehrs. In Berlin landen und starten Verkehrsmaschinen, da darf nichts so hoch in der Luft sein.«

Marie schloss die Augen. Sie schlief ein, und als sie wieder erwachte, wusste sie nicht, für wie lange es gewesen war. Sie ließ die Augen geschlossen und sah den alten Mann vor sich, wie er auf dem verlassenen Flugplatz auf seinem Klappstuhl sitzt und den Himmel prüft. Seine Einsamkeit zittert hoch oben über seinem Kopf, über dem gelben Wintergras. Papa, ich hab einen Gefährten für dich. Einen jüngeren Bruder von der anderen Seite der Demarkationslinie …

Sie schlug die Augen auf und wusste nicht, ob sie zu ihrem Vater nur in Gedanken gesprochen hatte oder laut. Warf einen raschen Blick zu Hynek. Der saß mit unbewegtem Gesicht am Steuer ihres Wagens. Links und rechts der schmalen Straße brauste kaltes Dunkel. Nach der digitalen Zeitanzeige des Armaturenbretts konnte es, so schätzte sie, nicht mehr weit bis zur tschechischen Grenze sein.

»Ich hätt gern, dass du mir jetzt davon erzählst, wovon du mir im Sommer erzählt hast.«

»Wovon hab ich dir denn erzählt?«

»Weißt du nicht mehr, wie du mich im Sommer aus Italien angerufen hast? Von dem See?«

»Klar. Vom Lago Maggiore. Und was würdest du gern hören?«

»Ich weiß nicht. Was von weißen Segeln auf blauer Fläche vielleicht …«

© Alžběta Procházka

JIŘÍ HÁJÍČEK, 1967 in Budweis (České Budějovice) geboren, gehört zu den herausragenden tschechischen Autoren unserer Zeit. Für seine Romane, die alle in der südböhmischen Landschaft angesiedelt sind, hat er zahlreiche Auszeichnungen erhalten. Nach *Der Regenstab* (*Dešťová hůl*) ist *Vignetten mit Segelschiff* (*Plachetnice na vinětách*) sein zweites Buch im Karl Rauch Verlag.

KRISTINA KALLERT ist in Weißenburg geboren, sie hat Germanistik und Ostslavistik in Regensburg und St. Petersburg studiert, später Bohemistik in Brno. Seit 1998 ist sie Übersetzerin aus dem Tschechischen. Große Beachtung fanden unter anderem ihre Neu- und Erstübersetzungen bedeutender Klassiker von Božena Němcová über Julius Zeyer, Jiří Langer, Vladislav Vančura, Milena Jesenská bis hin zu Jiří Kolář.

Titel der Originalausgabe: *Plachetnice na vinětách*

Die deutsche Ausgabe wurde vom
Ministerium für Kultur der Tschechischen Republik gefördert.

Bibliografische Information der Deutschen Nationalbibliothek
Die Deutsche Nationalbibliothek verzeichnet diese Publikation
in der Deutschen Nationalbibliografie; detaillierte bibliografische
Daten sind im Internet über http://dnb.d-nb.de abrufbar.

Umschlagabbildung: *Lifeboat*, 2017, © T. S. Harris/Bridgeman Images
Umschlaggestaltung und Satz von Sebastian Maiwind, Berlin
Gedruckt auf chlor- und säurefreiem Papier und gebunden
bei Finidr in Český Těšín.

ISBN 978-3-7920-0271-1

www.karl-rauch-verlag.de